reverie

Ali Kassemyar

WENN DER **MORGEN** ANBRICHT

Roman

reverie

1. Auflage 2025
Originalausgabe

Kapitelvignetten von Yuliia Osadcha / Adobe Stock
Gesetzt aus der Stempel Garamond
von GGP Media GmbH, Pößneck
Druck und Bindung von CPI books GmbH, Leck
Printed in Germany
ISBN 978-3-7457-0443-3
www.reverie-verlag.de

Druckprodukt mit finanziellem
Klimabeitrag
ClimatePartner.com/15109-2009-1001

FSC
MIX
Papier
FSC® C083411

Liebe Leserin, lieber Leser,

dieses Buch enthält potenziell triggernde Inhalte.
Deshalb findet ihr am Romanende eine Themenübersicht,
die demzufolge Spoiler enthalten kann.

Wir wünschen euch das bestmögliche Erlebnis
beim Lesen dieser Geschichte.

Euer Team von reverie

Für alle, die von der Norm abweichen
und dafür verurteilt wurden.
Die anderen haben ja keine Ahnung,
was alles in euch steckt.

Und für alle, die in ihrem Herzen Frieden
statt Hass gefunden haben.
Die Welt braucht mehr Menschen wie euch.

PLAYLIST

Sam Smith – Fire On Fire
Hozier – Take Me To Church
Sam Smith – Pray
Billie Eilish – come out and play
LEA – Warum schaust du weg
LUNA – blau
Revelle – erste liebe
Ed Sheeran, Taylor Swift – The Joker And The Queen
ZAYN, Sia – Dusk Till Dawn – Radio Edit
Clueso, ELIF – Mond
Calum Scott – If Our Love Is Wrong
Mariah Carey – The Art Of Letting Go
Calum Scott – No Matter What
Sufjan Stevens – Mystery of Love

KAPITEL 1

Chris

Emily reichte mir das Notebook, auf dem die Röntgenaufnahmen von Mrs. Forster zu sehen waren, und sah mich erwartungsvoll an. »Was meinen Sie, Dr. Easton?«

Das war eine verdammt gute Frage.

Ich war es nicht gewohnt, solche Fragen zu beantworten. Oder zu entscheiden, wie ein Patient oder eine Patientin behandelt werden soll. Alles, was ich bisher gekannt hatte, waren Lehrbücher, Übungsmodelle oder kleinere Behandlungen unter Aufsicht. Dort hatte nichts passieren können, denn andere trafen die wichtigen Entscheidungen. Die Verantwortung lag nie in meiner Hand.

Jetzt war es anders. Ich war auf mich allein gestellt und musste entscheiden, was getan werden sollte. Fehler durfte ich mir keine erlauben. Denn im angrenzenden Behandlungszimmer wartete meine erste Patientin, und wenn ich etwas Falsches tat, würde sie darunter leiden. Dieser Druck lastete schwer auf mir, obwohl ich ihm eigentlich gewachsen sein sollte. Schließlich hatte ich mich von Anfang an auf genau diesen Tag vorbereitet.

Bestleistungen auf der High School.

Fast sieben Jahre auf dem College, die sich wie eine kleine Unendlichkeit angefühlt hatten.

Schlaflose Nächte, die ich mit Lernen verbracht hatte.

Das alles hatte ich auf mich genommen, um dort zu sein, wo ich heute war: die Zahnarztpraxis von Dr. Campbell – eine der renommiertesten Ärztinnen in ganz Kalifornien. Von Anfang an hatte ich gewusst, dass ich von ihr lernen wollte. Allerdings hatte ich nicht damit gerechnet, dass sie mich bereits am ersten Tag ins kalte Wasser werfen und mir eigene Patienten zuteilen würde, die ich ganz ohne Aufsicht behandeln musste.

»Dr. Easton?«, hakte Emily nach, weil ich nicht antwortete. Sie und Stephanie waren mir heute als zahnmedizinische Fachangestellte zugeteilt worden, und irgendwie fand ich es komisch, dass sie mir assistieren sollten, obwohl sie sich besser auszukennen schienen als ich.

»Einen Augenblick«, antwortete ich und sah mir die Aufnahmen genauer an. Auch wenn ich versuchte, es mir nicht anmerken zu lassen, hatte ich furchtbare Angst davor, eine Entscheidung zu treffen. Irgendwie wünschte ich mir, ich könnte meinen besten Freund Jacob, der mit mir gemeinsam studiert hatte, um Rat fragen, doch er befand sich im gegenüberliegenden Behandlungsraum und führte eine Weisheitszahnentfernung durch.

Ich hatte mir nach dem College ein wenig Zeit für mich genommen und war durch das Land gereist, weil ich mir einiger Dinge bewusst werden und für wenige Monate Verpflichtungen und Verantwortung vergessen wollte. Jacob hingegen war direkt in die Berufswelt eingestiegen und hatte bereits vor ein paar Monaten die Stelle bei Dr. Campbell angetreten, wodurch er mittlerweile erfahrener war als ich.

Irgendwie beruhigte mich der Gedanke daran, meinem besten Freund auf den Gängen dieser Praxis zu begegnen.

Und trotzdem war in diesem Moment die Nervosität stärker als alles andere.

Ein letztes Mal musterte ich die Röntgenaufnahmen. Dann kam ich zu einem Entschluss. »Die Wurzel ist auf jeden Fall entzündet, allerdings würde ich die Entzündung nicht als derart schwerwiegend kategorisieren, dass eine Antibiotikabehandlung notwendig wäre. Wir bereiten Mrs. Forster auf eine Wurzelbehandlung vor.«

»Alles klar«, erwiderte Emily, bevor sie den Besprechungsraum verließ und sich auf den Weg zum Behandlungszimmer machte, wo Stephanie schon mit der Patientin wartete.

Ich blieb zurück, um im Kopf ein letztes Mal die Schritte einer Wurzelbehandlung durchzugehen. Dann folgte ich Emily und erklärte Mrs. Forster, was jetzt passieren würde. Sie stellte einige Rückfragen, die ich ihr beantwortete, bevor ich ihre schriftliche Einwilligung entgegennahm.

»Das könnte jetzt kurz ein kleines bisschen piksen«, warnte ich sie vor, als sie einige Augenblicke später auf dem Behandlungsstuhl saß und ich die Spritze für eine Lokalanästhesie ansetzte.

Kurz zuckte sie vor Schmerz zusammen. Dann wartete sie schweigend, bis das Betäubungsmittel seine volle Wirkung entfaltete.

Ich stellte mich hinter sie, damit sie nicht sah, wie ich ein paarmal tief ein- und ausatmete, um mich zu beruhigen. Meine erste Wurzelbehandlung.

Wieder versuchten die Ängste mich zu überrollen, doch diesmal bemühte ich mich, sie beiseitezuschieben. Ich konnte das. Ich hatte mich jahrelang darauf vorbereitet, und es gab keinen Grund, wieso ich mein Handwerk jetzt nicht beherrschen sollte.

Stephanie, Emily und ich positionierten uns um Mrs. Forster herum.

»Und jetzt den Mund weit auf«, wies ich sie an. Dann sah ich zu Stephanie. »Den Kofferdam, bitte.«

Sie reichte mir das Spanngummi, welches ich dazu nutze, den infizierten Zahn von der Mundhöhle zu isolieren, damit er während der Behandlung möglichst trocken und frei von Bakterien blieb.

»Jetzt der Bohrer.«

Während Stephanie den Aufsatz wechselte und mir den Bohrer übergab, führte Emily den Sauger und das Winkelstück, welches beim Bohren Wasser zum Kühlen auf den Zahn gab, in die Mundhöhle. Ich nickte ihr zu und begann zu bohren.

Als ich einen ausreichend großen Zugang zum Inneren des Zahns geschaffen hatte, legte ich den Bohrer zur Seite und hielt kurz inne. In diesen unbedeutend kurzen Sekunden kam ich mir vor wie ein richtiger Zahnarzt. Ich fühlte mich unbesiegbar, als das Adrenalin durch meine Adern rauschte.

Und vielleicht war genau das mein Problem.

Denn in dem Moment, in dem ich mit der Entfernung des Nervengewebes im Inneren des Zahnes anfing, schrie Mrs. Forster auf. Ein heftiges Zucken ergriff ihren Körper.

Ich musste etwas tun, das wusste ich.

Und doch blieb ich wie versteinert stehen, während die Patientin sich vor Schmerzen auf dem Behandlungsstuhl wand.

Stephanie und Emily warfen mir fragende Blicke zu, doch ich konnte nichts sagen. In meinem Kopf waren nichts als Chaos und Leere.

Dann wurde die Tür aufgerissen.

»Was zur Hölle ist hier los?«, fragte Dr. Campbell.

Emily erklärte ihr die Situation, weil ich mich noch immer nicht artikulieren konnte.

Dr. Campbell ging zum Computer und öffnete die abgespeicherten Röntgenbilder von Mrs. Forster. »Verdammte Scheiße«, entwich es ihr leise, bevor sie sich abwendete und auf die Patientin zusteuerte. Dr. Campbell packte sie an den Oberarmen und versuchte, sie zu beruhigen. »Hören Sie mir zu! Ich muss Ihre Zahnkrone wieder verschließen. Wir können so nämlich nicht mit der geplanten Behandlung fortfahren. Es tut mir wirklich leid, aber das ist die einzige Option, die wir gerade haben. Danach verschreibe ich Ihnen Antibiotika.«

Das war er.

Der Augenblick, in dem ich begriff, dass ich etwas furchtbar falsch gemacht hatte.

Mrs. Forster klammerte sich von Schmerzen geplagt am Stuhl fest, während Emily und Stephanie blitzschnell die erforderlichen Instrumente zusammensuchten, damit Dr. Campbell meinen Fehler wieder geradebiegen konnte. Als ihr Blick auf mich fiel, versteinerten ihre sonst so weichen Züge. »Sie gehen jetzt lieber.«

Meine Beine trugen mich aus dem Zimmer, obwohl mein Kopf noch immer bei Mrs. Forster war. Sie trugen mich den Gang entlang. An Empfang und Wartezimmer vorbei, bis hin zur Küche.

Dort gaben sie hinter verschlossener Tür nach.

Ich ging zu Boden.

Und dann spürte ich den Schmerz von Mrs. Forster in meiner eigenen Seele.

»Fehler passieren jedem von uns mal«, versuchte Jacob mich aufzumuntern, doch seine Worte prallten einfach an der Mauer aus Schuldgefühlen ab, die mich gefangen hielt.

»Dieser hätte nicht passieren dürfen.«

»Aber das ist er. Und du kannst es nicht mehr ändern. Jetzt heißt es Zähne zusammenbeißen, das Geschehene akzeptieren und weitermachen, Kumpel.«

Wir saßen am Esstisch in der Küche der Praxis, wo Jacob schon seit ein paar Minuten erfolglos versuchte, mich zu beruhigen.

Menschen leiden zu sehen war hart. Doch noch viel schlimmer war es, wenn man selbst für ihr Leid verantwortlich war. Dann konnte man nicht einfach weitermachen und so tun, als wäre nichts gewesen. Zumindest konnte *ich* es nicht.

»Du musst immer an diejenigen denken, denen du geholfen hast, statt an die, bei denen etwas schiefging.«

»Das war meine erste eigene Patientin«, erinnerte ich ihn. »Unbeaufsichtigt hab ich bisher noch niemandem geholfen.«

»Aber das wirst du noch.«

»Sofern ich nicht an meinem ersten Tag gefeuert werde.«

»Georgina wird dich nicht feuern.«

Entgeistert sah ich Jacob an. »Ihr nennt euch beim Vornamen?«

Er rückte seine Brille zurecht und zuckte dann mit den Schultern. »Das macht sie bei so ziemlich jedem. Schließlich verbringt sie einen Großteil ihrer Zeit in der Praxis. Da ist ihr ein angenehmes Arbeitsklima wichtig.«

Bei mir wird es wohl kaum so weit kommen, dachte ich, als Mrs. Forsters schmerzerfüllte Laute wieder in meinem Ohr nachhallten.

»Dir wird sie auch noch das Du anbieten«, schob Jacob schnell hinterher, als hätte er meine Gedanken gehört. »Bei mir kam das auch erst nach ein paar Wochen.«

Ich war mir da nicht sicher, hatte jedoch keine Kraft, ihm zu widersprechen.

Jacob öffnete gerade den Mund, um noch etwas zu sagen, als die Tür schwungvoll aufgerissen wurde und Dr. Campbell hereingestürmt kam.

»Jacob, ich muss mit Dr. Easton ein Gespräch unter vier Augen führen.« Sie funkelte ihn an und deutete auf die Tür.

Er warf mir einen letzten aufmunternden Blick zu. *Alles wird gut.*

Dann waren Dr. Campbell und ich allein in dieser Küche, die auf einmal viel zu klein für zwei Personen wirkte.

»Das, was da passiert ist …«

»Es tut mir leid«, fiel ich ihr ins Wort, doch sie schüttelte nur den Kopf und strich sich dann mit der Hand eine Strähne ihres schulterlangen dunkelroten Haares hinters Ohr.

Dr. Campbell war schätzungsweise Ende vierzig, doch wenn sie wütend war, wirkte sie seltsamerweise deutlich jünger. »Ich bin nicht diejenige, der Sie das sagen sollten. Sicherlich wäre eine solche Entschuldigung gegenüber Mrs. Forster deutlich angebrachter, die Ihretwegen vermutlich von nun an traumatisiert ist.«

»Das war nicht meine Absicht«, erklärte ich kleinlaut, obwohl wir beide wussten, dass das nichts an der Situation änderte.

Manchmal waren Absichten nicht von Bedeutung. Manchmal kam es nur auf das Resultat an.

Und dieses Resultat war ziemlich übel.

»Verdammt! Ich hoffe sehr für Sie, dass wir uns demnächst nicht mit einer Klage rumschlagen dürfen.«

Ich schluckte schwer. »Wie geht es ihr?«

»Körperlich ganz in Ordnung. Ich habe den Schaden so gut es ging begrenzt und ihr nun Antibiotika verschrieben, die die Entzündung ein wenig unter Kontrolle kriegen sollten. Wenn das gelingt, sollte eine erneute Wurzelbehandlung weitestgehend schmerzfrei möglich sein. Ich bezweifle jedoch, dass sie die in meiner Praxis vornehmen lassen wird.«

»Und mental?«, fragte ich, obwohl ich mir nicht sicher war, ob ich die Antwort darauf überhaupt wissen wollte.

»Schwer zu sagen. Verängstigt. Erschüttert. Aufgebracht. Panisch. Diese Worte treffen es glaube ich ganz gut.«

Ich stöhnte frustriert auf und fuhr mir mit den Händen übers Gesicht. »Mist, ich hatte gedacht, dass …«

»Dass eine Behandlung mit Antibiotika nicht notwendig sei?«, vervollständigte sie meinen Satz mit hochgezogener Augenbraue.

»Ja. Die Entzündung sah halb so wild aus.«

»Oh Gott.« Dr. Campbell zog ihren Kittel aus, unter dem ein Kleid zum Vorschein kam, das vermutlich mehr kostete als meine monatliche Miete. Dann kam sie zu mir und setzte sich auf den gegenüberliegenden Stuhl. »Das war eine grobe Fehleinschätzung. Die Entzündung war sehr weit fortgeschritten, weshalb eine schmerzfreie Wurzelbehandlung unmöglich war. Ich bin mir nicht einmal sicher, ob das Antibiotikum anschlägt oder ob der Zahn nicht vielleicht sogar gezogen werden muss.«

Ich schluckte schwer. Dann stellte ich die Frage, die mir vermutlich am schwersten auf der Seele lastete: »Für diese Fehleinschätzung verliere ich sicher meinen Job, oder?«

Dr. Campbells Züge wurden weicher. »Nein, Sie verlieren Ihren Job nicht. Sie werden aus diesem Fehler lernen und ein noch besserer Arzt werden. Denken Sie, ich bin ganz ohne Fehler zu der Dr. Campbell geworden, deren Name in der Welt der Zahnmedizin weithin bekannt ist? Wir alle sind mal im Irrtum. Das Wichtigste ist dabei nur, dass wir das große Ganze nicht aus den Augen verlieren und uns von unseren Misserfolgen nicht unterkriegen lassen. Und auch Sie dürfen das nicht. Sie müssen aufstehen und weitermachen, verstanden?«

Ich nickte zögerlich. Ein Teil von mir wusste, dass sie recht hatte. Dass solche Dinge passieren konnten. Doch ein anderer Teil machte sich noch immer Vorwürfe. Vermutlich würde es noch ein paar Tage und erfolgreiche Behandlungen dauern, bis ich diesen Vorfall endgültig würde loslassen können.

»Sehr gut! Und für die Zukunft: Es ist vollkommen in Ordnung, wenn Sie mal unsicher sind. Sie stehen noch ganz am Anfang. Fragen Sie einfach nach. Egal ob Jacob oder ich, irgendwer wird Ihnen sicher mit einem Rat zur Seite stehen. Lieber um Hilfe bitten, als im Alleingang einen vermeidbaren Fehler begehen.«

»Sie haben recht«, stimmte ich zu und ärgerte mich im selben Moment darüber, vorhin trotz Unsicherheit ohne Absprache gehandelt zu haben.

»In Ordnung.« Sie schenkte mir ein flüchtiges Lächeln, bevor sie aufstand und sich ihren Kittel wieder überzog. »Dann nehmen Sie sich jetzt noch ein paar Minuten, essen eine Kleinigkeit und raffen sich für später auf. Denn in vierzig Minuten haben

Sie Ihren nächsten Termin. Und ich bin sicher, dass Sie Ihren Job dieses Mal gut machen werden.«

Sie lag richtig.

An diesem Tag hatte ich noch drei weitere Patienten. Zwei übliche Kontrolluntersuchungen und eine Wurzelbehandlung, bei der ich diesmal für die Auswertung des Röntgenbildes Jacob konsultierte.

Alles lief nach Plan.

Und trotzdem war da noch immer dieses bittere Gefühl in mir, als ich die Praxis am Abend verließ.

Mrs. Forster – sie war alles, woran ich den ganzen Tag gedacht hatte.

KAPITEL 2

Cohen

Das Einzige, was ich an meinem Job nicht mochte, war der Dresscode für die Angestellten: schwarze Hose, weißes Hemd. Immer.

Ich fand nicht, dass Hemden mir standen. Ich bevorzugte sportliche Looks. Kleidung, die ich sowohl in der Freizeit als auch im Fitnessstudio tragen konnte, aber um so was für die Arbeit tragen zu können, hätte ich einen neuen Job gebraucht. Und das war etwas, was ich definitiv nicht wollte. Ich liebte meine Tätigkeit im *House of Soul*, einer Bar inmitten des Mission District von San Francisco. Andere mochten der Ansicht sein, dass jemand in meinem Alter mehr aus seinem Leben machen sollte, statt als Barkeeper zu arbeiten. Ich war der Meinung, dass ich dort genau richtig war.

Ich stand vor dem großen Spiegel in meinem Zimmer, knöpfte das weiße Hemd bis auf die beiden oberen Knöpfe zu und trug mein Lieblingsparfüm auf – Chanel Allure Homme Édition Blanche –, als es an meiner Tür klopfte.

Ohne eine Antwort abzuwarten, kam meine Mutter herein. Unsere Blicke kreuzten sich im Spiegel, und ihre Mundwinkel hoben sich auf eine seltsame Art und Weise, die nach außen hin wie Stolz aussah und doch nur ein Schauspiel war, hinter dem sie ihre Missbilligung versteckte.

»Ja?«, fragte ich, weil sie einfach stehen geblieben war, ohne ein Wort zu sagen.

»Ich wollte nur kurz nach dir sehen. Machst du dich gleich auf den Weg zur Arbeit?«

Ich nickte.

Ein paar Sekunden war es still, und ich wusste genau, was das bedeutete. Dass meine Mom nur nach neuen Worten suchte, um anzusprechen, was sie immer ansprach. Weil sie keiner von den Menschen war, die ihre Gedanken für sich behalten konnten – es sei denn, mein Vater schüchterte sie ein, doch das war eine andere Geschichte. Wenn er ihr nicht im Weg war, musste sie ihre Gedanken jedem stets aufzwingen. Und wer eignete sich dafür schon besser als ihr eigener Sohn?

»Ich finde, du solltest dir einen neuen Job suchen«, platzte es letztlich aus ihr heraus.

Ich rollte mit den Augen. »Wir hatten dieses Thema schon hundertmal. Fang bitte nicht wieder damit an.«

»Warum?«

»Weil ich es nicht tun werde.«

Sie stellte sich unmittelbar hinter mich. »Das kann doch unmöglich das sein, was du dir für deine Zukunft vorstellst.«

Ich drehte mich um und begegnete erneut ihrem Blick.

Es war komisch, wie kalt ihre Augen manchmal wirkten. Die Augen einer Mutter sollten Wärme ausstrahlen, wenn sie ihr Kind ansah. Bei meiner war das selten der Fall. Hin und wieder schon. Manchmal, wenn sie ausnahmsweise mit mir zufrieden war, gab es Momente, in denen sie wie eine normale Mutter schien. Doch hier und jetzt war da nichts als erwartungsvolle und berechnende Kälte.

»Es gibt Schlimmeres, als in einer Bar zu arbeiten. Ich bin damit zufrieden. Und das sollte alles sein, was zählt.«

Sie presste die Lippen so fest aufeinander, dass sie eine gerade Linie bildeten. »Du weißt genau, dass das unmöglich Gottes Wille sein kann. Du, in dieser Bar. Überall nur halb nackte

Männer und Frauen auf der Suche nach dem nächsten Rausch. Dieser Job ist alles andere als christlich.«

Es kostete mich all meine Kraft, nicht spöttisch aufzulachen. Meine Mom hatte keine Ahnung davon, wie das *House of Soul* war. Sie wusste nicht, dass es da nicht um Alkohol, Drogen oder Sex, sondern um Musik ging. Sie wusste nicht, wie sehr die Musik, die dort gespielt wurde, manche Menschen berührte. Ja, vielleicht war es eine Art Rausch, doch es war der beste, den man sich vorstellen konnte. Einer, der nicht gefährlich war, sondern Herzen berührte.

Das Problem war nur, dass meine Mutter das nicht verstand – oder viel eher nicht verstehen wollte.

Ich hatte sie schon so oft gebeten, einfach mal während meiner Schicht vorbeizuschauen und sich alles genau anzusehen. Ich war sicher, dass sie dann erkennen würde, dass das *House of Soul* keine typische Bar war, wie sie es sich vorstellte. Doch sie hatte abgelehnt, weil sie einen Ort, der in ihren Augen derart unchristlich war, nicht betreten wollte.

Was würden die Leute nur sagen, wenn sie erführen, dass ich dort war, Schatz?

Und mit »Leute« meinte sie bloß ihre eigene Glaubensgemeinschaft. Die Meinung dieser Menschen war ihr das Wichtigste. Viel zu früh hatte ich lernen müssen, dass sich auch die Wünsche und Ansichten ihres eigenen Sohnes dem unterordnen mussten.

»Ich werde meinen Job nicht aufgeben, Mom.« Meine Stimme klang seltsam ruhig, obwohl ich innerlich kurz vorm Explodieren war. Doch ich wusste, dass ich das nicht durfte, meine Gefühle nicht zeigen konnte. Nicht vor meiner Mutter, weil das alles nur noch schlimmer machen würde.

Kurz musterte Mom mich, als würde sie in meinem Gesicht nach Anzeichen suchen, wie ernst es mir war. Dann gab sie ein verächtliches Schnauben von sich und drehte sich um. »In Ordnung. Tob dich aus, solange du jung bist. Aber wir wissen beide, dass dieser Job nicht für immer ist. Du solltest zusehen, dass du langsam erwachsen wirst und Verantwortung für dein Leben übernimmst.«

Mit diesen Worten ließ sie mich allein in meinem Zimmer zurück.

Ich atmete tief durch. *Verdammt*! Ich übernahm Verantwortung. Das Problem war nur, dass meine Eltern es nicht sahen, weil sie es nicht sehen *wollten*. Es war nicht die Art von Verantwortung, wie sie sie von mir erwarteten.

Wenn Menschen von toxischen Beziehungen sprachen, bezogen sie sich oft auf romantische Verbindungen. Doch was war mit denen zu jenen, die man auf andere Weise liebte? Der Beziehung zu den eigenen Eltern?

Viel zu oft wurde übersehen, wie toxisch diese sein konnte.

Wenn ich an meine Eltern dachte, dann war da nur selten Wärme. Ich spürte hauptsächlich Unwohlsein, Kälte, Abweisung, vielleicht sogar ein kleines bisschen Angst, obwohl niemand Angst vor seinen Eltern haben sollte.

Meine Mutter und mein Vater hatten stets den Ton angegeben. Hatten mich in ihre strengen religiösen Überzeugungen gedrängt und Erwartungen an mich gestellt, denen ich nicht gerecht werden konnte oder wollte. Widerworte waren im Keim erstickt worden. Und zurück blieb jetzt ein erwachsener Mann, der noch immer kaum für sich einstehen konnte.

Manchmal hätte ich ihnen am liebsten gesagt, dass ich nichts mit ihrer Religion zu tun haben wollte, doch das traute ich mich nicht. Über die Jahre hatten wir uns immer weiter voneinander entfernt. Da war keine emotionale Nähe zwischen uns, und hin und wieder merkte ich, wie ich Fortschritte machte. Wie ich entgegen den Wünschen meiner Eltern handelte, beispielsweise bei der Wahl meines Berufs. Oder als ich mir heimlich meine ersten Tattoos hatte stechen lassen. Doch das tat ich nur, wenn ich wusste, dass ich es mir erlauben konnte. Wenn ich das Gefühl hatte, damit bei ihnen durchzukommen, auch wenn sie nicht ganz zufrieden damit waren, was ich tat.

Es gab jedoch auch Aspekte in meinem Leben, in denen ich mir einen Widerstand nicht zutraute. Zum Beispiel, wenn es darum ging, auszuziehen. Ich war einundzwanzig Jahre alt, hatte einen festen Job und war somit bereit dazu. Doch ich wusste, dass meine Eltern es nie zulassen würden. Seit die Sache mit Liam geschehen war, überwachten sie mich auf Schritt und Tritt. Mich gehen zu lassen, würde bedeuten, mir mehr Freiheit zu schenken, und das käme für sie nie infrage.

Sie brauchten die Kontrolle über mich wie die Luft zum Atmen. Und ich war derart früh in diesen Kreislauf geraten, dass ich nicht wusste, wie ich sie dieser Kontrolle berauben konnte.

Mit anderen Worten: Ich steckte inmitten einer toxischen Beziehung. Und ich hatte keine Ahnung, wie ich ihr jemals entkommen sollte, wenn bei jedem Schritt, den ich machte, der erste Gedanke meinen Eltern galt.

Meinen Eltern, die ihre Religion mehr liebten als mich.

Meinen Eltern, die viel zu selten mich priorisierten.

Meinen Eltern, die aus meinem Leben ein Gefängnis machten.

Ein Gefängnis, dessen Schlüssel längst inmitten von falschen Erwartungen, Druck und Kontrolle verloren gegangen war.

KAPITEL 3

Chris

Respect von Aretha Franklin.

Die Wucht dieser Hymne traf mich, als ich gemeinsam mit Jacob und Sam, einem guten Freund von uns, das *House of Soul* betrat.

Mein Fehler bei der Behandlung von Mrs. Forster lastete noch immer schwer auf mir, und anscheinend konnte man mir das auch ansehen. Denn als ich nach der Arbeit mit Jacob nach Hause gelaufen war, hatte er vorgeschlagen, den Abend heute hier zu verbringen, um »auf andere Gedanken zu kommen«. Eigentlich hatte ich keine Lust darauf gehabt, doch vermutlich war es besser, als in meinem Zimmer zu hocken und wieder und wieder über den Vorfall nachzudenken.

Und jetzt, wo ich hier war, musste ich zugeben, dass es wirklich guttat. Es war seltsam, wie die Musik, die hier gespielt wurde, einen bewegen und etwas in einem verändern konnte. Seltsam, und doch genau das, was ich gerade brauchte.

Drinnen wurden wir von Brook und Sky von der Bühne aus mit einem kleinen Winken begrüßt. Wir gingen vorbei an runden Tischen, die von hölzernen Stühlen gesäumt wurden, bis wir an der kleinen Sitznische in der Nähe der Bühne ankamen, die unser Stammplatz war. Dort nahmen wir Platz, legten unsere Sachen ab, und ich fragte Jacob und Sam, was sie trinken wollten. Dann lief ich quer durch den Raum zur Bar, hinter der sich ein Regal imposant bis zur Decke emporzog. Kurz schaute ich mich nach einem Barkeeper um, als Cohen, der vermutlich gerade das Bierfass unter der Theke gewechselt hatte, aufstand und sich in mein Sichtfeld schob.

»Hey, Chris.«

»Hey, Cohen.« Ich schenkte ihm ein freundliches Lächeln zur Begrüßung, doch wie gewohnt erwiderte er es nicht.

Cohen und ich kannten uns bereits seit einiger Zeit, weil er ein Freund von Sky war, die wiederum mit Sam zusammen war. Trotzdem beschränkten sich unsere Gespräche meistens auf eine Begrüßung und einen Abschied.

Cohen sprach nie viel. Aber irgendwie machte ihn genau das aus.

»Was bekommst du?«, wollte er wissen, während er ein paar herumstehende Gläser wegräumte, um seine Arbeitsfläche geordnet zu halten.

»Erst mal nur drei Bier. Die anderen warten schon.«

»Wer?«

»Sam und Jacob.«

»Okay. Setz dich ruhig, ich brauch kurz 'ne Minute.« Er deutete auf einen freien Barhocker, und ich nahm Platz. Dann griff er nach einem Stofftuch und trocknete die frisch gespülten Biergläser ab.

Aus irgendeinem Grund konnte ich nicht anders, als ihm dabei zuzusehen. Das glatte dunkelbraune Haar fiel ihm hin und wieder in Strähnen in die Stirn, die er wie beiläufig mit den Fingern zur Seite kämmte. Der Dreitagebart betonte seinen markanten Kiefer, und das weiße Hemd spannte sich über seinen muskulösen Körper. Cohen war nicht einfach nur breit gebaut. Er lebte für den Kraftsport, und das sah man ihm an. Vermutlich waren das und sein schönes Gesicht der Grund, weshalb ihm jeden Abend mindestens drei Frauen ihre Telefonnummer zusteckten.

Doch trotz all dessen waren es seine Augen, die mich am meisten faszinierten. Blaugrau, wie schwere Gewitterwolken, die nur darauf warteten, einen Sturm zu entfesseln. Augen, die aussahen, als hätte sich jahrelange Trauer in ihnen zusammengebraut.

»Alles in Ordnung?«, fragte Cohen.

Ertappt wandte ich den Blick ab, auch wenn es dafür jetzt zu spät war. »Ja … ich … sorry.«

»Schon okay.« Aus dem Augenwinkel sah ich, wie Cohen das erste Bier zapfte.

Doch statt erleichtert aufzuatmen, weil er nicht genauer nachhakte, ärgerte ich mich über mein eigenes Verhalten. Ich wusste, dass Cohen es hasste, wenn man ihn angaffte und ihm gegen seinen Willen Handynummern auf feuchten Cocktailservietten notiert rüberschob. Trotzdem hatte ich ihn in diesem Moment auf genau diese Art und Weise angesehen: begierig.

Heute war einfach nicht mein Tag. Ich nahm jedes Fettnäpfchen mit, das ich finden konnte, und wünschte mir gerade nur, der Tag wäre endlich vorüber.

Ein erschöpftes Seufzen glitt über meine Lippen, bevor ein Bierglas mit einem lauten Knallen neben mir abgestellt wurde.

Cohen stand mir gegenüber. Sein Blick aus blaugrauen Augen traf mich und hielt mich an Ort und Stelle. Er sah mich ernst an, und doch war da etwas in seinem Ausdruck, was ich bisher noch nicht von ihm kannte. Es sah aus wie … Sorge.

»Alles okay bei dir? Du wirkst irgendwie ein wenig neben der Spur.«

Ich versuchte, mir nicht anmerken zu lassen, wie sehr mich seine Nachfrage wunderte. »Ja, schon gut. Heute läuft es einfach nicht so.«

»Hm, verstehe. Ist irgendwas Besonderes vorgefallen?«

Einen kurzen Moment rang ich mit mir, ob ich ihm von meinem ersten Arbeitstag erzählen sollte. Zwar kannten wir uns durch gemeinsame Freunde schon länger, hatten aber nie eine besonders tiefgehende Bindung zueinander aufgebaut.

Doch bevor ich eine Entscheidung treffen konnte, nahmen Sam und Jacob sie mir ab, indem sie sich links und rechts von mir auf einem Barhocker niederließen und das Thema wechselten.

»Wir dachten schon, du bist verloren gegangen«, sagte Jacob und klopfte mir freundschaftlich auf die Schulter.

Ich hatte keine Ahnung, woran das lag, aber mit einem Mal war da ein Hauch von Enttäuschung in mir. Weil ich gerne herausgefunden hätte, wohin das Gespräch mit Cohen hätte führen können. Auf einer tieferen Ebene hatten wir noch nie miteinander geredet.

»Alles gut. Ich hab mich nur kurz mit Cohen unterhalten.«

»Oh, hey«, grüßte Jacob ihn, als hätte er ihn gerade erst bemerkt.

Cohen erwiderte den Gruß mit einem Nicken, ehe er sich der Zapfsäule zuwandte.

Nur wenige Augenblicke später standen zwei weitere Biergläser vor uns. Wir stießen an, und ich nahm einen kühlen Schluck.

»Wie war dein erster Tag in der Praxis?«, wollte Sam wissen und rammte damit das Messer unwissentlich tiefer in die noch immer blutende Wunde.

Aber vielleicht war es ganz gut, darüber zu sprechen, um es besser verarbeiten zu können. »Nicht gerade berauschend. Habe einen ziemlich dummen Fehler gemacht, der auf Kosten meiner Patientin ging.«

Sam verzog das Gesicht zu einer Grimasse und fuhr sich durch das blonde Haar. Er musterte mich aufmerksam mit seinen stechend blauen Augen. »Klingt übel.«

»War es auch.«

»Aber das hätte jedem passieren können«, erinnerte mich Jacob zum wahrscheinlich hundertsten Mal.

»Das stimmt«, pflichtete Sam ihm bei, obwohl er gar nicht wusste, was genau vorgefallen war. »Ich hab heute auch einen ziemlich dummen Fehler bei der Arbeit gemacht. Wir richten ja gerade eine Villa am Stadtrand für ein superreiches Ehepaar ein, und ich hab die falschen Marmorplatten für die Kücheninsel geordert. Es ist zwar grundsätzlich kein Problem, sie wieder zurückzuschicken und die richtigen zu bestellen, aber es verzögert den ganzen Prozess um mehrere Tage, was zu ziemlich viel Krawall mit den Auftraggebenden führen könnte.«

»Oh. Na ja, Mann, war schön, dich gekannt zu haben«, scherzte Jacob, woraufhin ihm Sam seinen Bierdeckel entgegenschleuderte – und ihn am Oberarm traf.

»Das ist nicht witzig. Ich bin schon den ganzen Tag unfassbar mies gelaunt deswegen.« Er seufzte tief und nahm dann noch einen Schluck von seinem Bier.

»Ich kann mir wirklich nicht vorstellen, dass die deshalb Ärger machen«, versuchte ich, ihn zu beruhigen. »Wie ihr schon gesagt habt, Fehler können jedem passieren. Außerdem, wenn sie sich eine Riesenvilla leisten können, können sie es sich im Notfall ebenfalls leisten, drei Tage im Hotel zu verbringen, falls sie sonst nichts in der Gegend haben.« Wobei solchen Leuten bestimmt Dutzende Immobilien in der Gegend gehörten.

»Ja, vermutlich hast du recht. Umbringen wird es sie nicht.«

»Und außerdem solltest du dir den Job, für den du so hart gearbeitet hast, nicht durch einen einzigen Kunden versauen lassen. Immerhin hast du dir bisher noch nichts zuschulden kommen lassen.«

Sam hatte im selben Semester mit Jacob und mir angefangen zu studieren. Doch anders als wir hatte er sich für Interior Design entschieden. Gleichzeitig mit Jacob war er als Innenarchitekt in die Berufswelt eingestiegen, und ich wusste genau, wie sehr er seinen Job liebte.

Leider hatten aber auch schöne Jobs ihre Schattenseiten: Druck, Ansprüche, Perfektionismus.

»Du hast recht«, gab er zu. »Das weiß ich ja auch. Manchmal ist es irgendwie nur schwer, daran festzuhalten.«

Ich nickte zustimmend. »Ja, weil wir oft zu Momentaufnahmen neigen. Wir sehen immer nur das, was gerade ist, obwohl das Gesamtbild eigentlich viel größer ist.«

Jacob grinste.

Stirnrunzelnd begegnete ich seinem Blick. »Was ist los?«

»Die ganzen Tipps, die du Sam gibst, 'ne?«

»Was ist damit?«

»Tausch mal in deinem Kopf die Rolle mit ihm. Dann hast du eigentlich dein eigenes Problem gelöst.«

Da war was dran.

Ich steckte in meiner eigenen kleinen Momentaufnahme fest. Immer wieder war da nur Mrs. Forster, die vor meinen Augen litt. Meinetwegen. Weil ich einen Fehler begangen hatte.

Dabei hatte ich heute so vielen anderen Patienten geholfen. So viele, auf die ich mich aus irgendeinem Grund nicht fokussieren konnte.

Vielleicht lag das in unserer Natur als Menschen. Vielleicht konzentrierten wir uns immer so sehr auf die intensiven Augenblicke, dass sie uns viel schlimmer vorkamen, als sie waren. Sie waren nur ein Kratzer auf einem sonst makellosen Gesamtbild, und doch taten wir so, als wären sie ein tiefer, alles zerstörender Krater.

Jacob, der anscheinend sehen konnte, was in meinem Kopf vorging, grinste immer breiter, bevor er überschwänglich den Arm um meine Schulter legte und mich zu sich heranzog. »Siehst du?«

Ein kurzes Lachen glitt über meine Lippen, bevor ich mich von ihm losmachte, um mein Bier auszutrinken. »Ich verstehe.«

»Dein Glas ist leer«, stellte Jacob fest. »Wird wohl langsam Zeit für die nächste Runde.« Er sah sich suchend um, bis sein Blick Cohen fand. »Hey, Cohen. Können wir noch mal drei Bier haben?«

Statt Jacob anzusehen, traf Cohens Blick mich. Ich hatte keine Ahnung, was genau es war, doch mit einem Mal erkannte ich eine tiefe Finsternis zwischen den Gewitterwolken.

Sekunden, die sich wie tonnenschwere Minuten anfühlten, vergingen.

Dann wandte Cohen sich Jacob zu und gab ihm mit einem knappen Nicken zu verstehen, die Bestellung registriert zu haben.

War alles okay bei ihm?

Sam und Jacob wechselten das Thema und führten ein derart belangloses Gespräch, dass ich mich zwischendurch kurz fragte, ob ich mir den Moment mit Cohen bloß eingebildet hatte. Wäre er wirklich gewesen, hätten Sam und Jacob das doch sicher kommentiert, oder war er vielleicht gänzlich an ihnen vorbeigegangen?

Ich hatte keine Ahnung. Das Einzige, was ich wusste, war, dass Cohen beim Zapfen unseres Biers fast schon bewusst versuchte, nicht in meine Richtung zu sehen.

Und als er mir mein Glas dann mit einem lauten Knallen vor die Hände stellte und daraufhin verschwand, ohne mich eines Blickes zu würdigen, fühlte sich das wie eine Antwort auf meine Frage an.

Cohen

Keine zwei Stunden später verschwanden Chris, Jacob und Sam endlich. Die ganze Zeit über hatte ich das Gefühl gehabt, dass Chris mich beobachtete, aber ich konnte es ihm nicht verübeln. Ich war ziemlich abweisend gewesen. Allerdings hatte ich das zu diesem Zeitpunkt nicht richtig unter Kontrolle gehabt.

Da war einfach nur diese … Wut gewesen.

Auf Chris, weil es ihm schlecht ging und er lieber den Seelsorger für Sam gespielt hatte, statt sich um sein eigenes Wohlergehen zu kümmern.

Auf Sam, weil er Chris nicht zugehört, sondern sich selbst in den Mittelpunkt gespielt hatte.

Wenn ich ehrlich war, wusste ich, dass meine Wut im Augenblick vielleicht ein wenig irrational war. Allerdings kannte ich das Gefühl, dass niemand einen sah, obwohl man so viel zu sagen hatte, nur zu gut. Wenn die eigenen Gefühle, Wünsche und Bedürfnisse in den Hintergrund rückten, damit die anderer befriedigt wurden.

Ich versuchte, all diese Gedanken von mir abzuschütteln, während ich durch das *House of Soul* ging und leere Gläser einsammelte. Der Geruch nach abgestandenem Bier schlug mir in die Nase, als sie sich auf meinem Tablett stapelten.

»Und, wie lief's bei dir?«, fragte Amy, nachdem sie von der Bühne geklettert war und auf die Bar zulief, hinter der ich gerade das Geschirr spülte.

Ich zuckte mit den Schultern. »So wie immer, würde ich sagen. Bei euch?«

Sky schloss zu uns auf, stellte sich neben Amy und legte ihr einen Arm um die Schulter. »Ziemlich gut.«

»Wohl eher großartig«, korrigierte Amy sie mit einem frechen Funkeln in den grauen Augen. Mit den Fingern kämmte sie durch ihre platinblonden schulterlangen Haare, die sich im Laufe des Abends leicht verknotet hatten, weil sie auf der Bühne immer alles gab. »Wir waren echt fantastisch. Aber das hast du ja selbst gehört.«

Ich grinste. Es gab nicht viele Menschen, die so von ihrem eigenen Können überzeugt waren wie Amy.

»Fantastisch trifft es wirklich ganz gut.« Ich drehte mich um und fischte zwei saubere Gläser aus dem Regal hinter mir. »Was wollt ihr trinken?«

Amy fasste sich mit gespielter Arroganz an den Hals. »Für die heiligen Stimmbänder bitte nur ein stilles Wasser.«

Ich biss mir auf die Lippe. »Und du, Sky?«

Sie zog sich einen Haargummi vom Handgelenk und band ihre braunen Locken zu einem hohen Zopf, damit sie ihr nicht ständig ins Gesicht fielen. Ich wusste, wie sehr sie das hasste. »Mir reicht auch ein Wasser. Danke, Cohen.«

»Klar doch.« Während ich ihnen ihr Wasser einschenkte, nahmen sie auf den Barhockern mir gegenüber Platz. »Wo habt ihr eigentlich Brook gelassen?«, fragte ich und reichte ihnen ihre Gläser.

»Sie hat sich heute freigenommen, um bei ihren Eltern nach dem Rechten zu sehen. Ziemlich schwere Grippe. Die liegen schon seit Tagen flach, und Brook wollte heute mal für sie einkaufen gehen und ihnen ein paar Vorräte für die Woche vorkochen.«

»Verstehe.«

»Sie meinte, sie ist ab morgen wieder da«, ergänzte Sky und nahm einen Schluck. »Hoffentlich bleibt es dabei.«

»Selbst wenn nicht, zweistimmig klingen wir auch toll.«

Sky lachte. »Ich glaube, du findest dich auch einstimmig ganz gut.«

Amy nickte selbstzufrieden, und selbst ich konnte in diesem Moment mein Lachen nicht mehr zurückhalten.

Es war schön, wie meine Freundinnen mich ablenkten, ohne es zu merken. Wie sie mich selbst die Wut vergessen ließen, die sich in den letzten Stunden in mir angesammelt hatte. Solche lockeren Gespräche waren manchmal genau das, was man brauchte.

Ich war froh, Sky, Amy und Brook kennengelernt zu haben, als ich meinen Job im *House of Soul* angefangen hatte. Obwohl die drei sich bereits durch ihr gemeinsames Musikstudium gekannt und eine Einheit gebildet hatten, hatten sie mich sofort in ihren Reihen aufgenommen und mir seitdem nie das Gefühl gegeben, nicht dazuzugehören.

Wir redeten und redeten und hörten auch dann nicht damit auf, als der letzte Gast durch die Tür nach draußen verschwand. Ich räumte noch Kleinigkeiten auf, und Amy und Sky unterstützen mich dabei.

Als wir dann rund eine halbe Stunde später auf der Straße vor der Bar standen, sah Sky uns auf eine fast schon sehnsuchtsvolle Art und Weise an.

»Ich finde es so toll, dass ich mit euch zusammenarbeiten kann, Leute.«

Gespielt angeekelt schob Amy Sky von sich weg. »Du bist so … sentimental, seit du mit Sam zusammen bist. Vielleicht solltet ihr euch doch trennen.«

Sky funkelte sie böse an. »Wir sind doch schon seit zwei Jahren zusammen.«

»Na und? Ich erinnere mich noch an die guten alten Zeiten, wo er nicht war. Mann, war das super.«

»Mein armer Freund.«

»Lass sie ruhig reden«, unterstützte ich Sky. »Wir wissen doch alle, dass Amy von all deinen Freundinnen am besten mit Sam auskommt.«

»Weil ich ein sehr pflegeleichter Mensch bin, Leute. Das hat nichts mit Sam zu tun. Ich komme mit jedem zurecht.«

Ungläubig sah ich sie an. »Du? Pflegeleicht? Du hast dich letztens von der Bühne aus fast mit einem Gast angelegt, weil er nicht deine Schokoladenseite fotografiert hat.«

Sie machte einen Schritt auf mich zu und bohrte mir den Zeigefinger in die Brust. »Da ging es nicht darum, von welcher Seite er mich fotografiert, sondern darum, dass meine besten Züge für Fremde ganz sicher nicht unter meinem Rock sind.«

»Oh.« Ich ballte die Hand zu einer Faust. »Wieso hast du nichts gesagt? Ich hätte ihn rausgeworfen.«

Amy schenkte mir ein weiches, dankbares Lächeln. »Ich weiß, aber ich wollte nicht, dass du ihm wehtust und dafür in Schwierigkeiten gerätst. Außerdem habe ich mich selbst darum gekümmert.«

»Damit meint sie, dass sie nach dem Song zu dem Kerl hin ist, ihm das Handy aus der Hand geschlagen und es mit dem Absatz ihres High Heels zertrümmert hat«, klärte Sky mich auf.

»Verdient. Mit mir sollte man sich besser nicht anlegen.«

»Sonst wird die pflegeleichte Lady zum Drachen, nicht wahr?«, neckte ich sie.

»Für einen sonst so schweigsamen Mann reißt du die Klappe heute echt weit auf.« Ihre Faust traf auf meinen Oberarm, doch ich spürte den Hieb kaum.

Sky lachte. »Manchmal fühlt es sich mit dir noch immer wie auf dem College an, Amy.«

»Ich bin halt jung geblieben.«

»Wohl eher kindisch«, stichelte ich und fing ihren nächsten Faustschlag ab, bevor er mich treffen konnte.

Ein Ton, der einer läutenden Glocke ähnelte, erklang. Sky zog ihr Handy aus der Tasche, las die Nachricht und sagte: »Okay, Sam ist mittlerweile auch wieder zu Hause und fragt schon, wo ich bleibe. Wie wär's, wenn wir den Rest des Gesprächs auf morgen Abend verschieben? Wir haben doch alle die frühere Schicht oder ganz frei, und ich könnte noch Brook, Jacob und Chris fragen, ob sie Zeit für einen Pizzaabend haben. Es ist schon so lange her, dass wir alle was zusammen unternommen haben.«

Ich konnte nicht genau sagen, was es war, doch bei der Erwähnung von Chris' Namen rührte sich etwas in mir. Vielleicht war es der leise Wunsch danach, das Gespräch mit ihm an der Stelle weiterzuführen, wo wir unterbrochen worden waren. Herauszufinden, was es gewesen war, das ihn so belastet hatte, um ihm diesmal die Möglichkeit zu geben, darüber zu sprechen.

Damit er nicht auch zu einem Menschen wurde, dessen Inneres ungesehen blieb.

»Klingt gut«, sagte Amy. Dann sah sie mich auffordernd an.

»Ich bin auch dabei.«

KAPITEL 4

Chris

»Den Bohrer, bitte.« Noch bevor mir Emily diesen gereicht hatte, sah ich, wie sich die Augen meiner Patientin vor Schreck ein wenig weiteten. »Machen Sie sich keine Sorgen. Das Geräusch ist vielleicht ein wenig angsteinflößend, aber Sie werden höchstens einen leichten Druck spüren. Dank der lokalen Betäubung sollten Sie keinen Schmerz wahrnehmen.«

Ihre Züge entspannten sich sichtlich. Dann brachte sie ein leichtes Nicken zustande, mit dem sie zum Ausdruck brachte, dass sie bereit war.

Ich führte den Bohrer in ihre Mundhöhle und setzte ihn dort an, wo ich zuvor das Zahnfleisch für die Weisheitszahnentfernung aufgeschnitten und zur Seite geklappt hatte. Dann aktivierte ich das Gerät, während Stephanie neben mir stand und zur Kühlung des Gewebes die entsprechende Stelle mit einer Kochsalzlösung spülte. Ich bohrte, bis die Zahnkrone des noch immer im Kieferknochen steckenden Zahnes freigelegt war.

Dann musste ich den Zahn nur noch zerteilen, die einzelnen Stücke entnehmen, den Bereich desinfizieren und die Wunde vernähen.

Geschafft – meine erste eigene Weisheitszahn-OP.

In dem Moment, in dem ich auch das letzte Instrument zur Seite legte, spürte ich, wie ein Zittern von meinen Händen Besitz ergriff. Es fühlte sich an wie eine Mischung aus Aufregung, Erleichterung und Erfolg.

»Sie haben es geschafft«, verkündete ich der Patientin und richtete den Behandlungsstuhl wieder auf. Dann erklärte ich ihr, worauf sie während der postoperativen Heilungsphase achten musste, bevor ich die restlichen Formalia Stephanie und Emily überließ.

In der Küche der Praxis traf ich auf Jacob, der am Esstisch saß und sein Müsli aß.

»Und, wie ist es gelaufen?«, fragte er mit vollem Mund.

Ich ließ mich auf den Stuhl neben ihm fallen und atmete erleichtert aus. »Gut, glaub ich.«

Jacob klopfte mir stolz auf die Schulter. »Klasse! Dein erster Weisheitszahn. Wäre es nicht ein wenig eklig, hätte ich dir empfohlen, ihn zu behalten, sofern deine Patientin ihn nicht will. Oder zumindest die Einzelteile, die davon übrig sind.«

Ich drehte den Kopf in seine Richtung und sah ihn fragend an. »Wie kann es sein, dass du Zahnarzt bist und das eklig findest?«

Noch ein Löffel von dem Müsli landete in seinem Mund, bevor er zu einer Antwort ansetzte. »Keine Ahnung. Eigentlich hab ich kein Problem damit, Leuten im Mund herumzuwühlen. Das heißt aber noch lange nicht, dass ich behalten will, was ich da drin finde. Das klingt für mich eher nach einer Angelegenheit für den medizinischen Abfall.«

Da hatte er gar nicht mal ganz unrecht.

Jacob stand auf und räumte seine leere Schüssel in die Spülmaschine. Gerade als er sich erneut setzen wollte, öffnete Stacey, die zahnmedizinische Fachangestellte, die ihm in der Regel assistierte, die Tür.

»Dr. Dawn? Mrs. Davis ist jetzt da.«

»Danke … Ich komme sofort.« Er tippte noch kurz eine Nachricht in sein Handy, dann stand er auf und ging zur Tür. »Bevor ich es vergesse«, sagte er noch und hielt inne. »Sam und

Sky laden heute Abend zu einem Pizzaabend bei ihnen ein. Ich soll dich fragen, ob du auch Zeit hast.«

Ich checkte kurz meinen Kalender, fand für heute aber keinen Eintrag. »Ich könnte.«

»Sehr gut, dann haben wir ein Date, Dr. Easton«, antwortete er augenzwinkernd.

Ich konnte mir mein Grinsen nicht verkneifen. »Ich kann es kaum abwarten, Dr. Dawn.«

»Ahh, wie schön, dass ihr gekommen seid«, war das Erste, was ich hörte, als die Tür geöffnet wurde.

Im nächsten Moment fand ich mich in einer kurzen, aber festen Umarmung von Sky wieder. »Danke für die Einladung. Ich hab mich sehr gefreut.«

»Ist doch selbstverständlich.« Sie ließ von mir ab und zog dann Jacob an sich. »Ihr könnt übrigens schon ins Wohnzimmer durchgehen. Amy und Brook sind bereits da. Ich muss noch kurz in die Küche.«

Ihrer Aufforderung folgend, betraten wir den Raum und begrüßten die anderen der Reihe nach. Dann machten Jacob, Sam und ich es uns auf der freien Couch an der hinteren Wand bequem, während Amy und Brook in Decken eingekuschelt auf dem flauschigen Teppich in der Mitte des Raums saßen und im Schein der Deckenleuchte UNO spielten.

Brook gewann.

Und Amy gefiel das absolut nicht.

Einige Minuten später klingelte es wieder an der Tür, und nur kurz darauf kam Cohen zu uns ins Wohnzimmer.

Es sollte nicht mein vorrangiger Gedanke sein, weil er Teil unserer Freundesgruppe war. Und weil er vermutlich nicht einmal auf Typen stand. Aber das Erste, was mir auffiel, war, wie perfekt sich der schwarze Pullover an seine breite Brust schmiegte. Die Ärmel hatte er hochgeschoben und zeigte so seine muskulösen, von unzähligen Tätowierungen überzogenen Unterarme.

Er warf ein zurückhaltendes »Hey« in die Runde, wobei ich das Gefühl hatte, dass sein Blick meinem ein paar winzig kurze Herzschläge zu lang begegnete. Dann nahm er gemeinsam mit Sky, die unmittelbar nach ihm das Zimmer betreten hatte, auf der anderen freien Couch Platz.

»Für wann habt ihr die Pizza bestellt?«, fragte Jacob, dessen Magen in diesem Moment wie auf Kommando knurrte.

Sam schob den Ärmel seines Hoodies ein Stück hoch und schaute auf seine Armbanduhr. »Sie müsste in einer halben Stunde da sein.«

Erfreut klatschte Jacob in die Hände. »Das klingt super. Ich hab nämlich nach der Arbeit keine Zeit mehr gehabt, etwas zu essen. Hatte meinen letzten Patienten erst um 19:30 Uhr.«

»Klingt stressig«, stellte Sam fest.

»War es auch. Ich bin nach Feierabend nur kurz nach Hause, hab geduscht und bin dann hergekommen. Aber auch etwas spätere Eingriffe gehören leider zu dem Job dazu. Es war zum Glück nur eine Weisheitszahn-OP.« Jacobs Blick zuckte kurz in meine Richtung und dann wieder zurück zu Sam. »Wo wir schon dabei sind: Dr. Easton hatte heute seine erste und hat sich sehr gut geschlagen.«

Sam sah mich mit einem breiten Lächeln an. Dann klopfte er mir stolz auf die Schulter. »Krasse Leistung, Mann. Richtig gut.«

Auch ich konnte mein Lächeln nicht zurückhalten. »Danke.«

Es war schön, für solche *alltäglichen* Dinge, die zur Praxis aller Zahnärzte gehörten, eine derartige Anerkennung durch meine Freunde zu erfahren. Gleichzeitig spürte ich einen Stich in meiner Brust, weil mich das an meinen Vater erinnerte.

An seine Anerkennung, die ich damals so dringend gewollt hatte. Die, die ich nie bedingungslos erhalten hatte.

Es war komisch, wie wir älter wurden, erwachsener, und manchen Schmerz doch nie hinter uns lassen konnten, wenn er einen Platz in unserer Seele fand.

Trotzdem versuchte ich, ihn beiseitezuschieben, weil das hier nicht der richtige Zeitpunkt dafür war.

Stattdessen ließ ich meinen Blick nach einer Ablenkung suchend durch den Raum gleiten. Er blieb an Amy und Brook hängen, die sich zu Cohen und Sky auf die Couch gedrängt hatten. Während die drei Frauen in Unterhaltungen verstrickt waren, schwieg Cohen.

Ich fragte mich, wieso er immer so ruhig war.

Als hätte er gespürt, dass ich ihn beobachtete, hob er den Kopf und sah mir direkt in die Augen. Fragend. Herausfordernd.

Ich unterbrach diesen Moment, indem ich mich wieder Jacob zuwandte, der sich von Sam ein kleines Update bezüglich der Einrichtung der Villa geben ließ. Anscheinend waren die Auftraggebenden wirklich nicht allzu bestürzt über die außerplanmäßige Verzögerung gewesen, sodass Sam noch mal mit einem blauen Auge davongekommen war.

Ich wollte mich gerade in das Gespräch einklinken, als es erneut an der Tür klingelte.

Sam runzelte die Stirn und checkte noch mal die Zeit. »Bisschen zu früh, aber okay. Lieber so, als wenn Jacob mir noch die Haare vom Kopf frisst.«

»Bei dir würde ich noch ganz andere Sachen fressen«, konterte dieser mit einem anzüglichen Grinsen.

»Bevor das passiert, soll mich bitte ein Blitz treffen.«

Ich schüttelte belustigt den Kopf. Manchmal hatte ich das Gefühl, ich hatte es hier mit zwei pubertierenden Teenagern zu tun, aber wenn ich ehrlich war, liebte ich genau das an meinen Freunden. Die Lockerheit, mit der wir einander behandelten.

Mir war es nicht immer leichtgefallen, Menschen zu finden, die auf diese Art und Weise mit mir umgingen.

Ich hatte die Erfahrung gemacht, dass Frauen sich oft nicht vollständig fallen ließen, wenn die Möglichkeit bestand, dass ein Kerl auf sie stehen könnte. Und Männer hatten meine Bisexualität als eine Ausrede betrachtet, weil ich angeblich nicht zugeben konnte, nur auf Typen zu stehen.

Aus diesem Grund hatte immer eine Distanz zwischen ihnen und mir bestanden.

Ich war dankbar, dass es mit Sam und Jacob anders war.

Sam kehrte mit ein paar Pizzakartons in der Hand zurück, die er auf dem kleinen Couchtisch verteilte. »Greift zu, solange sie noch heiß sind.«

Wir bedankten uns für die Einladung und nahmen uns jeder ein Stück. Dann wichen die Gespräche für einige Minuten unserem leisen Schmatzen.

»Verdammt, ist das gut«, seufzte Jacob mit vollem Mund.

»Freut mich, dass es dir schmeckt«, antwortete Sky und kuschelte sich mit einem Stück in der Hand an Sam, der jetzt neben ihr auf der Couch saß.

Den Rest des Abends unterhielten wir uns über alles Mögliche: die Uni, wie sich unser Leben die letzten Jahre verändert hatte und was vielleicht auch nicht ganz so gut gelaufen war. Eben ein typischer Abend unter guten Freunden und Freundinnen.

Irgendwann kamen Jacob und Amy auf die Idee, ein paar Sektflaschen zu köpfen, von dessen Inhalt besonders Jacob eindeutig zu viel hatte. Eine Stunde später lag er schlafend auf der Couch, während wir anderen für eine große Partie UNO auf dem Teppich hockten.

Nach der fünften Runde machten sich Amy und Brook auf den Heimweg. Eine weitere spielten wir ohne sie. Dann entschieden auch Cohen und ich, dass es allmählich Zeit für uns wurde.

Ich setzte mich auf die Kante der Couch, auf der Jacob schlief, und versuchte, ihn wach zu rütteln. »Hey, komm schon, Kumpel. Wir müssen jetzt echt los.«

Kurz drehte Jacob sich im Halbschlaf in meine Richtung. Als er ausatmete, nahm ich seine Fahne wahr. Ich war nicht sicher, ob ich ihn in diesem Zustand würde aufwecken können.

Als hätte Sam meine Zweifel bemerkt, schlug er vor, Jacob hier schlafen zu lassen.

»Bist du sicher?«, wollte ich wissen.

Sam zog die rechte Augenbraue hoch. »Ob einer meiner besten Freunde bei uns pennen kann? Ja, bin sicher.«

Ich zuckte mit den Schultern. »Wie du meinst. Dann ist der betrunkene Jacob diesmal dein Problem.«

Sam musterte Jacob kurz und grinste. »Damit komme ich bestimmt klar.«

»Sehr gut. Wenn was ist oder du was brauchst, melde dich.«

»Mach dir nicht so einen Kopf. Wir kommen hier schon klar«, erklärte er und klopfte mir auf den Rücken.

»In Ordnung.«

Cohen und ich verabschiedeten uns von Sam und Sky.

Und dann waren da nur noch er und ich und San Francisco bei Nacht.

Cohen

Obwohl Chris und ich in derselben Gegend wohnten, waren wir noch nie zu zweit nach Hause gelaufen. Im Normalfall war entweder Jacob noch dabei oder wir verschwanden zu unterschiedlichen Uhrzeiten von unseren gemeinsamen Treffen.

Aber jetzt waren da nur er und ich. Wir liefen die 18th St. entlang, einmal quer durch den Mission District, der um diese Zeit aufgrund der ganzen Bars und Clubs noch sehr belebt war.

Ich musterte Chris unauffällig von der Seite. Die blauen Haare, der braune Dreitagebart. Die Tätowierung hinter dem rechten Ohr und die Ruhe, die von ihm ausging. In manchen Momenten wirkte es so, als würde er mit der Nacht verschmelzen. Und aus irgendeinem Grund spürte ich, wie ich neben ihm entspannte. Es lag an seiner Ausstrahlung, da war ich mir sicher.

»Rauchen ist ziemlich ungesund«, sagte ich, als er sich eine Zigarette anzündete.

Er nahm einen ersten Zug und blies den Qualm in die kalte Nacht. »Ich weiß, aber manchmal brauche ich das. Es bringt mich ein wenig runter, auch wenn ich niemandem empfehlen würde, damit anzufangen.«

Ich stutzte kurz. »Und wieso brauchst du jetzt Beruhigung?«

Den Bruchteil einer Sekunde sah Chris zu mir rüber, und obwohl ich durch die Schatten, die die Nacht auf sein Gesicht zeichnete, nicht viel erkennen konnte, nahm ich doch sein Zögern wahr. Als überlegte er, ob er mir den Grund verraten wollte. Aber dann gab er sich einen Ruck und beichtete: »Ich fühle mich gerade ein bisschen schlecht, weil ich Jacob bei Sam habe liegen lassen. Vielleicht hätte ich ihn doch wach rütteln und in ein Uber setzen können. Oder Sam zumindest mit der Bettwäsche für ihn helfen können.«

Ich runzelte die Stirn. »Wieso solltest du? Jacob ist ein erwachsener Mann. Es ist nicht dein Job, ihn zu babysitten, wenn er sich abschießt. Und außerdem ist er genauso Sams Freund. Es sollte keine Rolle spielen, wer sich heute Nacht um ihn kümmert und wer nicht.«

Chris nickte, doch ich spürte, dass er unzufrieden war.

Ich dachte an den Moment im *House of Soul* zurück, als er seine eigenen Bedürfnisse hintangestellt hatte, um für Sam da zu sein, obwohl er mir noch kurz vorher von seinem beschissenen Tag erzählt hatte. Wieso tat er das? Warum priorisierte er andere?

»Du bist nicht für das Wohlergehen anderer Menschen verantwortlich«, schob ich also hinterher, weil ich das Gefühl hatte, dass diese Nachricht bei Chris noch nicht richtig angekommen war.

»Aber es ist doch nichts dabei, seine Freunde zu unterstützen«, erwiderte er und nahm einen letzten Zug, bevor er die verglühte Zigarette auf die Straße schnipste.

Wir kamen am Fallen Bridge Park an und nahmen den Aufgang zur Brücke, die uns über den Freeway zum Viertel Potrero Hill führte, wo wir beide wohnten. Obwohl es tagsüber auch hier aufgrund der Aussicht einige Touristen gab, war es um diese Zeit eher ruhig.

»Doch, wenn man selbst einen schlechten Tag hat, das aber verdrängt, um den anderen gerecht zu werden«, erklärte ich, wo ich das Problem sah.

Chris blieb im Schein einer Straßenlaterne stehen und drehte sich zu mir. Das warme Braun seiner Augen traf auf mein Blaugrau. Es war, als würde er mit seinem Blick die Antwort auf eine Frage suchen, die ihn beschäftigte. »Du willst auf letzte Nacht im *House of Soul* hinaus, stimmt's?«

Ich nickte. »Du hattest eigene Probleme, aber hast erst mal den Seelsorger für Sam gespielt.«

Wieder ein Zögern. »Ja, aber Sam ist mein Freund. Ich würde es wieder tun.«

Wir liefen weiter, richteten unsere Blicke geradeaus, und doch vernahm ich aus dem Augenwinkel, wie er mich immer wieder ansah. Dass er versuchte, meine Aussagen zu verstehen, obwohl ich die aufkeimende Wut in mir gerade selbst kaum verstand.

Wenn ich genauer darüber nachdachte, dann machte mich besonders die Tatsache, dass Chris eine Wahl hatte, wütend. Er hatte ein Privileg, das ich nicht hatte, denn ich durfte meine eigenen Wünsche nicht priorisieren, weil Konsequenzen drohten. Er aber könnte sich für sich selbst entscheiden und fokussierte sich stattdessen auf andere. Es war unfair, und ich wünschte ihm so sehr, dass er das erkennen könnte.

Irgendwie machte mich der Gedanke daran traurig, dass es Chris wie mir gehen könnte. Dass er in seinem eigenen Leben nicht an erster Stelle stand – auch wenn er sich anders als ich selbst dazu entschied.

Ich begriff, dass meine Wut in diesem Moment überzogen war. Aber ein Teil von mir wollte ihn davor bewahren, in seinem eigenen Leben die Position einzunehmen, die ich in meinem einnahm: die eines unbedeutenden Nebendarstellers, der einfach nur funktionieren musste.

Trotz allem beschlich mich das Gefühl, dass ich Chris nicht so einfach von meinem Standpunkt würde überzeugen können. Also entschied ich mich dafür, es fürs Erste nicht weiter zu versuchen, sondern ihm einfach einen Ratschlag mitzugeben. »Okay. Aber bitte pass auf dich auf. Gibt leider viele Menschen da draußen, die die Hilfsbereitschaft anderer nur zu gerne ausnutzen.«

Chris gab einen unzufriedenen Laut von sich, und wir liefen ein paar Minuten wortlos nebeneinander her.

Ich spürte, dass ihn etwas beschäftigte, doch ich wollte mich nicht aufdrängen. Deshalb schwieg ich und wartete ab, ob er sich vielleicht von selbst öffnen würde.

»Ich weiß, was du meinst«, lenkte er irgendwann ein. »Egal, wen ich gedatet habe, es gab immer welche, die meine Hilfsbereitschaft gegen mich verwendet haben. War ziemlich unschön.«

»Das glaube ich dir«, sagte ich bedauernd.

Es gab Menschen, in die man so viel Hoffnung setzte. Für die man so viel tat.

Doch dann gingen sie.

Und man selbst blieb zurück, mit einer grausamen Kälte in der Seele und Mauern aus Beton ums Herz gezogen.

»Aber meine Freunde würden so was nie tun«, beharrte er.

»Das glaube ich auch nicht«, stimmte ich zu, obwohl ich genau wusste, dass einem manchmal die Menschen, die einem am nächsten standen, das Messer am tiefsten in den Rücken rammen konnten. Aber Chris wirkte so überzeugt von seiner

Freundschaft zu Jacob und Sam, dass ich es nicht übers Herz brachte, ihm diese Überzeugung zu rauben.

Und vielleicht war es in Chris' Fall sogar berechtigt. Auch wenn wir sonst nicht viel miteinander sprachen, glaubte ich ihm, dass Jacob und Sam gute Männer waren. Vielleicht war das, was die drei hatten, wirklich die Art von Freundschaft, die echt war. Die nicht von Bedingungen und Ausnutzungen geprägt war.

Ich wünschte es ihm sehr.

»Hast du denn mal solche Erfahrungen gemacht?«, wollte Chris wissen und traf mich damit vollkommen unerwartet.

Liam …

Ich wollte Chris nicht von ihm erzählen. Dafür fühlte sich die Wunde noch zu frisch und die Bekanntschaft zu Chris zu fragil an. Zu neu, obwohl wir uns doch schon so lange kannten. »Ich habe ähnliche Erfahrungen im Dating gemacht«, antwortete ich also vage und hoffte, er würde nicht genauer nachhaken.

»Verstehe. Das tut mir leid.« Keine Ahnung, wie er das machte, doch wenn Chris eine derartige Floskel aussprach, klang es so, als würde er jede Silbe ernst meinen.

»Danke.«

Wir bogen am Ende der Straße rechts ab. Dann standen wir auch schon vor dem Mehrfamilienhaus, in dem die Wohnung meiner Familie lag.

»Ich hoffe wirklich sehr, dass es mit der nächsten Frau besser für dich läuft«, ergänzte Chris.

Ich seufzte. »Wenn, dann wäre es ein *Mann.* Aber danke. Ich hoffe es auch.«

Chris zog verblüfft die Augenbrauen hoch. »Moment … Du bist …«

»Schwul«, bestätigte ich.

Irgendwie war es noch immer komisch, wenn ich es aussprach. Weil mir so lange eingetrichtert worden war, dass meine Sexualität falsch war. Dass es sich für einen Mann nicht gehörte, einen anderen Mann zu lieben oder toll zu finden. Dass *solche Menschen* verachtenswert seien. Und dieses *Verachtenswerte* nun auf mich selbst zu beziehen, war … eigenartig.

Vielleicht machte mir das sogar ein wenig Angst. Als würde ich zugeben, eines Verbrechens schuldig zu sein, obwohl es kein Verbrechen sein konnte, anders als die Norm zu lieben.

Aus irgendeinem Grund galt in solchen Momenten mein erster Gedanke stets meinen Eltern. Ich fragte mich, wie sie wohl reagieren würden, wenn sie von diesem Geständnis erführen. Wenn sie mitbekämen, dass ich mich vor Freunden und Bekannten als schwul labelte, obwohl sie verlangt hatten, dass niemals jemand etwas davon erfuhr. Vor meinem geistigen Auge sah ich den Schock und den Hass in ihren Gesichtern, und mir wurde schwer ums Herz.

Jedes Mal, wenn ich mir das vorstellte, zerbrach etwas in mir.

Jedes Mal fiel es mir ein wenig schwerer, es wieder zusammenzusetzen.

»Das habe ich gar nicht gewusst«, zog Chris mich wieder zurück ins Hier und Jetzt.

Ich zuckte mit den Schultern. »Du hast ja auch nie gefragt. Eigentlich gehe ich damit ziemlich offen um, wenn das Thema aufkommt. Nur von selbst spreche ich es meist nicht an. Ich wollte da nie eine große Sache draus machen, weißt du?«, behauptete ich, obwohl es für mich eine riesige Sache war. Die Wahrheit lautete wohl eher, dass ich selten darüber sprach, weil es mir schwerfiel. Es war zwar jedes Mal ein befreiendes Gefühl, offen darüber zu sprechen, aber weil es immer ein Tabu gewesen war, spürte ich noch heute diesen Hauch von Aufregung. Von Gefahr, weil jemand es hören könnte, für dessen Ohren dieses Geständnis nicht bestimmt war.

»Ist es ja eigentlich auch nicht. Immerhin ist Schwulsein etwas vollkommen Normales. Ich bin nur so verwundert, weil wir als Gruppe schon so oft Zeit miteinander verbracht haben und du es nie hast durchscheinen lassen.«

»Hätte ich das tun sollen?«

»Nein, natürlich nicht. Also nur, wenn du es wollen würdest.«

»Außerdem bin ich ja meistens eh nicht so der redselige Typ, wenn wir als Gruppe unterwegs sind«, erinnerte ich ihn.

Chris lächelte mich an, und aus irgendeinem Grund verlor ich dadurch für den Bruchteil einer Sekunde den Boden unter den Füßen. »Danke, dass du mir das anvertraut hast.«

Ein warmes Gefühl breitete sich in meiner Brust aus. Ich wollte es nach außen als eine Kleinigkeit abstempeln, aber natürlich verstand Chris, was für ein gewaltiger Schritt es sein konnte, sich einem anderen Menschen auf diese Art und Weise zu offenbaren. Dass er damit so respektvoll umging und mir sogar dankte, rechnete ich ihm hoch an.

»Sehr gerne.« Ich warf einen kurzen Blick auf meine Armbanduhr und schluckte schwer. Verdammt. »Ich … ich muss jetzt langsam wirklich rein.«

»Was ist denn …«, hörte ich ihn noch hinter mir, doch ich hatte mich schon längst umgedreht und lief auf die Tür zu.

KAPITEL 5

Cohen

Als ich die Wohnung betrat, war es totenstill. Ich wusste genau, was das bedeutete.

Noch bevor ich mir die Schuhe ausgezogen hatte, ertönte die Stimme meines Vaters aus dem Wohnzimmer. »Komm her.«

Ich betrat den Raum, wo er mir von der Couch aus einen feindseligen Blick zuwarf. Am meisten hasste ich daran, dass seine Augen aussahen wie meine – nur kälter. Lebloser.

»Hast du mal einen Blick auf die Uhr geworfen?«

»Ich …«

»Setz dich.«

Einen kurzen Moment zögerte ich, weil sich alles in mir dagegen sperrte, ihm gegenüber Platz zu nehmen. Doch dann zwang ich mich dazu, mich in Bewegung zu setzen, obwohl ich den Protest meines Körpers bis tief in meine Seele spürte.

»Hatte ich nicht gesagt, bis 22 Uhr bist du wieder zu Hause?«

»Ich …«

Wieder fiel er mir ins Wort. »Eine ganz einfache Frage. Ja oder nein?«

»Ja«, antwortete ich kleinlaut und hasste mich noch im gleichen Atemzug selbst dafür. Weil ich schwach war. Weil ich nicht gegen meinen Vater ankam. Weil er mich emotional in der Hand hatte.

»Es ist jedes Mal dasselbe mit dir!«, brüllte er mir plötzlich entgegen und sprang auf.

Ich zuckte zusammen. Nicht, weil er mir körperlich etwas antun würde. Es lag vielmehr an den seelischen Wunden, die mein Unterbewusstsein zu fürchten schien.

»Verfickte Scheiße, wenn ich 22 Uhr sage, dann hast du um 22 Uhr zu Hause zu sein! Das hier ist immer noch mein Haushalt, in dem meine Regeln gelten. Das ist doch nicht so schwer, oder?«

Ich sagte nichts. Es kostete mich all meine Energie, meine innere Wut und meinen Hass zu zügeln.

»Ich hab dich gefragt, ob du mich verstanden hast«, hakte mein Vater nach.

Diesmal zwang ich mich zu einem Nicken.

Ein paar Sekunden schwiegen wir, und ich spürte seinen abwartenden Blick auf mir. Es war, als suchte er nach dem nächsten Fehler, für den er mich anschreien konnte.

Als er keinen fand, schickte er mich mit einer erneuten Warnung auf mein Zimmer.

Ich zog die Tür hinter mir zu und schloss ab. Dann lehnte ich mich mit dem Rücken dagegen und glitt zu Boden.

Verdammt …

Jedes Mal, wenn mein Vater einen Wutausbruch hatte, nahm ich mir vor, ihm beim nächsten Mal die Stirn zu bieten.

Und dann verwandelte ich mich stets aufs Neue in die zehnjährige Version von mir. Die, die vor ihrem Vater Angst hatte, weil sie wusste, wie laut er werden konnte. Die das nächste Türenknallen fürchtete und innerlich litt, weil sie ihren Vater enttäuschte, da ihr immer eingetrichtert wurde, wie wichtig es war, die Eltern stolz zu machen.

Es war seltsam, wie toxisches Gedankengut und Verhaltensweisen ihr Netz um uns spinnen und uns gefangen halten konnten.

Mein Vater behandelte mich schlecht, und doch blieb ich.

Weil ich mich nicht traute, ihn zu enttäuschen, obwohl ich insgeheim wusste, dass ich daran nie etwas ändern könnte.

Ja, ein Teil von mir wusste es. Doch wann immer dieser Mann vor mir stand, löste mein erwachsenes Ich sich auf und wurde wieder zum Kind. Der kleine Cohen, der ihn fürchtete. Ein Junge, der keine Wärme von seinem Vater empfing, sondern stets von dessen Kälte getroffen wurde.

Die Seele meines Vaters bestand aus Eis.

Und jedes Mal, wenn er mich erniedrigte, gefror unsere Verbindung zueinander ein kleines Stückchen mehr.

Wäre ich Liam doch bloß nie begegnet, dachte ich kurz. Denn seitdem waren meine Eltern nur noch schlimmer geworden. Noch gnadenloser.

Jedes Mal, wenn ich privat unterwegs war, schien die Panik in ihnen hochzusteigen. Die Angst, die ihnen zuflüsterte, dass es noch mehr Liams auf der Welt gab. Und wenn ich mich dann nicht an ihre Bedingungen hielt, fanden wir uns auf der Couch im Wohnzimmer wieder.

Es war immer dasselbe.

Meine Eltern stets ein wenig verbissener und wütender.

Ich stets ein wenig verletzter.

Ich wünschte, ich hätte etwas tun können, um mich aus diesem Teufelskreis zu befreien, aber obwohl ich meinem Vater mit meiner Statur körperlich weit überlegen war, fühlte ich mich in seiner Nähe vollkommen machtlos.

Vielleicht war das normal, wenn das eigene Aufwachsen von emotionalen Misshandlungen geprägt war. Es waren unsichtbare Wunden, die sich wie ein Flickenteppich über das Herz zogen. Und aus Angst, noch mehr solcher Wunden zu erleiden, fügte man sich.

Dabei war das ein riesiger Fehler.

Ich wusste, dass ich lernen musste, für mich selbst einzustehen. Nur hatte ich keine Ahnung, wie ich das schaffen sollte. Wie sollte ich an den Schlüssel kommen, der mir den Weg aus meinem Käfig bereiten könnte, wenn meine Eltern mir seit meiner Kindheit mit ihren Worten und Taten die Hände auf den Rücken banden?

Ich hatte keine Antwort auf diese Frage.

Also saß ich weiter hier, auf dem Boden meines Zimmers, lehnte gegen die Tür und betete, dass das alles irgendwann vorbei sein möge.

KAPITEL 6

Chris

»Hey, Chris, bist du da?«, hörte ich Jacob aus dem Flur rufen.

Als ich meine Tür öffnete, stand er direkt vor mir.

Das sonst so perfekt gestylte schwarze Haar hing ihm zerzaust in die Stirn. Von der Brille mit den runden Gläsern fehlte jede Spur, und er wirkte unnatürlich blass.

Unwillkürlich schlich sich ein Grinsen auf mein Gesicht. »Na? Hast du den Weg zurück gefunden?«

Zur Antwort hob er den Mittelfinger. »Ich glaube, ich hatte gestern vielleicht ein Gläschen zu viel.«

»Ich glaube, es könnte eventuell auch mehr als nur ein Gläschen gewesen sein«, korrigierte ich ihn.

»Schon möglich. Auf jeden Fall geht es mir gar nicht gut.«

»Was hast du denn?«

»Kopfschmerzen. Ganz, ganz schlimme, bestialische, monströse Kopfschmerzen.«

Ich lachte auf. »Das muss ja wirklich ernst sein.«

»Ich glaube, ich werde das nicht überleben.«

»Es gibt wirklich niemanden, der weinerlicher ist als du, wenn es ihm nicht gut geht.«

»Vielleicht gibt es auch einfach niemanden, dem es so schlecht geht wie mir«, konterte er.

»Stimmt, wie konnte mir das nur entgehen?«

»Ich überhöre jetzt einfach mal den Sarkasmus in deiner Stimme.«

»Gute Idee.«

Mit einer langsamen Bewegung schob Jacob die Haare, die ihm in die Augen gefallen waren, zurück. »Ich glaube, ich werde mich noch mal kurz hinlegen und ein Stündchen schlafen.«

»Okay. Hast du es schon mit Aspirin probiert?«

Obwohl er sichtlich angeschlagen war, brachte er es fertig, eine Braue zu heben und mir einen gespielt gönnerhaften Blick zuzuwerfen. »Ob ich es mit Aspirin probiert habe? Ich will ja nichts sagen, aber ich habe auf dem College vermutlich mehr Kater als Zahnmedizin studiert.«

Wenn ich an die Zeit zurückdachte, stimmte das vielleicht sogar. »Ich erinnere mich.«

»Ich hab halt das Beste draus gemacht.«

»Daran besteht kein Zweifel. Aber jetzt solltest du dich erst einmal hinlegen und halbwegs fit werden. Wenn du noch etwas brauchst, sag Bescheid.«

»Mach ich, danke.«

Als Jacob im Bett lag, machte ich es mir ein wenig auf der Couch im Wohnzimmer bequem und schaute YouTube-Videos. Für ein paar Minuten war das eine willkommene Ablenkung, doch dann kehrten meine Gedanken wieder zur vorherigen Nacht zurück. Wie schon etliche Male zuvor sah ich Cohen vor mir. Wieso hatte er sich auf einmal so seltsam verhalten und war fast schon fluchtartig ins Haus gestürmt?

Die Erinnerung daran ließ mich nicht los, weil ich mich fragte, ob es etwas mit mir zu tun gehabt hatte. Aber irgendwie konnte ich mir das nicht vorstellen.

Ich hatte doch nichts getan.

Trotzdem redete mir sein Verhalten genau das ein.

Kurz zögerte ich. Dann entschied sich der mutige Teil in mir, ihn einfach zu fragen. Manchmal machte man die Dinge im

Kopf einfach schlimmer, als sie objektiv betrachtet waren. Dann war es wichtig, der eigenen Gedankenspirale zu entkommen und sich Klarheit zu verschaffen.

Ich öffnete unseren Gruppenchat und suchte in der Mitgliedsliste nach Cohens Nummer. Da wir vorher nie miteinander kommuniziert hatten, hatte ich sie nicht eingespeichert. Ich öffnete den Chat und tippte eine Nachricht an ihn.

Ich; 12:57 Uhr
Hi, Chris hier. Ich wollte mal fragen,
ob alles in Ordnung ist.
Du warst gestern so schnell weg.

Das Piepen der Spülmaschine ertönte in der Küche, und ich wollte gerade aufstehen, um sie auszuräumen, als mein Handy vibrierte und mir eine neue Nachricht von Cohen anzeigte.

Ohne zu zögern öffnete ich den Chat.

Cohen; 12:59 Uhr
Hey. Bei mir ist alles okay. Ich hoffe,
bei dir auch. Das mit gestern tut mir leid.
Ich hatte es ein wenig eilig.

Ich runzelte die Stirn. Es war mitten in der Nacht gewesen, als wir an seiner Wohnung angekommen waren. Weshalb könnte er es da eilig gehabt haben?

Irgendwie kam mir das wie eine faule Ausrede vor. Auch wenn ich mir nicht sicher war, wofür er eine gebraucht hätte.

Vielleicht steckte hinter seinem Verhalten etwas, das ich nicht verstand. Deshalb wollte ich ihm nichts unterstellen und entschied mich, seine Erklärung so hinzunehmen.

Ich; 13:02 Uhr
Alles klar.
Aber wenn doch irgendwas
sein sollte, sag Bescheid.

Cohen; 13:03 Uhr
Werd ich, danke. Aber mach dir
nicht zu viele Gedanken. Alles ist gut.

Ich; 13:04 Uhr
Okay. Wir sehen uns bestimmt
die Tage – spätestens, wenn ich
das nächste Mal im House of Soul bin.

Cohen; 13:05 Uhr
Das denke ich auch. Bis dann!

Irgendwie fühlte sich diese Nachricht von Cohen wie ein enttäuschender Stich in die Brust an. Ich konnte nicht leugnen, dass mir die Gespräche, die wir in der letzten Nacht geführt hatten, in Erinnerung geblieben waren.

Die Art und Weise, wie er mich verteidigt hatte, obwohl ich nicht mal das Gefühl gehabt hatte, verteidigt werden zu müssen, hatte mich beeindruckt. Den meisten Menschen fiel es schon schwer, für sich selbst einzustehen. Bei anderen blickten sie erst recht weg. Umso höher rechnete ich es Cohen an, dass er sich für mich starkgemacht hatte. Und irgendwie erwischte ich mich seitdem hin und wieder bei dem Gedanken, wie es wohl wäre, mehr Zeit mit Cohen zu verbringen. Ihn besser kennenzulernen.

Nach außen wirkte er immer wie dieser unnahbare, schweigsame Mann, den alles kaltließ. Aber er hatte ganz offensichtlich noch eine andere Seite. Eine, die sich um das Wohlergehen seiner Mitmenschen sorgte. Eine, die mein Interesse weckte, weil ich mich fragte, wieso er sie nicht viel häufiger zeigte.

Wieder vibrierte mein Handy. Ich griff danach, und diesmal sah ich ein Foto, das Cohen mir geschickt hatte. Es zeigte den Pullover, den er gestern getragen hatte, darauf ein riesiger roter Fleck.

Cohen; 13:10 Uhr
Hab übrigens als Andenken an gestern diesen Tomatensaucenfleck auf meinem Pulli gefunden. Kann mich gar nicht dran erinnern, mich bekleckert zu haben.

Ich konnte mir ein Grinsen nicht verkneifen. Ebenso wenig, wie ich die leise Aufregung unterdrücken konnte, weil Cohen nun doch noch das Gespräch mit mir suchte.

***

Cohen; 20:59 Uhr
Ich bin kaum eine Stunde da und hab schon ein Tablett fallen lassen …

Ich; 21:00 Uhr
Hahaha!
Waren die Gläser voll oder leer?

Cohen; 21:05 Uhr
Natürlich voll. Aber daran bin ich selbst schuld, wenn ich die Augen nicht aufmache und gegen einen Tisch laufe.

Ich; 21:06 Uhr
Ab jetzt mehr Konzentration!
Du packst das.

Cohen; 21:09 Uhr
Danke. Ich muss jetzt auch weitermachen. Wir hören uns!

***

Ich; 12:13 Uhr
Foto

Cohen; 12:14 Uhr
Bah! Wieso schickst du mir ein Foto von einem blutbeschmierten Zahn?

Ich; 12:15 Uhr
Haha. Das ist der dritte Weisheitszahn, den ich allein gezogen habe!

Cohen; 12:16 Uhr
Ich würde dir ja gerne gratulieren, aber eventuell muss ich mich übergeben.

Ich; 12:16 Uhr
Ehrlich?

Cohen; 12:17 Uhr
Nein. Aber wenn, könnte es mir niemand verübeln.

Ich; 12:17 Uhr
Ja … Das mit dem Blut ist nicht für jeden was. Was machst du gerade so?

Cohen; 12:18 Uhr
Bin im Gym. Heute steht Rücken/Bizeps auf dem Plan.

Ich; 12:18 Uhr
Klingt sehr gut. Viel Spaß!

Cohen; 12:18 Uhr
Danke!

***

Cohen; 15:21 Uhr
Foto
Solche Fotos schickt man anderen!

Ich; 15:43 Uhr
Wow, das sieht lecker aus!
Guten Appetit!

Cohen; 15:44 Uhr
Danke. Dafür stand ich eine Stunde in der Küche.

Ich; 15:45 Uhr
Also kochst du gerne?

Cohen; 15:45 Uhr
Es geht. Aber ich will den ganzen Sport nicht umsonst machen. Für die Erfolge kommt es auch sehr auf die richtige Ernährung an.

Ich; 15:46 Uhr
Ja, das stimmt. Bewundernswert, dass du das so durchziehst.

Cohen; 15:46 Uhr
Danke:)

***

Je mehr wir über die kommenden Tage hinweg miteinander schrieben, desto mehr freute ich mich, wenn ich ihm im Laufe der Woche hin und wieder im *House of Soul* begegnete. Auch, wenn wir dort während seiner Schichten nicht viel miteinander reden konnten, warf er mir zwischendurch immer wieder Blicke zu.

Einmal glaubte ich sogar, ihn lächeln zu sehen.

Vielleicht hatte ich es mir aber auch nur eingebildet.

So oder so, sah es schön aus. Cohen Smith, die Ernsthaftigkeit in Person, lächelte schön.

»Der hier ist für dich«, verkündete er eines Abends und stellte einen bunten Cocktail vor mir ab. Sam und Jacob waren kurz auf Toilette verschwunden, weshalb ich hier allein gesessen und auf mein Handy gestarrt hatte.

Ich sah ihn fragend an. »Das habe ich doch gar nicht bestellt.«

»Der geht auf mich.« Wieder diese Andeutung eines Lächelns. Dann wandte er sich ab und verschwand samt Tablett in der tanzenden Menge.

Objektiv betrachtet wusste ich, dass es *nur* ein Cocktail war. Trotzdem löste diese kleine Geste ein warmes Flirren in meiner Magengrube aus. Und es war nicht das letzte Mal.

Die Tage zogen nur so an uns vorbei, und ich hatte das Gefühl, mich mit Cohen in einen Rausch aus Textnachrichten und kleinen Gesten zu verlieren, wann immer wir uns im *House of Soul* begegneten. Mal waren es Getränke, mal kleine Snacks, von denen ich ihm vorher geschrieben hatte, dass ich sie gern mochte.

Mit jedem Tag vertieften wir den Kontakt zueinander, und irgendwann fragte ich mich, was das für eine fragile Verbindung war, die sich da zwischen uns entwickelte.

Aber mit Sicherheit konnte ich sagen, dass es sich auf aufregende Weise schön anfühlte.

Vielleicht sogar vertraut.

Cohen fühlte sich vertraut an – wie ein Freund.

Auch wenn es hin und wieder leise Momente gab, in denen ich es mir erlaubte, mich zu fragen, ob er wohl auch mehr sein könnte.

KAPITEL 7

Chris

»Noch einer, los!«, schrie Jacob mich an und neigte sich mir so entgegen, dass ich seinen warmen Atem auf meinem Gesicht spüren konnte. »Komm schon!«

Ich biss die Zähne zusammen, mobilisierte meine letzten Kräfte und drückte die Langhantelstange mit einem entschiedenen Schub nach oben. Dann positionierte ich sie in der Halterung und dankte einem Gott, von dem ich nicht mal wusste, ob ich an ihn glaubte, dafür, dass es vorbei war. Ein paar tiefe Atemzüge lang schloss ich die Augen und versuchte, meinen Puls wieder halbwegs zu beruhigen. Als ich sie wieder öffnete, sah ich Jacobs selbstgefälliges Grinsen über mir.

»War doch gar nicht so schlimm, oder?«

»Ich hasse dich«, keuchte ich, wodurch er nur noch breiter grinste.

»Tust du nicht«, erwiderte er. »Du liebst mich.«

»Mit jeder Sekunde ein bisschen weniger.«

»Damit komme ich klar.« Er bedeutete mir, aufzustehen, woraufhin er sich auf die Flachbank legte und die Stange mit einer gezielten Bewegung aus der Halterung hob. Dann vollführte er acht Wiederholungen, bei denen ich hinter ihm stand und aufpasste, dass er die Langhantel nicht fallen ließ und sich das Brustbein zertrümmerte.

Manche mochten glauben, dass man von seinen Freunden zu viel kriegen konnte, wenn man andauernd beieinander war. Mit Jacob und mir war das anders.

Seit dem College wohnten wir zusammen. Und wenn wir mal Dampf ablassen und unsere angestaute Energie loswerden mussten, trainierten wir gemeinsam. Obwohl wir sehr viel Zeit miteinander verbrachten, gab es nur selten Momente, in denen ich Abstand brauchte.

Mit Jacob war vieles ungezwungen und leicht. Seine lockere Art half mir, mich selbst nicht zu ernst zu nehmen.

Meine Ernsthaftigkeit half ihm, geerdet zu bleiben.

Als wir fertig waren mit Bankdrücken, gingen wir zu den Kabeltürmen, wo wir im Wechsel Cable Flys ausübten.

»Ich hole mir noch schnell was zu trinken«, erklärte ich Jacob irgendwann und hob demonstrativ meine leere Trinkflasche.

»Jo, dann mache ich noch einen Satz.« Er umfasste die beiden Griffe, während ich auf die Tür zusteuerte, die aus dem Freihantelbereich und in Richtung des Wasserspenders führte.

Als ich um die Ecke ging, wurde ich für einen kurzen Augenblick von meinem Handy abgelenkt … und stieß mit jemandem zusammen. »Sorry, ich …«, stammelte ich, verstummte aber, als ich sah, wer vor mir stand.

Cohen.

Er blickte zu mir hinab, und das feine Lächeln, das er mir schenkte, spiegelte sich im Gewitter seiner Augen.

»Hey, tut mir leid. Ich hab dich nicht gesehen.« Entschuldigend wedelte ich mit meinem Smartphone in der Hand.

»Schon gut.«

»Ich wusste gar nicht, dass du auch hier trainierst.«

»Doch, schon immer. Aber wir sind uns vermutlich noch nie begegnet, weil das nicht meine übliche Trainingszeit ist. Normalerweise komme ich nachts nach meiner Schicht her. Aber ich hab mich heute dazu bereiterklärt, ein wenig länger auf der

Arbeit zu bleiben und deshalb den Sport vorgezogen, weil ich auch nicht zu spät ins Training starten will«, erklärte er.

»Verstehe.«

Sein Blick zuckte kurz an mir vorbei Richtung Freihantelbereich. »Und du? Bist du allein hier?«

Ich schüttelte den Kopf. »Jacob ist auch da. Wir trainieren meistens zusammen.«

»In einem Gym Buddy-Sport zu treiben, ist immer eine gute Entscheidung.«

»Trainierst du alleine?«

Er zuckte mit den Schultern. »Schon, aber das liegt vermutlich auch daran, dass ich nachts im Normalfall der Einzige bin, der überhaupt hier ist.«

»Dann pass auf, dass du keine Langhantelstange auf dich fallen lässt«, scherzte ich.

Mit einem Mal flutete Selbstsicherheit seine Züge. »Keine Sorge, das kriege ich hin.«

Wenn ich ihn so ansah, bestand daran kein Zweifel. Mit der Muskelmasse sah er aus, als würde er im Fitnessstudio leben.

Peinliches Schweigen breitete sich zwischen uns aus. Es war einer dieser Momente, in denen man miteinander reden wollte, es aber eigentlich nichts mehr zu sagen gab. Also stand man voreinander, sah sich gegenseitig an und schwieg.

»Also, ich … sollte dann mal weiter«, unterbrach ich die Stille.

»Ja, und ich … fange dann mal an.«

Ich nickte. »Wir sehen uns gleich sicher noch.«

Damit ging ich an ihm vorbei und hätte mir am liebsten die Hand gegen die Stirn geschlagen. Keine Ahnung, wieso ich nichts mehr herausbekommen hatte.

Ich füllte meine Flasche auf und machte mich auf den Weg zu Jacob. Doch als ich den Freihantelbereich betrat, kreuzten sich Cohens und mein Blick.

Mit einer kurzen Handbewegung winkte er mich zu sich rüber. »Kannst du mich spotten?«, fragte er und deutete auf die Langhantelstange in der Halterung.

Als mein Blick auf das Gewicht fiel, hätte ich am liebsten »Nein« gesagt. 130 Kilogramm. Es war schön, dass Cohen mir zu vertrauen schien, aber ich bezweifelte, dass ich im Ernstfall eine große Hilfe wäre.

Trotzdem stimmte ich zu und positionierte mich am Kopfende der Flachbank.

»Erst eingreifen, wenn ich sie wirklich nicht mehr hochbekomme«, erklärte er, bevor er sich unter die Stange schob und danach griff. Dann hob er sie aus der Halterung und führte derart saubere Wiederholungen aus, dass es aussah, als würde er nur 13 statt 130 Kilogramm stemmen.

Ich wusste, dass ich aufmerksam sein musste, um im richtigen Moment einzugreifen. Aber alles, was ich tun konnte, war, Cohen zu beobachten. Er trug eine kurze schwarze Hose und ein cremefarbenes Oversize-Shirt, das trotz Übergröße seiner Statur schmeichelte. Grobe Adern zeichneten sich infolge der Anstrengung auf seinen Armen ab, und sein ernster, fast schon verbissener Ausdruck, mit dem er die letzte Wiederholung stemmte, hatte etwas wahnsinnig Attraktives.

»Jetzt!«, bellte Cohen und riss mich damit von meinen Gedanken los.

Fast schon panisch griff ich nach der Stange und zog sie Richtung Halterung, während Cohen mit letzter Kraft drückte. Als er endlich loslassen konnte, hingen seine Arme links und rechts schlaff von der Flachbank runter.

»Fuck«, murmelte er atemlos, während sich sein Brustkorb schwer hob und senkte.

»Sorry, ich war nicht ganz bei der Sache«, erklärte ich und fühlte mich im selben Moment schlecht, weil es sich anfühlte, als hätte ich Cohens Vertrauen in mich enttäuscht.

»Schon gut, ist ja nichts passiert.« Er richtete sich auf und drehte sich langsam in meine Richtung. »Aber Scheiße, war das knapp.«

»Das kannst du laut sagen.«

Seine Haare waren durcheinander, und Schweiß lief ihm über die Stirn. Er wischte ihn sich mit seinem Unterarm vom Gesicht.

Als seine schwere Atmung sich halbwegs beruhigt hatte, legte er sich wieder unter die Stange für den zweiten Satz. Diesmal passte ich besser auf.

Dann kam der dritte Satz. Doch noch bevor Cohen die Stange berühren konnte, klingelte mein Handy. Meine Mom.

»Sorry, da muss ich kurz rangehen«, erklärte ich Cohen und verzog die Lippen zu einem entschuldigenden Lächeln. »Ist meine Mom. Ich hab mich lange nicht gemeldet, und jetzt wird sie langsam nervös. Du kennst das ja sicher. Ich bin gleich wieder da.«

Cohen

Nein, ich kannte es nicht.

Denn wenn meine Mutter anrief, ging es nie darum, sich zu vergewissern, ob alles okay war. Es ging um Kontrolle. Darum, sicherzugehen, dass ich mich in ihren Augen benahm.

Als Person war ich ihr nicht wichtig, aber als ihr Sohn durfte ich nicht negativ auffallen. Ich sollte so funktionieren, wie sie es für richtig hielt, damit keine meiner Taten auf sie zurückfallen konnte.

Chris entfernte sich ein paar Schritte, um ungestört mit seiner Mom zu reden, und obwohl ich es nicht sollte, konnte ich meinen Blick nicht von ihm abwenden.

Ich beobachtete ihn, sah das zarte Lächeln auf seinen Lippen, wie er sich mit der Hand über den braunen Bart fuhr oder beim Lachen den Kopf leicht nach hinten warf. Und mit jeder Sekunde, die das Gespräch andauerte, wuchs das bittere Gefühl in mir. Eines, von dem ich wusste, dass es deplatziert war. Weil ich es Chris gönnen sollte, dass er eine gute Beziehung zu seiner Mutter hatte. Dass er nicht das durchleben musste, was ich durchlebte.

Doch obwohl ein Teil von mir es wirklich versuchte, war da der stechende Neid.

Und die Trauer um eine Mutter, die ich hätte haben können, aber nie gehabt hatte.

Manchmal fragte ich mich, wie es sich wohl anfühlen musste, eine derart intakte Familie zu haben, während meine in tiefer Lieblosigkeit versank. Oder ob Leute wie Chris überhaupt eine Ahnung davon hatten, wie privilegiert sie waren.

Er verdiente es.

So, wie ich ihn bisher kennengelernt hatte, bestand für mich daran nicht der geringste Zweifel. Aber verdiente ich es nicht genauso? Eine Familie, die Sicherheit statt Angst bedeutete?

Ich wusste, dass diese Gedanken unangemessen waren. Dass Chris' Glück nicht der Anlass für meine Trauer sein sollte. Schließlich konnte er doch absolut nichts für meine Lage. Trotzdem überrollten mich meine Gefühle in diesem Augenblick. Und ich hatte keine Ahnung, wie ich mich aus dieser Abwärtsspirale befreien sollte.

Chris legte auf und drehte sich in meine Richtung. In seinen braunen Augen erkannte ich eine Leichtigkeit, von der ich glaubte, dass ich sie in jeder anderen Situation wunderschön gefunden hätte.

Jetzt tat es weh, sie zu sehen.

»Sorry, es hat doch ein bisschen länger gedauert. Aber ich bin jetzt so weit.« Er stellte sich wieder ans Kopfende der Flachbank und wartete darauf, dass ich mich in Position brachte.

Doch ich konnte nicht. Ich wollte nicht. Alles, woran ich gerade denken konnte, war, ein wenig Distanz zwischen uns zu bringen. »Irgendwie fühle ich mich schon ziemlich ausgelaugt. Ich glaube, zwei Sätze Bankdrücken reichen heute.«

»Oh, okay.« Zwar mied ich seinen Blick so gut wie möglich, aber ich hörte die Enttäuschung in seiner Stimme. »Falls du gleich noch bei einer anderen Übung einen Spotter brauchst, sag gerne Bescheid.«

»Das mache ich«, antwortete ich, obwohl ich wusste, dass ich es nicht tun würde. Stattdessen griff ich nach Handtuch und Trinkflasche und machte mich an meine nächste Übung.

Normalerweise half der Sport mir dabei, den Kopf freizukriegen.

Heute war es anders. Alles, woran ich denken konnte, war meine kaputte Familie. An ihren Glauben, der die Herzen meiner Eltern so sehr eingenommen hatte, dass darin kein Platz mehr für ihren Sohn war. Ich dachte an unsere Wohnung, die sich anfühlte wie ein Gefängnis aus Eis, und inmitten von all dem war ich.

Ein erwachsener Mann, der sich selbst nie gerecht werden konnte, weil ihm beigebracht worden war, zuerst an seine Eltern zu denken. Eltern, denen er ironischerweise auch nie gerecht wurde. Es war wie ein ständiges Versuchen und Scheitern.

Ich wünschte, Scheitern würde nicht so verdammt wehtun.

Chris

Irgendetwas stimmte mit Cohen nicht.

Ich wusste es, als ich sah, wie verbissen er trainierte. Für ihn war das gerade nicht einfach nur sportliche Betätigung. Er sah aus, als ginge es um mehr. Ums Vergessen. Ums Sichverlieren in diesem Sport.

Immer wieder schaute ich unauffällig zu ihm rüber.

Immer wieder fiel mir auf, wie leer das Gewitter in seinen Augen heute wirkte.

Was war da nur los?

Und noch viel wichtiger: Konnte ich irgendetwas tun, um ihm zu helfen?

KAPITEL 8

Cohen

Gläser zu spülen gehörte wohl zu den Aufgaben, die ich an meinem Job am wenigsten mochte. Leider kam ich bei den Mengen an Bier und Spirituosen, die ich jeden Abend ausschenkte, nicht drum herum.

Ich trocknete gerade die letzten Gläser ab, die noch vom Vorabend stehen geblieben waren, während Sky, Amy und Brook einen letzten Soundcheck für später machten. Sie hatten den Song *Summertime* in ihr Repertoire aufgenommen – ein Meisterwerk, das insbesondere Brooks Stimme schmeichelte.

»Ich würde das Ganze tauschen«, ertönte ihre Stimme jetzt über die Lautsprecher, weil sie zu nah am Mikrofon stand. »Ich finde, Sky sollte die hohe Harmonie singen und du die tiefe, Amy. Die Tiefen passen, glaube ich, besser zu deiner Stimme. Lasst uns das mal probieren.«

Die Musik setzte ein, und die drei fingen an zu singen. In diesem Anlauf klang es schon deutlich sauberer als beim letzten Versuch. Brook sang die Melodiestimme wie eine Meisterin, und die Harmonien, die Amy und Sky beisteuerten, verpassten dem gesamten Auftritt etwas Einzigartiges.

Sie spielten den Song noch zweimal und feilten bei jedem Durchgang ein wenig an den Harmonien, bis es perfekt saß.

Ihnen bei den Proben zuzuhören, während ich meine Vorbereitungen für den Abend machte, war jedes Mal aufs Neue eine schöne Erfahrung. Es war interessant, wie sie aus bekannten Songs ihre eigenen machten. Wie sie das Lied zunächst stumpf nachsangen, um ihm dann eigene Harmonien und Phrasierungen beizufügen.

Als sie fertig waren, steuerten sie direkt auf mich zu und nahmen jede auf einem der Barhocker Platz.

»Richtig guter Soundcheck, Leute«, lobte ich.

»Danke«, antwortete Brook. »Wir sind jetzt auch richtig zufrieden mit dem Arrangement. Ich glaube, die Leute werden es toll finden.«

»Das denke ich auch. Es sei denn, sie haben keinen Geschmack, aber bisher war das Publikum hier ja ziemlich glücklich mit euch.«

Amy seufzte überzogen dramatisch. »Was hat dieser arme Schuppen nur gemacht, als wir noch blutige Anfängerinnen waren und den Laden nicht mit unseren Stimmen füllen konnten?«

»Vermutlich sehr viel weniger Umsatz«, mutmaßte ich. Denn seit im *House of Soul* im Rahmen der Renovierungsarbeiten eine Bühne sowie Live-Gesang eingerichtet worden waren, war die Bar im Mission District durch die Decke gegangen. Mit jeder vergehenden Woche fanden mehr Gäste ihren Weg hierher, was unseren Chef sichtlich freute.

Für mich bedeutete es noch mehr Stress, da wir an einem Barkeeper-Mangel litten und kaum neues Personal für den Job anwerben konnten. Aber immerhin fiel mein Trinkgeld dadurch deutlich großzügiger aus.

»Tja, ein Glück, dass es uns gibt.«

Ich grinste. »Dein Selbstbewusstsein hätte ich gerne, Amy.«

»Freundchen, ich glaube nicht, dass es dir an Selbstbewusstsein mangelt, so oft, wie du die Nummern von irgendwelchen Frauen zugesteckt bekommst.«

Ich lachte. »Es ist ein kleiner Ego-Boost, gebe ich zu, auch wenn ich es eigentlich hasse, so einfallslos angegraben zu werden.«

»Sieh es als Kompliment«, wollte Brook einlenken.

»Ich versuche es, aber es ist ein ziemlich ... aufdringliches Kompliment, wenn eine Frau ihre Nummer auf einen Zettel schreibt und ihn mir im Vorbeigehen in die hintere Hosentasche schiebt – natürlich nicht, ohne ordentlich zuzupacken.«

Ich wusste, dass in unserer Gesellschaft fast ausschließlich Frauen Opfer von sexualisierter Gewalt waren. Doch das hieß nicht, dass es nicht auch die Realität von Männern sein konnte.

Auch Männer hatten Grenzen, die überschritten wurden.

Auch sie konnten Opfer sein.

Brook verzog die Mundwinkel. »Oh, ja. Das ist natürlich ziemlich ungünstig.«

Ich nickte.

Amy griff über den Tresen hinweg nach meiner Hand. »Du darfst zwar als Mann keine Frau schlagen, aber das gilt nicht für mich. Ein kleines Zeichen genügt, und ich reiße ihnen die Extensions vom Kopf.«

Ich lachte laut los. »Du bist die Beste.«

»Das hätte ich gerne schriftlich.«

Ich zog eine Serviette hervor und verschriftlichte meine Erklärung.

Amy nahm sie entgegen und wedelte damit demonstrativ in der Luft. »So eine hättet ihr sicher auch gerne, oder?«

Sky knuffte Amy in die Seite. »Sam wollte später eh vorbeikommen. Dann sage ich ihm, er soll mir auch so ein Zertifikat schreiben.«

»Und was ist mit mir?«, fragte Brook empört.

»Wenn er Jacob oder Chris mitbringt, zwingen wir einen von ihnen, dir eins auszustellen.«

»Eine Mitleidsserviette?«, hörte ich Brook noch sagen, bevor ich in Gedanken zum heutigen Vormittag im Fitnessstudio mit Chris abdriftete.

Wieder war da dieses bittere Gefühl.

Und dann gleichzeitig das schlechte Gewissen, weil es mir falsch vorkam.

»Ist alles in Ordnung?«, erkundigte sich Sky.

Ich schluckte schwer. Eigentlich wollte ich nicht darüber reden, weil ich mir aus irgendeinem Grund blöd vorkam. Aber das hier waren meine Freundinnen. Sie würden mich ganz sicher nicht so verurteilen, wie ich mich selbst verurteilte.

Seltsam, dass wir Menschen manchmal selbst am strengsten mit uns waren.

»Ich hatte heute irgendwie einen blöden Moment mit Chris im Fitnessstudio«, fing ich an zu erzählen. Nervös spielte ich mit meinen Fingern und richtete meinen Blick nach unten, weil es mich zu viel Überwindung kostete, den anderen direkt in die Augen zu sehen.

»Habt ihr euch da verabredet?«, hakte Sky hörbar verwirrt nach.

»Nein, wir sind uns dort zufällig über den Weg gelaufen. Und ich habe ihn gefragt, ob er mich beim Bankdrücken spotten kann. Das hat er dann auch für die ersten beiden Sätze, aber dann … Keine Ahnung, es ist so dämlich.«

Wieder war da Amys Hand auf meiner. So überheblich sie auch manchmal wirken konnte, sie hatte ein gutes Herz. Und sie ließ die Leute, die sie liebte, nicht im Stich, wenn sie sie brauchten. »Wenn es dich so sehr beschäftigt, kann es nicht dämlich sein.«

Ich versuchte, mich an diesen Worten festzuklammern und weiterzuerzählen. »Seine Mom hat angerufen und … ich musste direkt an meine eigene denken. Ihr kennt ja meine … *Familiensituation.*« Dieses Wort war eine Umschreibung für diese lieblose Hölle, für Tage, an denen es mir schwerfiel, konkret über ebenjene Situation zu reden. »Wieso kriege ich direkt Herzrasen, wenn ich den Anruf meiner Eltern auf dem Sperrbildschirm sehe? Ich sollte es Chris gönnen, ein gutes Verhältnis zu seiner Mutter zu haben – und das tue ich auch –, aber nur weil ich es ihm gönne, heißt es nicht, dass sein Glück mich nicht an meinen Schmerz erinnert. Versteht ihr, was ich meine?«

Brook sprang von ihrem Hocker, lief um die Bar herum und schloss mich in ihre Arme.

Kurz zögerte ich, weil der Moment mich überwältigte, doch dann gab ich nach und erwiderte die Geste.

»Was du fühlst, ist absolut okay«, flüsterte sie, an mich gepresst.

»Ich bin ganz Brooks Meinung«, stimmte Amy zu. »Wir können nichts für unsere Gefühle, und ich kenne dich gut genug, um zu wissen, dass du Chris nichts Böses willst und hinter deinem Schmerz auch keine Missgunst steckt. Aber manchmal ist es so, dass das Glück eines Menschen uns wehtut, weil es uns an unsere tiefsten Sehnsüchte erinnert. Manchmal hat ein anderer Mensch genau das, was wir wollen. Wovon wir glauben, dass wir es so unfassbar dringend brauchen. Und nur weil es uns wehtut, diesen Menschen damit zu sehen, heißt das nicht, dass wir es ihm nicht gönnen. Oder dass wir uns wünschen, dieser Mensch hätte es nicht. Das sind zwei Paar Schuhe.«

Ihre Worte linderten den Schmerz in mir ein wenig.

Wegen der Bitterkeit, die ich empfunden hatte, hatte ich nur Schlechtes in mir gesehen. Aber Amys Worte fassten meine gesamte Situation so viel besser zusammen.

Chris hatte, was ich mir so sehnlich wünschte: Er war ein queerer Mann, der von seiner Familie geliebt wurde. Das so vor Augen geführt zu bekommen, hatte mich überrumpelt.

Wenn ich jedoch tief in mich ging, spürte ich eine Wärme, die nur Chris galt. Eine Wärme, die mir verriet, dass ich mich für ihn freute. Und an diesem Gefühl wollte ich festhalten.

»Danke, Leute. Das bedeutet mir echt viel.«

Brook löste sich von mir und schaute mit einem warmen Lächeln zu mir hoch. »Jederzeit, das weißt du doch.«

»Ich fürchte, ich muss dann auf jeden Fall noch einmal mit Chris sprechen.«

»Warum?«, hakte Sky nach.

Ich fuhr mir tief seufzend mit der Hand übers Gesicht. »Eventuell ist es mir nicht gerade gut gelungen, diese Gefühle vor ihm zu verstecken. Ich glaube, ich war ziemlich komisch und abweisend und sollte ihm erklären, woran das gelegen hat.«

»Er hat bestimmt Verständnis dafür«, versicherte Sky mir.

»Ich hoffe es. Na ja, ich rede mit ihm, falls er gleich mit Sam herkommt.«

Doch Chris kam nicht.

Es vergingen ein paar Stunden, und Sam und Jacob fanden ihren Weg hierher. Doch keine Anzeichen von Chris.

Und das änderte sich auch in den nächsten Tagen nicht.

Jeden Abend stand ich hinter der Bar des *House of Soul* und wartete darauf, sein blaues Haar in der tanzenden Menge zu entdecken.

Jeden Abend wartete ich vergeblich.

Ich traute mich nicht, ihm zu schreiben, weil ich die Angelegenheit persönlich klären wollte. Und leider kam auch von ihm nichts. Keine Nachricht, kein Lebenszeichen.

Chris war aus meinem Alltag verschwunden.

Er war so schnell zu einem Teil davon geworden, dass ich mich fast schon an die täglichen Chats und den Kontakt gewöhnt hatte. Ganz unauffällig hatte er sich in mein Leben geschlichen, bevor er sich ebenso unauffällig wieder daraus zurückgezogen hatte.

Aber ich konnte nichts tun, als weiterzumachen und darauf zu hoffen, dass er früher oder später wieder hier auftauchen würde.

KAPITEL 9

Chris

»Meine Beine tun weh«, klagte ich und massierte mir mit der Faust den Oberschenkel.

»Meine auch.« Jacob nahm einen Bissen von seinem Brot und seufzte genießerisch. »Du wirst es mir vielleicht nicht glauben, aber das ist das Erste, was ich heute esse.«

Ich legte meinen Kopf auf die Tischplatte und versuchte, ein wenig zur Ruhe zu kommen. Am liebsten hätte ich der Schwere in mir nachgegeben und wäre in einen tiefen Schlaf gefallen. »Wie soll man auch essen, wenn man von Behandlungszimmer zu Behandlungszimmer sprintet?«

Dr. Campbell hatte sich seit über einer Woche krankgemeldet, was bedeutete, dass Jacob und ich ihre Termine, die nicht verschoben werden konnten, übernehmen mussten. Denn der Ruf der Praxis war zu makellos, und die Rechnungen, die wir ausstellten, zu hoch, als dass eine Verschiebung infrage kam.

Die Patienten zahlen hier auch für einen gewissen Standard, hörte ich Dr. Campbells Stimme in meinem Ohr.

Und zu diesem Standard gehörte es wohl auch, um jeden Preis behandelt zu werden. Dass Jacob und ich beide blutige Anfänger und den Preis somit wahrscheinlich eher nicht wert waren, enthielten wir den Leuten in der Regel jedoch vor.

Durch den Ausfall unserer Vorgesetzten hatte sich die Anzahl unserer Behandlungen beinahe verdoppelt, was viele Überstunden und noch viel mehr Müdigkeit bedeutete. Ich glaubte, jeden Knochen in meinem Körper zu spüren, aber solange Dr. Campbell nicht zurück war, ließ sich an dieser Situation nichts ändern.

Wir hatten uns diesen Job ausgesucht, und jetzt mussten wir da durch.

»Vielleicht reicht es ja, zwischen zwei Behandlungen hin und wieder mal einen Müsliriegel zu essen.«

Wie auf Kommando knurrte mein Magen. »Ich glaube nicht. Und selbst wenn, dann könnte ich nicht essen, weil ich viel zu müde bin, um Appetit zu haben.«

»Georgina muss schnell wieder gesund werden«, erklärte Jacob und ließ sein Brot mit einem leisen Klatschen auf den Teller fallen. »Diese Zwölf-bis-vierzehn-Stunden-Schichten sind ja mal so gar nichts für mich.«

Als wollte das Universum uns nur noch ein weiteres Messer in den Rücken jagen, wurde in diesem Moment die Tür geöffnet, und Stephanie trat in den Raum. »Dr. Easton? Dr. Dawn? Ich weiß, Sie haben schon furchtbar viel um die Ohren, aber es ist ein ganz dringender Fall dazwischengekommen. Ein Patient, der Dr. Campbell persönlich sehr am Herzen liegt. Ich soll fragen, wer von Ihnen beiden sich darum kümmern würde.«

Jacob sank seufzend mit der Stirn auf die Tischplatte.

Ich konnte seine Müdigkeit nur zu gut verstehen. Wenn man täglich Überstunden machte, sich daneben noch um den Haushalt und andere Dinge kümmern musste, konnte es ganz schön viel werden. Es war beinahe, als würde man nur noch funktionieren. Man lief auf Autopilot, weil man seinen Verpflichtungen gerecht werden musste, und ignorierte dabei ganz die Verpflichtungen sich selbst gegenüber.

Es war einfach nur belastend.

Aber obwohl es mir selbst nicht besser ging, hörte ich auf die Stimme in meinem Kopf, die mir zuflüsterte, meinem besten Freund aus der Situation herauszuhelfen. »Ich kümmere mich darum.«

»Okay, dann melden Sie sich bei Dr. Campbell. Sie wollte noch ein paar Kleinigkeiten zu diesem Fall besprechen.«

»Das werde ich, danke.«

Mit einem zustimmenden Nicken verließ Stephanie die Küche und ließ mich wieder mit Jacob allein.

»Danke, Mann. Ich hätte das sicher auch hingekriegt.«

Ich winkte ab. »Schon gut. Ich weiß, wie fertig du bist. Vielleicht nutzt du einfach mal die Zeit und ruhst dich ein wenig aus.«

»Ich muss nur noch ein paar Kleinigkeiten erledigen. Patientenakten und so. Danach kann ich hoffentlich bald Feierabend machen und schlafen.« Er aß sein Brot auf und räumte den schmutzigen Teller in die Spülmaschine. Dann klopfte er mir dankend auf die Schulter, bevor auch er die Küche verließ, um sich seinen Aufgaben zu widmen.

Um nicht noch mehr Zeit zu vergeuden, nahm ich mein Handy und rief Dr. Campbell an. Es klingelte ein paarmal, bevor sie mit einem leicht heiseren »Hallo, Dr. Easton« abhob.

»Guten Abend Dr. Campbell«, grüßte ich sie. »Wie geht es Ihnen?«

»Schon deutlich besser. Ich denke, ab nächster Woche bin ich wieder einsatzbereit.«

Ich schaute nach oben und schickte ein stummes »Danke« gen Himmel. »Das klingt doch super.«

»Ja. Es tut mir leid, dass Sie und Jacob das in den letzten Tagen ausbaden mussten.«

»Schon in Ordnung«, behauptete ich, obwohl es nicht stimmte. Aber das konnte ich meiner Chefin wohl kaum sagen.

»Wollen wir dann über den Patienten sprechen, um den es heute gehen soll?«

»Ja, gerne.«

»Der kleine Cameron ist schon seit zwei Jahren bei mir in Behandlung«, erklärte sie. »Es ist ein sehr besonderer, komplizierter und vor allem emotionaler Fall. Der Junge hat einen Hirntumor. Gott sei Dank ist der Krebs halbwegs gut behandelbar. Allerdings ist es so, dass durch die Bestrahlung die Knochen des Jungen sehr spröde und brüchig geworden sind. Gleiches gilt dann selbstverständlich auch für die Zähne. Seine Mutter und er sind deshalb regelmäßig bei mir, wenn beispielsweise beim Essen wieder ein Stück seines Zahns abbricht oder er eine neue Füllung oder so braucht.«

Ich schluckte schwer und spürte, wie sich eine tiefe Dunkelheit auf meine Seele legte. Manchmal fragte ich mich, wieso das Leben so unfair war.

»Sind Sie noch dran?«, fragte Dr. Campbell.

»Natürlich, Entschuldigung.«

»Schon gut. Nun, jetzt sind Sie im Bilde. Es ist hier besonders wichtig, dass Sie äußerst sensibel vorgehen. Sowohl bei der Behandlung der Zähne als auch bei dem Patientengespräch. Geben Sie Cameron und vor allem seiner Mutter das Gefühl, dass alles gut wird. Dass es doch nur halb so wild ist. Dass sie sich auf Sie verlassen können. Trauen Sie sich das zu?«

»Ja, das kriege ich hin«, versprach ich.

»Sehr gut.« Kurz schwieg sie, doch dann: »Ich verlasse mich auf dich, Chris.«

Unwillkürlich formten meine Lippen ein Lächeln. »Ich werde dich nicht enttäuschen, Georgina.«

»Guten Abend«, grüßte ich eine Spur zu selbstsicher, als ich in das Behandlungszimmer trat und auf Cameron und seine Mutter zusteuerte.

Der Kleine hatte bereits auf dem Behandlungsstuhl Platz genommen, und seine Mutter stand neben ihm und hielt seine

Hand. In ihrem Blick lag eine Wehmut, ein Schmerz, der mich für einen kurzen Moment innehalten ließ.

Helfen Sie meinem Sohn. Bitte.

Es stand überdeutlich in ihren Augen geschrieben, und das überrumpelte mich einen Herzschlag lang. Ich konnte mir kaum vorstellen, wie es sein musste, ein krankes Kind zu haben und von der Hilfe Fremder abhängig zu sein. Wie es war, das eigene Fleisch und Blut leiden zu sehen, während man nichts dagegen unternehmen konnte und deshalb anderen Menschen vertrauen musste.

Ich gab stets hundert Prozent, aber ich wusste, heute würde ich darüber hinausgehen. Weil es das Mindeste war, was diese starke Mutter und ihr Sohn verdienten.

Ich zog mir meine Einweghandschuhe über und wandte mich dem Jungen zu. »Na? Wie kann ich dir helfen?«

»Ich glaube, mein Zahn ist abgebrochen. Schauen Sie mal.« Er öffnete den Mund ganz weit und deutete mit dem Finger in seine Mundhöhle.

»Das passiert leider häufiger«, schaltete sich seine Mutter ein. Sie warf ihrem Sohn einen traurigen Blick zu, doch wenn er sie ansah, zwang sie sich zu einem Lächeln. Als hätte sie keine Sorgen, obwohl sie sie sichtlich von innen heraus auffraßen. »Das kommt von der Bestrahlung, aber das wissen Sie sicher von Dr. Campbell.«

Ich nickte. »Sie hat mich bestens aufgeklärt. Machen Sie sich keine Sorgen.« Ich versuchte mich an einem beruhigenden Lächeln, und es schien tatsächlich zu wirken.

Ihre Gesichtszüge entspannten sich ein wenig.

»Dann lass mich mal schauen, Cameron.« Mit dem Mundspiegel in der Hand trat ich näher an ihn heran und warf einen Blick auf seine Zähne. Auf der rechten Seite fiel mir sofort einer auf, dessen Ecke abgebrochen war. Glücklicherweise war es nur ein sehr kleines Stück, allerdings sah die Struktur des Bruches nicht so aus, als könnte ich das abgebrochene Stück wieder ankleben – vorausgesetzt sie hatten es dabei – oder schleifen. Demnach blieb mir wohl nur die Möglichkeit, dem Zahn eine Füllung zu verpassen.

Ich erklärte den beiden die Situation und beruhigte die Mutter, indem ich ihr versicherte, dass eine Füllung nur halb so wild war. Was auch stimmte. Für mich war es mittlerweile ein Routineeingriff, der kaum Risiken barg.

Nachdem seine Mutter sich einverstanden erklärt hatte, bat ich Emily darum, mich bei dem Prozedere zu unterstützen. Sie arbeitete hin und wieder mit Dr. Campbell zusammen und kannte auch Cameron bereits durch vorangegangene Behandlungen.

Ich arbeitete besonders vorsichtig, weil ich Angst hatte, ihn zu verletzen. Doch alles verlief wie aus dem Lehrbuch.

Ich gab Phosphorsäure über die Zahnoberfläche, um durch die daraus resultierende Vergrößerung der Oberfläche eine bessere Haftung des Füllmaterials zu gewährleisten. Dann trug ich das Bonding auf und härtete es mit UV-Licht aus, bevor ich ebenjenes mit dem Füllmaterial wiederholte. Ich arbeitete die Füllung noch aus und polierte sie.

Und schon war das Problem behoben.

Als sie sich von mir verabschiedeten, war da nicht mehr die Angst in den Augen von Camerons Mutter. Keine Beunruhigung.

Nur Dankbarkeit.

Und als sich ein Gefühl von Wärme in meinem Brustkorb ausbreitete, wusste ich, dass ich hier das Richtige tat. Dass das hier das war, was ich für den Rest meines Lebens machen wollte.

Die Medizin – ich wollte Menschen helfen.

Und ich war unendlich dankbar, dass ich hier die Chance dazu bekam.

Als ich am Abend nach Hause kam, tat mir jeder Muskel im Körper weh. Noch immer war da das Hochgefühl, das ich seit der Behandlung von Cameron in mir trug. Doch es wurde durch die unsagbare Müdigkeit überschattet.

Ich klopfte an Jacobs Tür und erwartete eigentlich, ihn schlafend im Bett vorzufinden. Doch stattdessen stand er vorm Spiegel und stylte sich die Haare. »Was tust du da?«, fragte ich stirnrunzelnd.

»Mach dich fertig. Du und ich gehen heute Abend mit Sky und Sam ins Kino.«

Ich seufzte. »Ich glaub, das pack ich nicht. Brauche jetzt wirklich eine riesige Portion Schlaf.«

Jacob ließ von seinen Haaren ab und kam auf mich zu. »Komm schon. Bitte. Sonst bin ich allein mit Sam und Sky und fühle mich wie das fünfte Rad am Wagen.«

»Na ja, eigentlich bist du auch das fünfte Rad am Wagen, wenn die beiden ins Kino gehen. Wenn du Pech hast, sitzen sie in einem dieser Pärchensitze, und du sitzt allein daneben.«

Er verzog das Gesicht. »Das wäre ein neuer Tiefpunkt.«

Ich nickte zustimmend. »Woher hast du überhaupt die Energie, nach dieser Arbeitswoche noch ins Kino zu gehen?«

Jacob drehte sich um und deutete auf sein Bett, auf dem die Laken wild zerwühlt waren. »Ein intensives Nickerchen wirkt Wunder.«

»Also ich hatte keine Zeit für ein Nickerchen und werde jetzt schlafen gehen.«

»Bitte, Chris«, beharrte Jacob. Er wollte gerade zu einem erneuten Versuch ansetzen, als sein Handy klingelte. Er zog es hervor und warf einen Blick auf das Display. »Das ist Sam. Warte kurz.« Jacob hob ab und hielt sich das Gerät ans Ohr. »Okay … ich verstehe … nein, quatsch, natürlich ist das kein Problem … klingt gut … okay, bis später!«

»Alles in Ordnung?«, wollte ich wissen, nachdem er aufgelegt hatte.

Jacob warf sein Handy mit einer gezielten Bewegung auf sein Bett, wo es weich auf der Decke landete. »Ja, alles gut. Er wollte nur Bescheid geben, dass Cohen mitkommt, und fragen, ob das für mich in Ordnung ist.« Er zuckte mit den Schultern. »Keine Ahnung, wieso es das nicht sein sollte, aber ich hab ihm gesagt, dass Cohen gerne mitkommen kann.«

Ich hielt inne. »Cohen ist dabei?«

Jacob musterte mich skeptisch. »Ja, Cohen ist dabei. Wieso?«

Ich winkte ab. »Nur so. Aber dann bist du ja jetzt nicht mehr das fünfte Rad am Wagen.« Am liebsten hätte ich gesagt, dass ich mitkommen würde, weil ich Cohen schon seit Tagen nicht gesehen hatte. Zuletzt im Fitnessstudio, wo er sich merkwürdig verhalten hatte. Und danach hatte ich mich derart in meiner Arbeit verloren, dass ich den Kontakt zu ihm vollkommen vernachlässigt hatte und auch nicht mehr ins *House of Soul* gegangen war.

Aber es wäre zu auffällig gewesen, jetzt meine Meinung zu ändern.

»Ach, komm schon. Das zählt nicht. Cohen wird kein Wort reden, das weißt du. Du musst mitkommen.«

Ich spürte, wie mein Widerstand bröckelte. *Ich will ihn wiedersehen.* Und dieser Gedanke war mächtig genug, um meine Meinung zu ändern. »In Ordnung. Ich mache mich fertig. Wann müssen wir los?«

Jacob grinste übers ganze Gesicht. »Auf dich ist immer Verlass, Mann. Du hast noch ungefähr eine halbe Stunde. Dann sollten wir uns auf den Weg machen, um nicht zu spät zu kommen.«

»Alles klar. Dann springe ich noch schnell unter die Dusche und mache mich fertig.«

»Ja, mach das.« Jacob marschierte zurück zum Spiegel, um die letzten Handgriffe an seinen Haaren vorzunehmen.

Ich ging ins Bad und stellte mich unter die Dusche, um die Strapazen des Tages von mir abzuwaschen. Doch während ich unter der Dusche stand, war Cohen alles, woran ich denken konnte.

Ich spürte ein seltsames Gefühl in meiner Magengrube. Etwas, das sich beinahe wie Aufregung anfühlte. Oder Übelkeit. War es Angst? Oder doch Vorfreude?

Es war wie ein Wechsel von Gut und Schlecht, den ich mir nicht so recht erklären konnte.

Aber tief in meiner Seele rührte sich etwas, von dem ich sicher war, dass es Cohen galt – was auch immer das war.

KAPITEL 10

Cohen

»Sie sind ganz schön spät dran«, merkte Sky mit einem Blick auf ihr Handy an.

Sam schlang einen Arm um ihre Taille und zog sie an sich ran. Dann drückte er ihr einen Kuss auf den Scheitel. »Jacob hat schon angekündigt, dass sie sich vielleicht ein wenig verspäten, weil Chris gerade erst von der Arbeit gekommen ist. Die beiden mussten diese Woche wohl ein paar Überstunden machen.«

»Wieso Überstunden?«, schaltete ich mich ein.

Sam sah mich kurz verwirrt an – vermutlich, weil es nicht meine Art war, weitere Nachfragen zu stellen. »Ihre Chefin ist die ganze Woche krankheitsbedingt ausgefallen, und viele der Patienten und Patientinnen wurden auf Chris und Jacob verlagert. Dementsprechend haben beide die letzten Tage wahnsinnig viel gearbeitet.«

»Verstehe.«

War das vielleicht der Grund, aus dem sich Chris die ganze Woche über nicht hatte blicken lassen? Hatte es vielleicht gar nichts mit mir zu tun?

Bevor ich weiter in diesen Gedanken versinken konnte, tauchten Chris und Jacob in unserem Blickfeld auf. Sam und Sky gingen ihnen zwei Schritte entgegen und zogen beide in eine Umarmung.

Ich blieb hinter ihnen stehen und hob zur Begrüßung kurz die Hand.

Jacob nickte mir zu.

Und Chris ... sah mich einfach nur an. Vermutlich waren es bloß Sekundenbruchteile, doch für mich fühlten sie sich wie eine kleine Ewigkeit an. Sein Blick aus warmen braunen Augen ruhte auf mir, und aus irgendeinem Grund war es, als könnte er bis auf den Grund meiner Seele schauen.

»Entschuldigt, dass ihr so lange warten musstet«, unterbrach Jacob den Moment. »Es hat doch alles ein wenig länger gedauert als geplant.«

Sam winkte ab. »Macht euch keinen Kopf. Wir liegen immer noch gut in der Zeit. Der Film geht erst in zwanzig Minuten los.«

»Welchen schauen wir überhaupt?«, hakte Chris nach.

»Keine Ahnung. Das ist eine dieser Vorführungen, wo sie einen Klassiker zeigen, vorher aber nicht verraten, welcher es ist«, erklärte Sam.

»Ich hoffe auf *Titanic*«, gab Sky zu und fasste sich ans Herz.

Sam seufzte. »Ich hoffe nicht. Den haben wir beide schon so oft zusammen geschaut.«

»Aber noch nie im Kino.«

»Das ändert nichts.«

»Das ändert alles.«

»Ich hab da ein ganz ungutes Gefühl bei der Sache«, verkündete Jacob und kratzte sich nervös am Hinterkopf. »Wenn *alte Klassiker* gespielt werden, sind es fast immer Liebesfilme.«

»Ihr werdet es überleben, Jungs.«

»Hoffentlich. Wollen wir dann langsam mal die Tickets holen?«

Sam schüttelte den Kopf. »Die gehen heute auf Sky und mich«, sagte er und hielt fünf Tickets hoch. »Wir müssen nur noch Snacks besorgen, dann können wir rein.«

»Danke, Mann«, kam es von Jacob, der Sam kurz freundschaftlich auf den Rücken klopfte.

Auch der Rest von uns dankte Sam und Sky, bevor wir uns in die Schlange für die Snacks stellten. Jacob entschied sich für Nachos mit Käse und Jalapeños, Sam und Sky teilten sich einen XXL-Eimer mit süßem Popcorn. Chris und ich wählten je eine kleine Tüte von dem salzigen.

Sympathische Wahl.

Wir steuerten auf Kinosaal sieben zu und machten es uns auf unseren Sitzen bequem. Zum Glück hatten Sam und Sky Plätze in der Mitte gebucht – nicht zu nah und nicht zu weit von der Leinwand entfernt.

Sam und Sky saßen nebeneinander, unsere Mitte bildete Jacob, und dann waren da Chris und ich.

Es war seltsam, ihm so nah zu sein, nachdem ich eine Woche lang nichts mehr von ihm gehört hatte. Und noch seltsamer war, wie natürlich es sich anfühlte, hier bei ihm zu sein.

Ich fragte mich, woran das lag.

Doch noch bevor ich diesen Gedanken weiter nachhängen konnte, wurde der Vorhang aufgezogen. Der Bildschirm leuchtete uns entgegen, und ein Countdown zählte von zehn runter.

Titanic, prangte das Wort auf der Leinwand, als der Zähler bei null ankam.

»Ja!«, rief Sky im selben Moment, in dem ein fassungsloses Stöhnen von Sam und Jacob zu hören war.

Ich grinste.

Manchmal hatte Sky einfach unverschämtes Glück.

»Ich würde es vielleicht nicht laut zugeben, aber ich liebe den Film«, flüsterte Chris mir zu.

Ich schaute zur Seite und begegnete seinem Blick. Im Halbdunkel des Kinosaals waren seine Pupillen kaum zu erkennen, aber aus irgendeinem Grund wünschte ich, sie wären es. »Wieso würdest du das nicht?«, fragte ich, obwohl es mir damit genauso ging wie ihm.

»Weil man es so von uns erwartet.«

»Weil man es so von uns erwartet«, wiederholte ich und ließ die Worte in meinem Inneren nachklingen.

Es war traurig, wie die Gesellschaft uns in ein festes Raster zwingen wollte. Wir waren Männer, also durften wir romantische Filme nicht gut finden. Wir lasen keine Liebesromane. Wir zeigten keine Gefühle.

Und diese Erwartungen waren es, die viele Männer von innen heraus zerstörten. Sie verbogen sich, um dem gerecht zu werden, was ihnen vorgelebt wurde. Dabei wären viele von ihnen so viel glücklicher, wenn sie mit festgefahrenen Mustern brechen könnten.

Ich hoffte, dass sich das mit der Zeit bessern würde.

Aber manchmal hatte ich leider nur wenig Hoffnung.

»Ich mag den Film auch sehr gerne«, flüsterte ich Chris zu.

Trotz der Dunkelheit um uns herum sah man deutlich, wie Chris' Lippen sich zu einem Lächeln verbogen. »Er ist halt auch einfach verdammt gut.«

Als der Streifen losging, richteten wir beide unsere Aufmerksamkeit auf die Leinwand. Und für die ersten paar Minuten war es schön, wie begeistert Chris von dem Geschehen war.

Doch mit der Zeit nahm ich wahr, wie sein Kopf immer wieder nach vorne fiel. Seine Lider wurden schwer, und hin und wieder glaubte ich zu sehen, wie er für einige kurze Momente einschlief.

Chris war verdammt müde.

Und ich war versucht, es auf die Überstunden zu schieben, die er derzeit machte. Doch Jacob schien hellwach zu sein, obwohl auch er in der gleichen Situation steckte.

Ich beschloss, Chris diese Momente der Ruhe zu gönnen und ihn schlafen zu lassen. Einmal fiel sein Kopf zur Seite und landete auf meiner Schulter. Doch statt ihn zu wecken oder ihn von mir zu schieben, ließ ich ihn, wo er war.

Diese winzigen Augenblicke, in denen er an mir lehnte und schlief, während sich auf der Leinwand vor unseren Augen eine der größten Liebesgeschichten aller Zeiten abspielte – sie fühlten sich seltsam nach Ruhe und Frieden an. Nach ankommen.

Irgendwann erwachte Chris und richtete sich auf. Sein Blick fand meinen, und er murmelte eine leise Entschuldigung.

»Mach dir keinen Kopf. Alles gut«, versicherte ich ihm. Dann deutete ich mit einem Nicken auf meine Schulter.

Er verstand. Es dauerte nur wenige Minuten, bis er unter der Last seiner Müdigkeit wieder einschlief. Und wieder war da sein Kopf auf meiner Schulter.

Wieder war da die Ruhe in meinem Herzen.

Als der Film vorbei war und die Beleuchtung im Saal wieder anging, zuckte ich sanft mit der Schulter, um Chris zu wecken.

Er setzte sich auf und betrachtete mich mit verschlafenen Augen. Ein dankbares Lächeln lag auf seinen Lippen. Mit der Hand wischte er sich kurz über die Augen, bevor er aufstand und seine noch immer volle Popcorntüte sowie seine Cola an sich nahm.

Ich tat es ihm gleich.

Wir verließen den Saal und versammelten uns alle in der Eingangshalle vor der Tür.

»War der Film nicht großartig?«, fragte Sky in die Runde. »Ich könnte ihn wirklich jeden Tag schauen. Er ist einfach zu gut.«

Sam und Jacob tauschten einen Blick, der eindeutig verriet, dass sie Skys Meinung nicht teilten.

»Ich fand ihn auch richtig gut«, sagte Chris und unterdrückte ein Grinsen.

Mir gelang das nicht.

»Wieso grinst du so?«, hakte Sky nach, weil es ihr natürlich nicht entgangen war.

Ich winkte ab. »Nur so.«

»Weil der Film gut war?«

»Weil der Film gut war«, bestätigte ich.

Jacob trat einen Schritt vor und warf einen Blick auf seine Armbanduhr. »Leute, der Abend kann noch nicht vorbei sein. Es ist Freitag. Wir sollten mal wieder zusammen feiern gehen.«

»Jetzt?«, fragte Sky.

Jacob zuckte mit den Schultern. »Warum nicht? Wir sind doch alle schon hier im Mission District. Dann können wir vielleicht noch weiter nach SoMa und einen der Clubs dort unsicher machen.«

Sky und Sam tauschten einen kurzen Blick und nickten dann. »Klingt gut. Wir haben morgen früh sowieso nichts vor. Dann können wir heute auch durchmachen.«

»Also ich wäre eher raus. Ich hatte eine echt harte Woche und brauche jetzt einfach ein wenig Erholung«, erklärte Chris.

Jacob nickte verständnisvoll.

Dann richteten sich alle Blicke auf mich.

Wenn ich ehrlich war, hatte ich nicht wirklich Lust, mit den anderen weiterzuziehen. Und noch viel weniger hatte ich die Möglichkeit. Denn wenn ich unangekündigt feiern gehen würde, würde das nur zu Stress mit meinen Eltern führen.

Dafür hatte ich keine Kraft.

Also sagte ich ab.

Die anderen nahmen meine Entscheidung ohne Widerspruch hin, wofür ich ihnen sehr dankbar war. Es war immer schwierig, zu erklären, wieso ich nicht noch irgendwo mit hin konnte. Weil es für viele selbstverständlich war, dass die Eltern ab einem gewissen Alter kein Hindernis mehr darstellten.

Manchmal hatte ich das Gefühl, verdammt viel zu verpassen. Aber solange meine Eltern waren, wie sie waren, und ich mich ihrem eisernen Griff nicht entziehen konnte, würde sich daran nichts ändern.

Als ich Chris' fragenden Blick auf mir spürte, riss ich mich aus meiner Gedankenspirale.

Alles gut?

Nichts, worüber du dir Gedanken machen solltest.

Vor der Tür verabschiedeten Chris und ich uns von den anderen, die auf den nächsten Club zusteuerten. Wir hingegen machten uns auf den Heimweg.

Die ersten Meter liefen wir schweigend nebeneinander her. Ich spürte, dass Chris etwas auf der Zunge brannte, doch ich sprach es nicht an, bis er selbst so weit war.

»Wegen vorhin«, setzte er irgendwann an. »Es war nicht meine Absicht, mein Nickerchen auf deiner Schulter zu halten. Tut mir leid.«

»Alles gut. Ich hab dir doch gezeigt, dass es okay ist.«

»Ja, stimmt.«

»Wieso warst du überhaupt so müde?«, fragte ich, obwohl ich bereits durch Sam von den Überstunden erfahren hatte.

»Es ist derzeit ziemlich viel los auf der Arbeit. Meine Chefin ist krank, und es gibt einige Patientinnen und Patienten von ihr, die deshalb aufgefangen werden müssen«, erklärte er.

»Können du und Jacob das nicht unter euch aufteilen?«

»Das tun wir.«

»Aber ihm scheint es dafür ziemlich gut zu gehen«, merkte ich an. Ich wusste, dass es mich eigentlich nichts anging. Aber irgendwie störte es mich, dass Chris so fertig war und unter der Belastung litt, während Jacob voller Energie im nächstbesten Club vermutlich zu tief ins Glas schaute.

Es kam mir unfair vor. Und das machte es mir schwer, die Situation zu ignorieren.

»Ich habe ihm heute ein wenig Arbeit abgenommen, damit er sich etwas erholen kann.«

Ich runzelte die Stirn. »Okay, aber warum?«

»Weil er mein Freund ist.«

»Aber du kannst doch nicht immer deine Freunde über dich selbst stellen.«

»Das tue ich nicht«, widersprach er, doch mir entging der dunkle Schatten, der über sein Gesicht huschte, nicht. Der Schatten, der verriet, dass er seinen Worten vielleicht selbst nicht glaubte. »Seinen Freunden zu helfen, heißt nicht, sie über sich zu stellen.«

»Aber nicht auf eigene Kosten. Gut, manchmal ist das auch okay. Aber es sollte nicht überhandnehmen«, versuchte ich, ihm meine Sichtweise zu vermitteln.

Wir kamen am Fallen Bridge Park an und nahmen den Aufstieg zur Pedestrian Bridge, die uns zu dem Viertel führte, in dem wir wohnten.

»Es ist schon in Ordnung. Ich mache das wirklich gerne«, beharrte Chris. Er sprach die Worte mit einem freundlichen, aber bestimmten Lächeln auf den Lippen.

Ich hätte weiterhin versuchen können, ihn von meinem Standpunkt zu überzeugen. Weil ich das Gefühl hatte, dass Chris sich in dem Versuch, für andere zu sorgen, selbst verlor. Aber ich spürte, dass ich gegen seine Überzeugung nicht ankam, also ließ ich es bleiben – vorerst.

Ich war trotzdem sicher, dass ich es irgendwann noch einmal ansprechen würde. Denn aus irgendeinem Grund mochte ich Chris. Und es war mir wichtig, dass es ihm gut ging.

Unwillkürlich dachte ich an unsere Chats vor der einwöchigen Funkstille. Zwar kannten er und ich einander durch die gemeinsame Freundesgruppe schon etwas länger, aber wir hatten bisher nie einen derart intensiven Kontakt zueinander gepflegt. Und obwohl es nur Textnachrichten und kurze Begegnungen waren, hatte es sich schön angefühlt, ihn auf diesem Wege besser kennenzulernen.

Er hatte etwas an sich, das ich mochte.

Und allein deshalb wollte ich sein maßlos selbstloses Verhalten nicht übersehen.

Dafür, dass du ihn magst, hast du dich letztes Mal ziemlich scheiße verhalten, meldete sich eine leise Stimme in meinem Kopf.

Ja, ich hatte mich scheiße verhalten, aber ich bekam hier und jetzt die Möglichkeit, mich Chris gegenüber zu erklären.

»Ich wollte übrigens noch über etwas mir dir reden«, setzte ich an.

Chris drehte den Kopf in meine Richtung und sah mich an.

»Wie ich mich letztens im Gym benommen habe … tut mir leid.«

Seine Lippen formten ein Lächeln. »Schon gut. Du brauchst dich wirklich nicht dafür zu rechtfertigen.«

Ich schüttelte den Kopf. »Es war echt nicht okay. Und ich würde es dir gerne erklären.«

Aus dem Augenwinkel sah ich, wie Chris nickte, was ich als Aufforderung verstand, weiterzusprechen.

»Du musst wissen, ich … hab ein ziemlich schlechtes Verhältnis zu meinen Eltern. Wir kommen leider nicht so gut miteinander aus. Und als ich gesehen habe, wie glücklich du bei dem Anruf deiner Mom warst, hat mich irgendwie der Neid überrollt. Ich weiß, das ist eine ziemlich unschöne Eigenschaft. Trotzdem hatte ich das in dem Moment irgendwie nicht gut im Griff, weil ich mir auch so ein Verhältnis zu meiner Mom wünschen würde, wir aber meilenweit davon entfernt sind. Und ich weiß, dass das keine Entschuldigung für mein Verhalten ist. Aber es ist zumindest eine Erklärung, die ich dir geben wollte, damit du mich nicht für ein riesiges Arschloch hältst.«

Chris blieb mitten auf dem Gehweg stehen und drehte sich in meine Richtung. Seine Züge waren mit einem Mal unendlich weich, und in seinen Augen sah ich etwas, das nach Verständnis und Mitgefühl aussah. »Also zunächst mal halte ich dich nicht für ein riesiges Arschloch. Ich kann das wirklich gut verstehen. Es ist nicht einfach, wenn andere Menschen das haben, was man sich selbst wünscht. Da wird man zwangsläufig hin und wieder neidisch.« Er seufzte tief. »Es tut mir nur leid, dass es mit deiner Mom so schwierig ist. Ich hoffe, das bessert sich irgendwann.«

»Danke, das hoffe ich auch«, antwortete ich, obwohl ich mir insgeheim sicher war, dass das nicht passieren würde. Manchmal gab es im Leben Situationen, die ausweglos waren.

Meine war eine solche.

»Woran denkst du gerade?«, fragte Chris, der bemerkt haben musste, dass ich gedanklich abgedriftet war.

Ich schüttelte den Kopf. »Nur an meine Eltern.«

»Verstehe.« Er legte den Kopf schief und musterte mich. Sein Blick hatte etwas an sich, das mir das Gefühl gab, er sehe nicht nur meinen Körper, sondern auch meine Seele.

Wenn ich vor ihm stand, war es, als würde meine Fassade aus Ruhe und Zurückgezogenheit nicht mehr existieren.

Irgendwie war es schön.

Und gleichzeitig machte es mir Angst.

»Wie sieht es mit deinem Vater aus?«, fragte er schließlich.

Ich atmete tief durch. »Ziemlich ähnlich, leider.«

»Das tut mir leid.«

»Das braucht es nicht. Du kannst ja nichts dafür.«

»Stimmt. Trotzdem tut es mir leid. Wenn ich irgendetwas für dich tun kann, sag gerne Bescheid.«

Ich lächelte schwach. »Danke, das bedeutet mir viel.«

Chris schien zu merken, dass mich das Ganze belastete, weswegen er das Thema wechselte.

Zuerst sprachen wir über den Film, den wir heute Abend gesehen hatten. Dann über unsere Lieblingssongs – sowohl die aus dem *House of Soul* als auch allgemein. Überraschenderweise waren wir beide riesige Fans von Akustik-Covern bekannter Songs. Es war unbeschreiblich, wie man manche Lieder auf Stimme und Klavier oder Gitarre reduzieren konnte, um ihnen noch mehr Emotionalität zu verleihen.

Ich war dankbar, als Chris, kurz bevor wir das Mehrfamilienhaus mit der Wohnung meiner Eltern erreichten, vorschlug, sich auf einer kleinen Mauer niederzulassen, damit wir uns noch ein wenig unterhalten konnten.

Und aus *ein wenig* wurden knapp zwei Stunden.

Ich wusste nicht, wie Chris das machte, aber mit ihm fühlten sich Minuten endlos an, während sie gleichzeitig viel zu schnell vorbei waren. Mit ihm zu reden fühlte sich leicht an. Frei. Ungezwungen.

Ich war mir sicher, dass ich gerade nirgendwo lieber wäre als mit Chris Easton auf dieser kleinen Mauer, irgendwo inmitten von Potrero Hill.

Als die Nacht irgendwann zu kalt wurde, um weiter sitzen zu bleiben, richteten wir uns auf und liefen weiter. Da es auf dem Weg lag, brachte Chris mich noch bis vor die Haustür.

»Es war schön, dass du heute dabei warst«, sprudelte es aus mir hervor, bevor ich genauer darüber hätte nachdenken können. Innerlich verfluchte ich mich dafür.

Doch Chris lächelte einfach nur. »Ich fand es auch schön – sowohl den Film als auch unsere Gespräche. Und danke noch mal für deine Schulter.«

Ich lachte. »Kein Thema. Da hat sich das Schultertraining immerhin bezahlt gemacht.«

Chris' Blick glitt über meine Arme, hinauf zu meinen Schultern, und als er ein leises »Ja, hat es« flüsterte, meinte ich, ein verdächtiges Flackern in seinen Augen zu erkennen. Doch es verschwand so schnell, dass ich es mir vielleicht auch nur eingebildet hatte.

Ein paar Wimpernschläge lang blieben wir noch voreinander stehen. Beinahe so, als wollten wir nicht, dass dieser Moment endete.

Doch dann hob Chris verlegen die Hand und winkte. »Na ja, wir sehen uns.«

Ich nickte. »Bis dann, Chris.«

»Bis dann, Cohen.«

Ich drehte mich um und lief auf die Eingangstür zu. Hinter mir hörte ich, wie sich Chris' Schritte immer weiter entfernten und leiser wurden, bis schließlich nichts mehr zu hören war.

Kurz hing ich noch meinen Erinnerungen an diesen Abend nach. Dann schaute ich wieder nach vorne und sah durchs Fenster, dass unser Wohnzimmerlicht noch brannte.

KAPITEL 11

Cohen

Ich hatte noch nicht einmal meine Schuhe ausgezogen, als die Stimme meines Vaters aus dem Wohnzimmer schallte.

»Cohen, komm her.«

Ich biss die Zähne fest aufeinander. *Verdammte Scheiße!*

Als ich das Wohnzimmer betrat, saß mein Vater auf der Couch vor dem Fernseher, meine Mutter neben ihm.

Er bedeutete mir mit einem Nicken, Platz zu nehmen.

Im selben Moment stand meine Mom auf und verließ das Zimmer, ohne mir auch nur für einen Sekundenbruchteil in die Augen zu sehen. Typisch. Wenn es unangenehm wurde, flüchtete sie stets, statt sich für mich einzusetzen. Vermutlich, weil sie die Ansichten meines Vaters teilte, auch wenn sie sich mir gegenüber nicht derart grob verhalten würde. Ihn zu bremsen, kam für sie jedoch nicht infrage. Sicher machte sie sich selbst vor, dass es so das Beste sei.

»Ich dachte, du gehst nur ins Kino«, sagte Dad, als ich ihm gegenüber auf der Couch saß.

»Da war ich auch.«

»Okay. Kannst du mir vielleicht verraten, welcher Film dieser Welt sechs Stunden lang geht?«

Ich bemühte mich um ein ruhiges Auftreten, obwohl tief in mir die Gefühle beinahe überkochten. Sie wirbelten derart durcheinander, dass ich sie kaum zuordnen konnte. Zorn. Aber auch Kummer darüber, ein derart kaltes Verhältnis zu meinem Vater zu haben. Und ein Hauch von Angst vor diesem Mann, der in seiner blinden Wut unberechenbar werden konnte.

»Ich hab mich danach noch ein wenig mit einem Freund unterhalten. Das wird ja wohl noch erlaubt sein, oder nicht?«

Es war jedes Mal das Gleiche.

Sobald auch nur der kleinste Funke Widerstand kam, ging mein Vater an die Decke.

Er sprang von der Couch auf und sah mich unbeherrscht an. »Ob das erlaubt ist? Um diese Uhrzeit? Hast du kein Zuhause? Ich wüsste nicht, dass ich ein Straßenkind großgezogen hätte.«

Ich unterdrückte ein Seufzen. So wie ich immer alles unterdrückte, wenn ich mit ihm sprach.

Es war grausam, wenn man in seinem eigenen Zuhause nicht man selbst sein konnte. Wenn man sich verstellen oder kleinhalten musste, weil sonst Konsequenzen drohten.

»Schau mich an!«, forderte er.

Ich sah auf und schaute ihm direkt in die Augen. Augen, die aussahen wie meine. Gewitterwolken. Doch seine waren derart kalt, dass ich mich manchmal fragte, wie das mein Vater sein konnte.

»Muss ich mir Sorgen machen? Wird sich so etwas wie mit diesem Liam noch mal wiederholen?«

Ich konnte förmlich spüren, wie mein Gesicht vor Wut glühte. Trotzdem gab ich ihm die Antwort, die er hören wollte. »Nein.«

Mein Vater atmete erleichtert aus, doch der harte Ausdruck auf seinem Gesicht blieb. »Gut.«

Nein, das war es nicht. Nichts an dieser Situation war gut. Aber ich wusste nicht, wie ich meinem Vater die Wahrheit beibringen sollte, wenn er sie nicht hören wollte. Er verschloss sich vor der Realität und erschuf in seinem Kopf ein Bild von mir, von dem er wollte, dass es echt war.

In seinen Augen war das mit Liam ein Ausrutscher.

In seinen Augen konnte sein Sohn nicht auf Männer stehen.

In seinen Augen war das alles nur eine Phase gewesen, die sich nicht wiederholen würde, wenn er nur ausreichend auf mich *aufpasste.* Und mit »aufpassen« meinte er »kontrollieren«.

»Geh auf dein Zimmer«, befahl er mit schneidender Stimme.

Ich gehorchte.

Als ich die Tür hinter mir schloss, ließ ich alle angestauten Gefühle frei. Ich stürzte mich aufs Bett und schlug auf die Kissen ein. Ich schlug zu, bis ich ein Ziehen in meinen Oberarmen spürte. Ich schlug zu, weil ich hoffte, damit all den Kummer und die Wut aus meinem Herzen freizulassen.

Doch es half nicht.

Am Ende meines Ausbruchs lag ich nur erschöpft im Bett und hatte das Gefühl, dass das alles eine Nummer zu groß für mich war. Dass ich niemals diesem toxischen Kreis, in dem meine Eltern mich gefangen hielten, entkommen würde.

Und obwohl ich es sonst schaffte, die Ausweglosigkeit meiner Situation nicht zu sehr an mich heranzulassen, war es in manchen Nächten einfach zu viel.

Ich weinte. Und ich wusste, dass jede einzelne Träne ihren Ursprung in meiner verletzten Seele hatte.

Ich hatte keine Ahnung, wie viel Zeit vergangen war, als ich endlich damit aufhörte. Eigentlich hätte ich schlafen müssen, aber in meinem Kopf herrschte ein zu großes Chaos, als dass ich mich hätte beruhigen können.

Irgendwie überkam mich das Bedürfnis, mit jemandem zu reden. Nur waren Brook und Amy heute Abend auf der Arbeit im *House of Soul* und Sky war mit Jacob und Sam feiern.

Bevor ich meine Meinung ändern könnte, gab ich einem spontanen Impuls nach und schrieb eine Nachricht.

Ich; 01:47 Uhr
Hey, sorry, dass ich so spät störe.
Bist du noch wach?

Es dauerte keine Minute, bis Chris antwortete.

Chris; 01:47 Uhr
Hey, alles gut. Ja, bin ja erst vor einer Viertelstunde nach Hause gekommen. Alles in Ordnung?

Ich; 01:48 Uhr
Irgendwie nicht so … Können wir reden? Kann ich dich anrufen?

Chris; 01:49 Uhr
Ich kann auch noch mal vorbeikommen, wenn du magst.

Ich; 01:49 Uhr
Sicher? Ich will dir keine Umstände machen.

Chris; 01:50 Uhr
Das sind keine Umstände. Ich wohne keine zehn Minuten zu Fuß entfernt. Ich mache mich auf den Weg, okay?

Ich; 01:51 Uhr
Okay, danke! Schreib mir, wenn du da bist. Dann komme ich raus.

Chris; 01:52 Uhr
Alles klar, bis gleich.

Ich hatte Glück, dass unsere Wohnung und somit auch mein Zimmer im Erdgeschoss lagen. Als Chris mir schrieb, dass er da war, öffnete ich mein Zimmerfenster und kletterte hinaus.

Er musterte mich neugierig. »Das ist aber ein ziemlich unkonventioneller Weg, rauszukommen.«

Ich ging auf diese Bemerkung nicht ein. »Wohin wollen wir?«, fragte ich stattdessen.

Chris zuckte mit den Schultern. »Wir könnten einfach spazieren gehen und ein wenig quatschen, wenn du magst.«

»Klingt gut.«

Wir liefen los, und irgendwie war es schön, mit Chris herumzustromern, ohne ein konkretes Ziel zu haben. Da waren nur er und ich und die Nacht, die schwer über Potrero Hill lag. Es war erstaunlich, wie ruhig es um diese Uhrzeit in einer Freitagnacht in unserem Viertel war, obwohl das Leben im Mission District gerade auf seinen Höhepunkt zusteuerte.

»Geht es dir gut?«, fragte er irgendwann.

Am liebsten hätte ich mit Ja geantwortet, weil es mir immer sehr schwerfiel, solche Gespräche zu führen. Aber das wäre eine ziemlich schlechte Lüge gewesen, nachdem ich Chris um diese Uhrzeit extra noch geschrieben hatte. »Nicht wirklich.«

»Und, willst du mit mir darüber reden?«, fragte er vorsichtig.

Ich rechnete es ihm hoch an, dass er mir meinen Freiraum ließ und mir die Möglichkeit gab, dieses Gespräch in meinem Tempo zu führen. »Es ist einfach schwierig bei mir zu Hause.«

Im Augenwinkel sah ich, wie Chris nickte. »Verstehe. Und woran liegt das?«

»An meinen Eltern«, gab ich zu und fühlte mich im selben Moment lächerlich. Welcher andere Mann in meinem Alter ließ auf diese Art und Weise mit sich umgehen?

»Du hattest ja vorhin schon erzählt, dass eure Beziehung nicht die beste ist.«

Ich seufzte. Er hatte keine Ahnung, dass das die Untertreibung des Jahres war. »Ja, das stimmt.«

Als spürte er, dass ich das gerade brauchte, legte Chris im Gehen eine Hand auf meinen Oberarm und streichelte ihn tröstend.

Es war seltsam, wie die kleinsten Gesten uns manchmal Trost spendeten.

»Darf ich fragen, woher das kommt?«

»Es ist vermutlich ein ziemlicher Klassiker«, setzte ich an, als wir auf die Arkansas Street bogen und am Playground Potrero Hill vorbeikamen. »Wollen wir uns vielleicht erst mal setzen?« Ich deutete auf eine Bank, die in der Nähe des Basketballplatzes stand, der zum Spielplatz gehörte. Obwohl es Nacht war, stand noch immer ein Typ auf dem Feld und warf im Schutz der Dunkelheit Körbe.

»Klar.«

Wir nahmen Platz. Ich lehnte mich zurück und sah nach vorne, doch Chris setzte sich seitlich auf die Bank, zog die Beine an den Oberkörper und umschlang sie mit seinen Armen, sodass er mich beim Sprechen beobachten konnte.

Ich nahm mir noch einen kurzen Augenblick, um mich zu sammeln. Dann fing ich an zu erzählen. »Meine Eltern sind ziemlich religiös. Überzeugte Christen, die ihren Glauben wirklich sehr ernst nehmen und über alles andere stellen. Außerdem ist mein Vater neben seinem normalen Job auch noch als Diakon ein angesehenes Mitglied seiner kirchlichen Gemeinde, das sowohl hier als auch in den umliegenden Städten und Gemeinden auf Gottesdiensten predigt.«

»Ich verstehe«, antwortete Chris und verzog den Mund. Vermutlich konnte er bereits erahnen, in welche Richtung sich das Gespräch entwickeln würde.

»Als ich meinen Eltern gesagt habe, dass ich auf Männer stehe, ist für sie eine Welt zusammengebrochen. Sie haben geweint, als wäre ihr Sohn vor ihren Augen gestorben. Und auch wenn sie schon vorher ziemlich … schwierig gewesen waren, ist es seitdem noch schlimmer mit uns geworden.«

Da war noch so viel mehr zu erzählen. Wer Liam war und wie er das Geschehen beeinflusst hatte. Wie genau meine Eltern sich seitdem verhielten. Dass sie sich nicht einfach nur von mir distanzierten, sondern mich mit aller Macht unterdrückten. Dass es ebenjene Unterdrückung war, die mir das Leben so schwer machte.

Aber aus irgendeinem Grund war ich nicht bereit, das alles jetzt mit Chris zu teilen. Es waren Dinge, die ich nach Möglichkeit stets vor meinen Freunden versteckte, weil ich mich an manchen Tagen dafür schämte, derart schwach zu sein und nicht für mich selbst einstehen zu können.

»Das tut mir wirklich unfassbar leid«, sagte Chris. Seine Worte klangen so aufrichtig, dass ich ihm jede Silbe glaubte.

»Danke.«

»Wie geht es für euch weiter? Glaubst du, sie werden dich irgendwann akzeptieren?«

Ein bitteres Schnauben glitt über meine Lippen. »Ich glaube kaum. Ihre Überzeugungen sind so tief in ihnen verankert, dass sie nichts tolerieren, was davon abweicht.«

»Verstehe. Aber vielleicht bessert sich die Situation ja, wenn du irgendwann ausziehst.«

»Das kann sein«, antwortete ich, erwähnte aber nicht, dass meine Eltern Himmel und Hölle in Bewegung setzen würden, um das zu verhindern. Schließlich würde das mehr Freiheit für mich und weniger Kontrolle für sie bedeuten. Und das könnte wiederum dazu führen, dass ihr Sohn sich auf den für sie falschen Weg begab und Schande über sie brachte.

Manchmal wünschte ich, ich hätte den Mut und die Kraft, um diesen Schritt einfach zu gehen. Doch schon bei dem Gedanken daran spürte ich die Ketten, in die meine Eltern mich von klein auf gelegt hatten.

Nein hieß nein. Und ich hatte kein Recht, dem zu widersprechen.

Es war schon seltsam, welche Macht unsere Eltern über uns haben konnten. Wie sehr ihre Erziehung uns und unser Verhalten, unsere Grenzen prägen konnte.

»Du sollst nur wissen, dass du gut bist, wie du bist. Und auch wenn deine Eltern das vielleicht nicht verstehen, macht dich deine Sexualität nicht zu einem schlechteren Menschen, Cohen, denn sie spielt überhaupt keine Rolle. Sie definiert nicht, wer du bist. Es liegt ganz in deiner Hand, wer du sein möchtest.«

Es tat gut, diese Worte zu hören. Es war, als setzten sie die Teile meines Herzens, die meine Eltern zerbrochen hatten, langsam wieder zusammen.

Wenn man immer wieder hörte, dass mit einem selbst etwas nicht stimmte, brauchte es manchmal nur einen anderen Menschen, der einem versicherte, dass man gut war, wie man war.

Ich war froh, dass Chris heute Nacht dieser jemand für mich war.

Ich seufzte schwer. »Du hast recht. Und es tut echt gut, das von dir zu hören. Manchmal fällt es einem nur schwer, daran zu glauben, wenn man immer mit so viel Negativität konfrontiert wird.«

Chris' warme Hand legte sich auf meinen Unterarm. »Glaub mir, ich verstehe das besser als jeder andere. Ja, meine Mom ist wirklich toll. Aber mit meinem Vater hatte ich leider auch nicht gerade Glück.« Er hielt kurz inne und schloss ein paar Herzschläge lang die Augen, als müsste er sich erst darauf vorbereiten, darüber zu sprechen.

»Du musst mir das nicht erzählen, wenn du nicht bereit dazu bist«, sagte ich, weil ich merkte, dass es ihm Probleme zu machen schien. Ich wollte nicht, dass er darüber sprach, nur weil er das Gefühl hatte, es mir zu schulden. Bloß weil ich mich ihm geöffnet hatte, musste er diesen Schritt nicht auch gehen.

»Schon gut. Ich will dir davon erzählen. Also … Mein Vater war ganz grob gesagt ein ziemliches Arschloch. Er hat mich und meine Mom sehr schlecht behandelt. Es war nicht so, dass er uns geschlagen hätte, aber manchmal ist seelische Misshandlung noch schlimmer als physische. Er hat uns manipuliert, damit wir funktionierten, wie er es wollte. Ich glaube, Mom und ich haben uns damals selbst verloren, als wir versucht haben, es ihm recht zu machen. Ich hatte irgendwann das Gefühl, dass ich nur gut war, wenn ich war, wie er es von mir verlangt hat. Aber das ist nicht der Fall. Niemand ist erst gut, wenn er den Erwartungen anderer gerecht wird. Man ist auch so wertvoll. Nur verliert man diese Tatsache schnell aus den Augen, wenn man von anderen Menschen beeinflusst wird. Dann muss man wieder versuchen, zu sich selbst zu finden. Versuchen, zu erkennen, dass man gut ist, wie man ist.«

Augenblicklich fühlte ich mich schlecht. Ich war neidisch auf Chris gewesen, weil er so ein gutes Verhältnis zu seiner Mutter hatte. Nie hatte ich auch nur einen Gedanken daran verschwendet, dass es hinter seiner heilen Fassade vielleicht auch anders aussehen könnte. Dass er vielleicht einen Vater hatte, der meinem in nichts nachstand.

»Ich hoffe, dass du und deine Mom diese Erfahrungen gut hinter euch lassen konntet.«

Er nickte. »Gott sei Dank hat sie irgendwann erkannt, dass es so nicht weitergehen konnte, und sich von ihm getrennt. Damals war ich zwölf Jahre alt. Es hat zwar eine Zeit lang gedauert, aber wir haben uns von diesem Horror erholt.« Kurz stoppte er und betrachtete mich mit einem aufbauenden Lächeln. »Und du wirst das auch schaffen. Du wirst nicht ewig mit deinen Eltern unter einem Dach wohnen, und wenn etwas mehr Distanz zwischen euch liegt, kannst du dich davon erholen. Du kannst nachdenken. Reflektieren. Und dich frei von all den Bemerkungen deiner Eltern machen. Ich bin sicher, dass du dann erkennen wirst, wie wertvoll du bist, auch ohne die Anerkennung anderer Menschen. Alles wird gut. Versprochen!«

Chris hatte etwas an sich, wodurch ich ihm nicht widersprechen konnte. Es war, als bestünde für ihn kein Zweifel daran, dass ich es schaffen könnte, und für den Moment nahm ich mir vor, seine Überzeugung zu teilen.

Wir blieben noch für eine Weile auf dieser Bank sitzen und unterhielten uns. Diesmal über leichtere Themen. Je mehr ich über Chris erfuhr, desto interessanter fand ich ihn.

Er war nur drei Jahre älter als ich und doch hatte ich manchmal das Gefühl, er wusste genau, wie das Leben funktionierte. Er wirkte derart erwachsen und sicher, dass es fast schon etwas Anziehendes hatte.

Als wir auf dem Rückweg waren, zündete er sich eine Zigarette an.

Ich beobachtete ihn beim Rauchen. Seine entspannten Züge und die Selbstverständlichkeit, mit der er die Zigarette an seinen Mund führte. Seine gesamte Erscheinung schien mit der Finsternis um ihn herum zu verschmelzen.

Das war er – die Gelassenheit und die Stille der Nacht.

Ich hingegen fühlte mich wie die dunkelste Stunde der Nacht, kurz bevor der Morgen anbrach. Ein Morgen, auf den Chris mir in unserem Gespräch Hoffnung gegeben hatte.

Als wir vor meinem Fenster ankamen, drehte Chris sich zu mir und blieb stehen. »Wie geht es dir jetzt?«

Ich lächelte. »Besser, danke. Fürs Vorbeikommen und für die Gespräche, obwohl du so müde warst. Das ist nicht selbstverständlich, und ich fühle mich ehrlich gesagt auch ein bisschen schlecht deswegen.«

Er winkte ab. »Mach dir darüber keine Gedanken. Ich hab das wirklich gerne gemacht. Wenn man mich braucht, hab ich immer ein offenes Ohr.«

»Das weiß ich zu schätzen.« Und das war die Wahrheit, denn von Chris unterstützt zu werden, fühlte sich verdammt gut an. Er verstand etwas davon, sich in einen Menschen hineinzuversetzen und ihn wieder aufzubauen. Es war keine Selbstverständlichkeit, so jemanden in seinem Leben zu haben.

Trotzdem schwor ich mir, aufzupassen, dass ich Chris für sein Verhalten nicht ausnutzte. Es gab genug Menschen, für deren Wohlergehen er sich aus irgendeinem Grund verantwortlich machte. Ich wollte nicht noch einer auf dieser Liste sein. Dafür mochte ich ihn zu sehr.

Ein paar Sekunden blieben wir voreinander stehen, ohne etwas zu sagen. Es war Zeit, sich zu verabschieden, aber bloß zu winken, wie ich es sonst meist tat, kam mir nach diesem Abend zu wenig vor.

Und das schien auch Chris so zu sehen, denn im nächsten Moment machte er einen Schritt auf mich zu und umarmte mich.

Kurz überrumpelte mich seine Nähe. Doch als ich die Wärme spürte, die trotz der kühlen Nacht von seinem Körper ausging, erwiderte ich die Geste und nahm ihn in den Arm.

Chris war deutlich kleiner und schmaler als ich. Den Bruchteil einer Sekunde kam es mir so vor, als würde er zwischen meinen Armen verschwinden, aber ich genoss das Gefühl, ihn zu halten und seine Umarmung zu spüren.

Er löste sich von mir und sah mich zum ersten Mal mit einem Lächeln an, das mein Herz einige Schläge lang aussetzen ließ. »Bis dann. Und denk dran: Alles wird gut.«

»Alles wird gut«, wiederholte ich und konnte ebenfalls mein Lächeln nicht unterdrücken.

Chris drehte sich um und ging.

Und ich konnte nicht anders, als ihm hinterherzuschauen, bis er außer Sichtweite war, bevor ich zurück durch mein Zimmerfenster in mein Gefängnis kletterte.

Komischerweise kamen mir in dieser Nacht die Wände gar nicht mehr so einengend vor.

Und in meiner Brust spürte ich eine unerklärliche Wärme, die die Kälte um mich herum fernhielt.

Vielleicht war es Hoffnung?

Vielleicht auch etwas ganz anderes, weil ich manchmal das Gefühl hatte, dass dieses Etwas noch stärker glühte, wenn ich an Chris dachte.

Was auch immer es war, es begleitete mich bis in den Schlaf. Ich war sicher, dass ich in diesem eisigen Gefängnis noch nie so gut geschlafen hatte.

KAPITEL 12

Chris

13:19 Uhr?

Überrascht richtete ich mich auf und fiel dabei fast aus dem Bett.

Das musste ein Fehler sein. So lange schlief ich normalerweise nie. Weil ich meinem Wecker nicht glaubte, griff ich nach dem Handy, das auf dem Nachttisch lag. Doch das bestätigte nur die Uhrzeit.

Ich hasste es, so lange zu schlafen. Mal abgesehen davon, dass es mich komplett aus meinem Rhythmus brachte, fühlte es sich immer so an, als sei der halbe Tag rum, und man hatte noch nichts geschafft. Was im Grunde auch stimmte.

Doch mein Ärger und meine Verwunderung lösten sich in Luft auf, als mir eine Nachricht auf dem Display auffiel.

> **Cohen; 10:41 Uhr**
> Danke noch mal für letzte Nacht. Hat wirklich gutgetan.

Bei dem Gedanken daran breitete sich augenblicklich ein warmes Gefühl in meiner Brust aus. Noch immer tat es mir leid, dass Cohen so sehr unter seinen Eltern litt. Aber dass er sich mir geöffnet und auch mir einen sicheren Hafen geboten hatte, um dasselbe zu tun, war ein schönes Gefühl gewesen.

Die Gespräche zwischen uns hatten sich so verdammt vertraut angefühlt. Als wäre es nicht das erste Mal, dass wir auf einer Parkbank am Spielplatz saßen und uns über unsere harte Vergangenheit austauschten. Als würden wir das schon immer so tun.

Ich setzte zu einer Antwort an.

Ich; 13:22 Uhr
Sehr gerne! Das freut mich.

Als nach ein paar Minuten nichts mehr von ihm kam, stand ich auf und ging Richtung Bad. Dort hatte ich gerade keine Kraft, unter die Dusche zu steigen, putzte aber zumindest meine Zähne.

Im Wohnzimmer fand ich Jacob, der auf der Couch lag und auf Instagram herumscrollte.

»Morgen«, grüßte ich ihn knapp, bevor ich mich auf die andere Couch fallen ließ. Obwohl ich eigentlich viel zu lange geschlafen hatte, fühlte ich mich fix und fertig.

»Von *Morgen* kann zwar nicht mehr die Rede sein, aber falls es dich glücklich macht: Guten Morgen, Chris.«

Ich zeigte ihm den Mittelfinger, was er mit einem Lachen quittierte.

»Ist gestern Abend wohl doch noch ziemlich spät geworden«, stellte er fest. Denn als er nach Hause gekommen war, war ich noch mit Cohen unterwegs gewesen. Dass mein Zimmer leer gewesen war, war ihm anscheinend nicht entgangen.

»Ja, ich war noch unterwegs.«

»Mit wem?«, fragte er sichtlich verwirrt. »Ich dachte, du wolltest schlafen, weil du so kaputt warst.«

»Ich hab mich noch ein wenig mit Cohen verquatscht«, antwortete ich betont beiläufig, obwohl es alles andere als das war.

Um genau zu sein, hatten sich unsere Gespräche ziemlich bedeutungsvoll angefühlt. Aber das würde ich Jacob nicht verraten, weil er eine viel zu große Sache daraus machen würde.

Er runzelte die Stirn. »Du und Cohen also? Komische Kombination.«

»Warum?«

»Weil er sich bei den Treffen doch meistens eher an Amy, Sky und Brook hält.«

»Er ist halt ein wenig zurückhaltend und mit den anderen schon länger befreundet, aber eigentlich sehr nett, wenn man ihn näher kennt«, erklärte ich, was Jacobs Verwirrung nur noch weiter anzustacheln schien.

»Und du kennst ihn näher?«

»Ein bisschen.«

Jacob legte das Handy weg und sah mich verblüfft an. »Wenn ich es nicht besser wüsste, würde ich glauben, du stehst auf ihn.«

»Wie kommst du darauf?«

»Keine Ahnung. Du treibst dich bis mitten in der Nacht mit ihm rum und zerstörst deinen dir heiligen Schlafrhythmus. Und dann nennst du ihn *sehr nett*. Das sagst du sonst nie über Leute, die du kaum kennst.«

»Na ja, man kann ja jetzt nicht sagen, dass ich ihn kaum kenne. Schließlich gehören wir zur gleichen Freundesgruppe.«

»Ja, aber auch innerhalb dieser Gruppe ist er eigentlich nicht so supereng mit uns.« Sein skeptischer Blick lag auf mir, und als ihn die Erkenntnis traf, erschien ein verschmitztes Grinsen auf seinen Lippen. »Er gefällt dir«, stellte er knapp fest.

»Was?«

»Cohen. Du findest ihn gut.«

Am liebsten hätte ich mir irgendeine Ausrede zurechtgelegt, um diesem Gespräch zu entgehen. Doch ich spürte selbst, wie ertappt ich Jacob anstarrte. Ein ergebenes Seufzen kam mir über die Lippen. »Schon ein wenig.«

»Und wie sieht es bei ihm aus? Steht er überhaupt auf Typen?«, fragte er vorsichtig.

Wenn wir solche Gespräche führten, wählte Jacob seine Worte meist behutsam. Vermutlich lag es daran, dass er nicht queer war und viele Dinge zwar mir zuliebe nachvollziehen wollte, es oft aber nicht wirklich konnte.

Er wusste nicht, wie frustrierend es war, auf Männer zu stehen, die nur Blicke für Frauen übrighatten.

Er wusste nicht, wie es war, einen Mann zu wollen, aber nicht zu wissen, ob dieser überhaupt *im selben Team* wie man selbst spielte.

Ich rechnete Jacob hoch an, dass er es versuchte. Dass er solche Gespräche mit mir führte und ein offenes Ohr haben wollte.

Trotzdem war da manchmal der Wunsch nach Menschen, die verstanden, wie all diese Dinge waren, weil sie sie selbst erlebt hatten.

Ich schüttelte diese Gedanken ab und antwortete: »Ja, tut er.«

»Krass, hätte ich nicht gedacht.«

»Zugegeben, ich auch nicht.«

Jacob lächelte, wenn auch zögerlich. »Aber das ist doch eine gute Sache, oder? Ich meine, dann hast du jetzt eine Chance bei ihm.«

Ich zuckte mit den Schultern. »Vielleicht. Also falls er überhaupt Interesse an mir haben sollte. Ich muss sagen, ich finde ihn gut, aber außerhalb unserer Gruppe hab ich ja noch nicht so lange Kontakt zu ihm. Kann ich da selbst überhaupt wissen, ob das mehr ist als nur eine Schwärmerei?«

»Wer weiß. Aber schwärmen ist schön, also solltest du es zulassen. Außerdem kann es ja immer sein, dass daraus mehr wird.«

»Wir werden sehen.«

Jacob stand auf und ließ sich neben mir auf die Couch fallen. Ich richtete mich auf, woraufhin er mir einen Arm um die Schulter legte. »Du solltest ein wenig optimistischer sein.«

Am liebsten hätte ich ihm erklärt, dass das nicht so einfach war. Dass die schwule Datingkultur sich massiv von der heteronormativen unterschied. Alles war viel oberflächlicher. Es ging oft nur um kurzweilige schöne Momente statt um Beständigkeit. Um Oberfläche statt um Tiefe. Als suchte jeder nach dem nächsten Rausch. Dem nächsten Hoch, das einem dabei half, den letzten Typen zu vergessen. Wenn man als Mann einen Mann kennenlernte, konnte man in der Regel davon ausgehen, dass dieser nichts Ernstes suchte – so zumindest meine Erfahrung.

Und wenn man diese Erfahrung einige Male gemacht hatte, verlor man seinen Optimismus.

Doch das war wieder eines dieser Dinge, die Jacob nicht verstehen würde.

»Du hast recht«, antwortete ich deshalb ausweichend.

»Ich meine …«, sagte er und nahm den Arm von meiner Schulter. Dann knuffte er mich in die Wange. »Wie kann man dich nicht ganz bezaubernd finden?«

Ich lachte und schlug seine Hand weg.

»Vielleicht findet er dich nicht interessant. Vielleicht doch. Und trotzdem gibt es von beiden Seiten keine Garantie, dass sich mehr daraus entwickelt. Deshalb ist es womöglich das Beste, wenn du abwartest und schaust, was passiert.«

Ich neigte den Kopf in seine Richtung und sah ihn erstaunt an. »Bekomme ich gerade Datingratschläge von dem Mann, der jedes Wochenende eine andere aufreißt und sich nie bindet?«

Er schüttelte den Kopf. »Ich binde mich nur nicht, weil bisher noch nicht die Richtige dabei war.«

»Langsam wird es dann aber knapp. Du hast schon fast die ganze Stadt im Bett gehabt. Wenn du hier nicht bald fündig wirst, müssen wir umziehen. Los Angeles soll wohl auch schön sein?«

Jacob sah mich gespielt enttäuscht an. »Du wirst fies, wenn du ausgeschlafen bist.«

Ich grinste und schlang meine Arme um Jacob, um ihn fest zu drücken.

Es war schön, dass Jacob und ich derart ungezwungen miteinander umgehen konnten. Ich hatte in der Vergangenheit oft die Erfahrung gemacht, dass Männer sich nur ungern auf diese Art von einem queeren Typen anfassen ließen.

Jacob machte das nichts aus. Er war gefestigt genug in seiner Sexualität, um sich von meiner Umarmung nicht bedroht zu fühlen.

»Manchmal hab halt auch ich meine Momente«, erklärte ich und ließ von ihm ab.

»Spar dir deine Energie. Du könntest sie heute Abend brauchen.«

»Was ist denn heute Abend?«

»Ich dachte, wir könnten vielleicht ins *House of Soul* gehen. Dann würdest du Cohen wiedersehen und ich könnte einen weiteren Stempel auf meiner Karte zur Eroberung der San-Francisco-Frauen sammeln.«

Aus irgendeinem Grund machte mein Herz bei der Vorstellung, Cohen heute Abend wieder zu begegnen, einen Satz. Durch unser Treffen letzte Nacht und all die Textnachrichten, die wir ausgetauscht hatten, hatte ich ganz neue Facetten von ihm kennengelernt. Dinge, die über das Bild vom schweigsamen, in sich gekehrten Mann hinausgingen, das er nach außen hin vermittelte. Und ich konnte nicht anders, als mich zu fragen, was wohl sonst noch alles in ihm steckte.

»Klingt nach einem guten Plan«, stimmte ich zu.

KAPITEL 13

Cohen

Amy, Brook und Sky kündigten eine kurze Pause an und nahmen bei mir an der Bar auf den Hockern Platz. Jedes Mal, wenn sie ein wenig Ruhe brauchten, um ihre Stimme zu regenerieren, verbrachten sie ihre Pausen bei mir. Anstelle des Live-Gesangs spielten wir dann eine vorkonfigurierte Playlist ab.

»Können wir unser Programm für heute vielleicht spontan ein wenig umgestalten?«, fragte Amy und blickte kurz nach links und rechts zu den anderen beiden. »Irgendwie ist meine Stimme heute nicht so ganz auf der Höhe. Und wir haben echt viele Songs geplant, wo ich die Melodie singe. Ich bin heute eher in Background-Stimmung, glaube ich.«

Sky und Brook stimmten zu. Dann gingen die drei gemeinsam ihr gesamtes Repertoire durch und erstellten einen spontanen Ablaufplan für später.

»Wie läuft's bei dir?«, fragte Amy, als sie fertig waren.

»Für einen Samstag ziemlich ruhig«, gab ich zu. »Ich weiß nicht, wann ich zuletzt eine so entspannte Schicht am Wochenende hatte.«

»Ist doch gut«, kommentierte Brook und lächelte mich mit ihrem typischen warmen Brook-Lächeln an.

»Ist eher langweilig.«

»Dann gib uns dreien mal ein Wasser, damit dir nicht langweilig ist«, forderte Amy mit einem frechen Grinsen. Sie kämmte sich die Strähnen ihres platinblonden Haares hinters Ohr und entblößte damit feine, kristallförmige Ohrringe.

»Euer Wunsch ist mir Befehl«, witzelte ich und stellte kurz darauf drei Gläser auf der Bar vor ihnen ab.

Ich wollte gerade nach den restlichen Songs für heute Abend fragen, als Skys überraschter Blick am Eingang kleben blieb. »Oh, Jacob und Chris sind heute wohl auch da.«

Unwillkürlich sah ich zum Eingang – im selben Moment, in dem Chris zur Bar sah. Unsere Blicke verhakten sich ineinander, und irrwitzigerweise war es, als würde um mich herum alles ein wenig leiser, ein wenig ruhiger werden. Als würden meine Sinne sich nur auf Chris konzentrieren und alles andere ausblenden wollen.

Er hob die Hand und winkte mir ein wenig schüchtern zu.

Ich spürte ein Lächeln auf meinen Lippen, als ich zurückwinkte, weil seine Geste derart unbeholfen aussah, dass es irgendwie süß war.

Gott, ich fand Chris' Winken süß?

»Schaut doch nicht alle so offensichtlich rüber«, hörte ich im Hintergrund Brook sagen.

»Sag das mal Cohen«, erwiderte Amy. »Wenn er Chris weiter so anstarrt, fallen ihm noch die Augen aus dem Kopf.«

Ich riss mich von Chris' Anblick los und gab mir Mühe, nicht rot anzulaufen. Ich war nicht sicher, ob das funktionierte.

Gerade als ich zu einer Rechtfertigung ansetzen wollte, blickte Sky auf ihre Armbanduhr und sagte: »Leute, wir müssen wieder. Die Pause ist rum.«

Die drei steuerten nach einem kurzen »Bis später« zu mir auf die Bühne zu. Es dauerte keine zwei Minuten, bis ihre Stimmen wieder den ganzen Raum samt Besucher für sich einnahmen.

»Was empfiehlst du jemandem, der heute Abend nüchtern bleiben will?«, hörte ich plötzlich jemanden neben mir.

Ich drehte mich ein Stück weg von der Bühne und sah Chris auf einem der Barhocker sitzen. »Ich weiß nicht. Eine Cola Zero vielleicht?«

Er nickte zustimmend. »Das klingt doch gar nicht mal so schlecht.«

Ich befüllte ein Glas und stellte es ihm hin. »Die geht auf mich. Als kleines Dankeschön für gestern.«

»Das ist wirklich nicht nötig. Du musst dich nicht bedanken. Für mich ist das selbstverständlich.«

»Ich weiß, aber ich möchte es trotzdem«, beharrte ich und schob ihm das Getränk mit ein wenig Nachdruck ein Stückchen weiter entgegen.

»In Ordnung. Dann danke.« Er nahm einen Schluck von der kühlen Cola, bevor er sie wieder vor sich abstellte. Behutsam tanzten seine Finger am Rand des Glases entlang. »Irgendwie ist heute nicht so viel los, oder?«

Ich nickte. »Keine Ahnung, woran das liegt. Aber immerhin ist Jacob jetzt da. Der beschäftigt mich meistens allein so gut wie drei.«

Chris lachte.

Es war schön, dass ich ihn zum Lachen bringen konnte.

Ein aufregendes Kribbeln machte sich in meinem Bauch breit.

»Hoffen wir einfach, dass seine Zwanziger nur eine wilde Phase sind.«

»Ich drücke die Daumen, dass er schnell altert.«

Chris unterdrückte ein Grinsen.

Wie aufs Stichwort erschien Jacob an der Bar und bestellte Tequila Shots für sich und seine Eroberung des Abends – eine hübsche blonde Frau, die ich heute zum ersten Mal hier sah. Er nahm seine Shots entgegen und klopfte im Vorbeigehen Chris auf die Schulter. Kurz glaubte ich, dabei ein verschmitztes Zwinkern zu sehen, aber vielleicht bildete ich mir das auch nur ein.

»Wie war dein Tag heute?«, fragte ich, nachdem Jacob verschwunden war, weil ich bis auf die kurze Nachricht heute Mittag nichts von Chris gehört hatte.

»Eigentlich ganz gut. Ich hab mich nur ein bisschen schlecht gefühlt, weil ich bis mittags geschlafen habe«, gestand er.

»Manchmal braucht der Körper das. Und ich schlafe sogar sehr oft bis mittags.«

»Weil du bis spät in die Nacht hier arbeitest. Das ist was anderes.«

»Ich glaube, vom Gefühl her ist es sogar ziemlich ähnlich. Wenn ich gegen Mittag aufwache, weiß ich, dass die meisten anderen ihren Tag schon vor Stunden angefangen haben. Sie haben schon ihre halbe Schicht rum oder haben sich um den Haushalt oder die Kinder gekümmert. Und ich liege noch im Bett. Keine Ahnung, woran das liegt, aber ich fühle mich dann immer richtig faul. Und so, als hätte ich den ganzen Tag verpasst. Weil ich in diesem Moment auch irgendwie nicht daran denke, dass ich ja dafür bis spät in die Nacht arbeite, sondern mich nur auf das Verschlafen des halben Tages konzentriere. Ich glaube, das ist eines der wenigen Dinge, die ich an meinem Job wirklich nicht mag.«

»Verstehe. So hab ich das noch gar nicht gesehen. Vielleicht liegt es auch ein wenig daran, dass dieses Frühaufstehen die Norm ist, an der alles gemessen wird. Und wenn man davon abweicht, fühlt man sich schlecht, weil man so gesehen gegen das verstößt, was einem gesellschaftlich als *richtig* oder *normal* eingetrichtert wird.«

Ich dachte über Chris' Worte nach und konnte ihnen nur zustimmen.

Es gefiel mir, dass er sich wirklich für meine Gefühle interessierte. Dass er meine Aussagen nicht einfach mit einem lockeren Spruch abtat, sondern wirklich darüber nachdachte und sich mit den Dingen, die mich beschäftigten, auseinandersetzte.

Liam hatte das nicht getan.

Irgendwie überrumpelte mich dieser Gedanke, doch es kam mir furchtbar unangemessen vor, die beiden miteinander zu vergleichen.

Liam war eine Geschichte für sich.

Und bei Chris hatte ich schon jetzt das Gefühl, dass er ein so viel besseres Herz hatte. Er sollte in meinem Kopf nicht verglichen werden.

Also schob ich den Gedanken von mir.

»Ich glaube, da ist was dran«, stimmte ich ihm zu.

Kurz starrte Chris gedankenverloren und unfokussiert vor sich hin. Dann fixierte er wieder mich und schenkte mir ein sanftes Lächeln, das mir das Gefühl gab, es berührte meine Seele.

Wieso hatte sein Lächeln das vorher nie getan?

Er trank seine Cola aus, verzog dabei aber das Gesicht.

»Ist alles in Ordnung?«, fragte ich.

»Ja. Mein Hals kratzt nur ein wenig. Ich weiß, das ist vielleicht eine komische Frage, aber habt ihr auch Tee?«

»Ja, haben wir. Ich mache dir einen. Nicht, dass du krank wirst.«

»Ich denke nicht. Das ist nur ein leichtes Halskratzen. Morgen wird sicher alles wieder okay sein.«

KAPITEL 14

Chris

Nichts war okay.

Als ich am nächsten Morgen aufwachte, fühlte es sich an, als wäre mein Hals zugeschwollen. Außerdem spürte ich, wie ich von innen heraus quasi verglühte. Fieber.

Verdammt.

Vielleicht wäre es letzte Nacht doch schlauer gewesen, nach Hause zu gehen, als ich irgendwann gemerkt hatte, dass mein Hals langsam anfing zu schmerzen. Aber die Aussicht darauf, mich noch ein wenig mit Cohen zu unterhalten, hatte mich überzeugt, zu bleiben. Auch als es schlimmer wurde, hatte ich das mit einem Lächeln kaschiert, weil ich nicht wollte, dass die Gespräche mit ihm endeten.

Ich führte mich auf wie ein frisch verliebter Teenager und hasste mich gerade ein wenig dafür. Nach Hause zu gehen wäre die einzig schlaue Entscheidung gewesen.

Aber manchmal übernahmen die Schmetterlinge das Denken für einen.

Ja, ich hatte Schmetterlinge im Bauch wegen Cohen Smith. Trotzdem war es vermutlich die falsche Entscheidung gewesen, das eigene Wohlergehen aufs Spiel zu setzen. Fieber und Halsschmerzen – das hatte ich jetzt davon.

Ich blieb noch eine Weile im Bett liegen, weil ich hoffte, dass sich mein Zustand durch die zusätzliche Erholung ein wenig bessern würde, doch es war vergeblich. Deshalb stand ich irgendwann auf, um nach Jacob zu sehen. Wenn er gesund war, konnte er mir vielleicht eine Suppe kochen. Ich selbst war nämlich viel zu erschöpft, um mich länger auf den Beinen zu halten.

Doch sein Zimmer war leer.

Vermutlich schlief er gerade seelenruhig im Bett seiner gestrigen Eroberung und würde erst gegen Mittag heimkommen. Normalerweise war ich ihm dankbar, dass er meistens zu den Frauen ging, statt sie mitzubringen, um meine Ruhe nicht zu stören.

Heute wünschte ich, er wäre hier, um mir eine Suppe zu kochen.

Das Klingeln meines Handys ertönte aus meinem Zimmer.

So schnell ich konnte steuerte ich darauf zu, und als ich es in der Hand hielt, ließ ich mich erschöpft auf der Kante meines Bettes nieder.

Anruf von Sam.

»Hey, Sam, alles klar?«, fragte ich, nachdem ich abgehoben hatte.

»Hey, nicht wirklich«, antwortete er und klang dabei so furchtbar, wie ich mich gerade fühlte.

»Oh, Mist. Was ist los?«

»Sky und mich hat es erwischt. Volles Programm samt Fieber und Schüttelfrost.«

»Scheiße«, fluchte ich.

»Das kannst du laut sagen. Ich hab versucht, Jacob zu erreichen, aber der geht nicht an sein Handy.«

»Er ist auch gar nicht zu Hause«, erklärte ich und legte mich hin, weil mich plötzlich ein Schwindelanfall überkam. »Wir waren letzte Nacht im *House of Soul* und er ist mit irgendeiner Blondine verschwunden. Hab seitdem nichts mehr von ihm gehört. Der taucht sicher irgendwann im Laufe des Tages wieder auf.«

»Also alles wie immer«, schlussfolgerte Sam.
»Sieht so aus.«
»Könntest du mir dann vielleicht einen Gefallen tun?«
»Worum geht es?«
»Sky und ich brauchen dringend was aus der Apotheke. Fiebermittel, Schmerzmittel und Nasenspray. Aber wir sind echt zu fertig, um selbst zu gehen. Könntest du uns das Zeug besorgen und vorbeibringen?«
Verdammt, eigentlich fühlte ich mich dazu nicht wirklich in der Lage. Aber meine Freunde waren krank. Sie brauchten mich und meine Unterstützung. »Klar, ich kümmere mich drum.«
Ein erleichtertes Aufatmen schlug mir aus dem Hörer entgegen. »Super, danke dir. Zum Glück hat es uns nicht alle gleichzeitig erwischt.«
»Ja, zum Glück«, sagte ich und fühlte mich schlecht, weil ich ihm die Wahrheit vorenthielt. Aber er brauchte meine Hilfe und würde sie nicht annehmen, wenn er wüsste, dass es auch mir gerade nicht gut ging. Außerdem konnte ich mir bei der Gelegenheit vielleicht auch selbst noch ein paar Medikamente besorgen.
»Okay, danke dir. Wir sehen uns dann später?«
»Ja, bis später.«
Wir legten auf. Als ich auf das Display meines Handys schaute, entdeckte ich eine neue Nachricht von Cohen, die während des Telefonats mit Sam eingegangen war.

Cohen; 10:33 Uhr
Na? Wie geht's dir heute? Was macht das Halskratzen?

Ich; 10:37 Uhr
Nicht so gut. Das Kratzen ist mittlerweile zu ausgewachsenen Halsschmerzen mutiert. Und weil das allein langweilig wäre, hat es als Begleitung noch Fieber und Schwindel mitgebracht.

Cohen; 10:38 Uhr
Scheiße! Gute Besserung.

Ich; 10:38 Uhr
Danke:) Und was steht bei dir so an?

Cohen; 10:38 Uhr
Ich fahre jetzt ins Gym.

Ich; 10:39 Uhr
Viel Spaß beim Training!
Ich werde jetzt mal zur Apotheke fahren. Sam hat gerade angerufen und braucht von dort ein paar Sachen. Die werde ich ihm bringen.
Wir hören uns später.

Ich legte das Handy auf den Nachttisch und richtete mich auf, um mir ein paar Klamotten anzuziehen, mit denen ich das Haus verlassen konnte. Eine helle Jeans und ein dunkler Oversized Hoodie.

Als ich an der Apotheke ankam, musste ich mich kurz auf der Bank vor dem Eingang hinsetzen. Verdammt, mir war unfassbar schwindelig.

Ich ließ mich gegen die Rückenlehne fallen und legte den Kopf in den Nacken. Dann schloss ich die Augen und konzentrierte mich auf meine Atmung, in der Hoffnung, so den Kreislauf unter Kontrolle zu bringen.

Es funktionierte nicht.

Ich musste das ignorieren, damit Sam und Sky ihre Medikamente erhielten. Schließlich verließen sie sich auf mich.

Aber mein Körper … Er streikte. Meine Beine verweigerten ihren Dienst. Also blieb ich noch ein paar Minuten sitzen.

Ich hörte, wie unzählige Menschen an mir vorbeigingen, und ich war sicher, sie warfen mir schiefe Blicke zu. Doch niemand von ihnen blieb stehen, um sich nach mir zu erkundigen.

Die Leute sahen aus Bequemlichkeit lieber weg, statt einzuschreiten, wenn sie bemerkten, dass jemand Hilfe brauchte.

Ich wollte gerade einen weiteren Versuch unternehmen, aufzustehen, als mein Handy klingelte.

Cohen.

Ich hob ab. »Hey, alles klar?«

»Das sollte ich wohl eher dich fragen«, antwortete er. Seine Stimme vermischte sich mit verschiedenen Hintergrundgeräuschen. Anscheinend war er schon im Fitnessstudio.

»Wieso?«

»Ich dachte, du bist krank.«

»Ich bin auch krank.«

»Wieso läufst du dann zur Apotheke, um für Sam einzukaufen?«

»Weil er mein Freund ist und Hilfe braucht«, erklärte ich.

Ein ungläubiges Schnauben erklang. »Du kannst niemandem helfen, wenn du selbst Hilfe brauchst. In solchen Situationen musst du erst mal an dich selbst denken.«

»Es ist doch nur eine Kleinigkeit«, beharrte ich und merkte selbst, wie unvernünftig das war. Denn wenn ich ehrlich war, dann war ich absolut nicht in der Lage, jemand anderem zu helfen. Trotzdem suchte ich weiter nach Ausreden. »Und außerdem kann ich mir bei der Gelegenheit ja auch selbst noch ein paar Medikamente mitnehmen.«

»Aber wenn es dir nicht gut geht, hättest du auch einfach mich fragen können. Ich hätte sowohl dir als auch Sam alles Nötige besorgt. Na egal. Wo bist du gerade?«

»Bei der Apotheke.«

Kurz schwieg Cohen. »Du meinst, *in* der Apotheke?«

Ich biss mir auf die Lippe und fühlte mich wie ein Vollpfosten. »Nein, *bei* der Apotheke. Rein hab ich es noch nicht geschafft. Sitze auf einer Bank davor.«

»Warum?«

»Weil mir etwas schwindelig ist.«

»Schick mir deinen Standort«, forderte Cohen plötzlich.

»Wozu?«

»Ich bin mit dem Auto unterwegs. Ich komme dich abholen.«

»Das brauchst du wirklich nicht«, erwiderte ich. Weil ich eigentlich jemandem helfen und keine Probleme verursachen wollte. Aber vielleicht war es dafür zu spät, denn ich hatte das Gefühl, dass Cohen nicht lockerlassen würde.

»Schick mir deinen Standort. Ich bin in fünf Minuten aus dem Gym raus.«

Ich seufzte ergeben. »Okay.«

»Bleib einfach sitzen, ja?«

»Mach ich.«

»Bis gleich, Chris.«

»Bis gleich, Cohen.«

Ich schickte ihm den Standort, und er antwortete, dass er nur fünf Minuten vom Fitnessstudio aus brauchte. Tatsächlich fuhr nur kurze Zeit später ein Wagen vor und hielt wenige Meter von mir entfernt.

Cohen stieg aus.

Und verdammt ... Trotz des Schwindels nahm ich ihn in diesem Moment nur zu deutlich wahr. Anscheinend war er direkt nach dem Telefonat aus dem Fitnessstudio geeilt, denn er trug noch immer seine Sportkleidung: Eine kurze Hose, die seine muskulösen Oberschenkel betonte. Ein leicht verschwitztes Tanktop, das seine breiten, tätowierten Arme freilegte. Vielleicht lag es am Schwindel, doch ich war mir sicher, dass jeder seiner Arme breiter war als mein gesamter Körper. Strähnen seiner dunkelbraunen Haare klebten ihm auf der Stirn, und in seinen stürmischen Augen erkannte ich eine Mischung aus Sorge und Verärgerung.

»Alles in Ordnung?«, fragte er, als er vor mir stand.

»Klar«, antwortete ich und versuchte, die Ernsthaftigkeit in seinen Zügen mit einem Lächeln aufzulockern.

Es funktionierte nicht. Er sah mich noch immer mit demselben ernsten Blick an. »Komm, ich bring dich ins Auto.«

»Ich muss noch die Sachen für Sam holen.«

Ein Muskel in seinem Kiefer zuckte. »Okay. Ich bringe dich ins Auto und hole das Zeug dann.«

Ich gab nach.

Cohen hielt mir eine Hand hin, und ich griff danach, um mich an ihm hochzuziehen. Dann bot er mir seinen Arm an. »Halt dich fest, wenn dir das beim Gehen hilft.«

Ich nickte und umklammerte seinen Oberarm, damit wir zum Auto gehen konnten. Es war vollkommen unangemessen, doch während dieser paar Meter konnte ich nur daran denken, wie gut sich sein Bizeps unter meiner Hand anfühlte.

Als wir am Auto ankamen, hielt Cohen die Beifahrertür auf und half mir, in den hochgelegten SUV einzusteigen.

Wer hätte gedacht, dass Cohen Smith ein wahrer Gentleman sein konnte?

»Was braucht ihr?«, fragte er, als ich endlich im Auto saß.

»Schmerz- und Fiebermittel. Und Nasenspray.«

»Ich bin gleich wieder da.« Er schlug meine Tür zu und betrat die Apotheke. Keine drei Minuten später kehrte er mit zwei kleinen Tüten in der Hand wieder zurück. Er stieg zu mir in den Wagen und übergab mir das Gekaufte. »Ich hoffe, das passt so.«

»Wir werden sicher nicht meckern.«

»Dann bringen wir Sam das schnell.« Cohen hielt kurz inne und musterte mich besorgt. »Und dann schaue ich mal, was ich mit dir mache.«

Bevor ich darauf etwas erwidern konnte, fuhr der Wagen auch schon an. Und obwohl ich mich dagegen wehrte, spürte ich, wie Müdigkeit und Erschöpfung über mir zusammenschlugen.

Ich wollte nur kurz die Augen schließen, um mich auszuruhen. Doch als ich sie das nächste Mal öffnete, stand der Wagen in Cohens Einfahrt. »Was machen wir hier?«, fragte ich.

»Du kommst mit zu mir«, sagte Cohen nur, als wäre es das Selbstverständlichste der Welt.

Kurz machte sich ein Gefühl von Wärme in meiner Brust breit, doch es wurde schnell durch Sorge abgelöst. »Was ist mit deinen Eltern?«

Nach dem, was Cohen mir über sie erzählt hatte, schienen sie sehr konservativ zu sein. Mit meinen blauen Haaren würde ich da sicher keinen guten ersten Eindruck hinterlassen. Außerdem wollte ich Cohen keine Probleme machen, wenn ich doch wusste, dass sein Verhältnis zu seinen Eltern ohnehin schon nicht das beste war.

»Die sind nicht in der Stadt. Mein Vater ist gerade als Diakon verreist. Wenn er auswärts unterwegs ist, übernachtet er in der Regel auch dort. Und meine Mom begleitet ihn dann selbstverständlich.«

»Dein Vater scheint in der Kirchengemeinde ein beliebter Mann zu sein.«

Cohen schnaubte verbittert. »Die sehen ja auch nur das, was sie in ihm sehen wollen.«

Am liebsten hätte ich nachgefragt, was genau er damit meinte. Aber ich hatte das Gefühl, dass ich damit zu tief in eine Wunde bohrte, die noch nicht verheilt war. Also behielt ich meine Fragen für mich und wechselte wieder das Thema.

»Du musst das nicht tun. Also dich um mich kümmern. Es reicht, wenn du mich einfach wieder bei mir zu Hause rauslässt.«

»Damit du wieder durch die Gegend läufst und weiß Gott wo strandest?«

»Quatsch, das würde nicht passieren.«

Man sah Cohen förmlich an, wie er sich mit aller Kraft einen Kommentar verkniff. Stattdessen stieg er aus, ging um den Wagen herum auf meine Seite und öffnete meine Tür. Ein klares Zeichen, dass er mich nicht gehen lassen würde.

Manche könnten denken, dass sein Verhalten übergriffig war. Und vielleicht stimmte das bis zu einem gewissen Grad auch. Aber ich sah im Moment nur den Mann, der sich um mich sorgte, weil ich selbst es nicht konnte.

Vielleicht gehörte ich manchmal zu den Menschen, die man zu ihrem eigenen Glück zwingen musste. Von niemandem würde ich mich im Augenblick lieber zwingen lassen.

Cohen hielt mir geduldig seine Hand hin. Ich griff danach und ließ mir von ihm aus dem Wagen helfen. Kurz verlor ich das Gleichgewicht, doch sofort war da sein Arm, an dem ich mich festhalten konnte.

»Alles okay?«

»Es geht schon.«

Er beäugte mich skeptisch und legte seine Hand auf meine Stirn. »Du glühst ja.«

»Oder es kommt dir nur so vor, weil du in diesen kurzen Klamotten frierst.«

»Das wird es ganz sicher sein.« Er zog eine Augenbraue hoch. »Komm, wir bringen dich rein.«

KAPITEL 15

Chris

Ich war sicher, noch nie hatte sich ein feuchter Waschlappen so gut angefühlt wie der, den Cohen mir auf die Stirn gelegt hatte.

Er hatte mich ins Haus gebracht, mir sogar die Schuhe ausgezogen, weil ich mich derart kraftlos fühlte, und mir dann auf die Couch geholfen. Dann hatte er mir einen kalten Lappen sowie einen Eimer mit Eiswasser gebracht, um ihn stets kühl zu halten.

»Ich glaube, das Fieber geht langsam runter.« Er nahm den Stofffetzen von meiner Stirn, tauchte ihn in den Eimer, wrang ihn aus und legte ihn mir wieder aufs Gesicht.

»Ich fühle mich auch schon viel besser«, erklärte ich. Offenbar hatte auch der Schwindel etwas mit meinem Fieber zu tun gehabt, denn seit es sank, fühlte ich mich auch in der Hinsicht viel klarer.

»Okay, das ist sehr gut. Ist es für dich okay, wenn ich eben duschen gehe?«

Am liebsten hätte ich ihm gesagt, dass er doch einfach seine Sportklamotten anlassen sollte, weil ich ihn darin unfassbar sexy fand. Doch ich riss mich zusammen und antwortete: »Klar, mach ruhig. Ich komme klar.«

»Okay. Brauchst du gerade sonst noch etwas?«

»Alles gut.«

»In Ordnung. Ich bin sofort wieder da.«

Er war schon fast aus der Tür raus, als ich noch mal nach ihm rief. »Cohen?«

Er drehte sich zu mir um. »Ja?«

»Danke. Für alles.«

Er lächelte. »Jederzeit.« Dann drehte er sich um und ging.

Während er weg war, konnte ich nicht anders, als mir das Wohnzimmer genauer anzusehen. Es wirkte auf den ersten Blick relativ unscheinbar. Ein heller Parkettboden zog sich durch den ganzen Raum und passte perfekt zu dem hölzernen Ess- und Couchtisch. Die Couch selbst bestand aus einem warm wirkenden braunen Leder. Besonders auffällig waren jedoch die ganzen Gemälde und Dekorelemente, die an den Wänden hingen. Kreuze. Christliche Motive, die Jesus zeigten.

Cohen hatte also nicht übertrieben, als es um die Religiosität seiner Eltern ging.

Ich fragte mich, wie es sein musste, so aufzuwachsen. Wenn man in eine Religion geboren wurde und einem keine Wahl blieb. Wenn niemand einen fragte, woran man glaubte, sondern erwartet wurde, dass man denselben Glauben teilte.

Vielleicht war es okay, weil man es nicht anders kannte.

Trotzdem fand ich es traurig, dass die Geburt einem die Wahl abnahm.

»Na? Wie ist die Lage?«, fragte Cohen, als er irgendwann zurückkam. Er trug ein lockeres schwarzes T-Shirt und eine dazu passende Jogginghose. Irgendwie standen ihm sportliche Outfits bei Weitem besser als das, was er im *House of Soul* trug.

»Fühlt sich an, als wäre das Fieber weg«, erklärte ich. »Die Halsschmerzen sind aber noch ziemlich heftig.«

»Ich mache dir eben einen Tee.«

»Das brauchst du nicht«, erwiderte ich, doch Cohen schüttelte nur den Kopf.

»Alles gut. Das ist kein großer Aufwand.« Mit diesen Worten verschwand er in die Küche, war aber wenige Minuten später wieder zurück. Er überreichte mir den dampfenden Tee samt Untertasse und nahm auf der Kante der Couch neben mir Platz. »Ist Kamillentee.«

»Danke.« Ich nahm vorsichtig einen Schluck von dem heißen Tee, der mir zwar nicht wirklich schmeckte, aber zumindest effektiv gegen die Halsschmerzen half. Dabei spürte ich, wie Cohen mich beobachtete. Beinahe war es, als würden ihm die Worte auf der Zunge brennen.

Dennoch sagte er nichts.

Ich trank meine Tasse aus und wollte mich aus meiner halb liegenden Position ein wenig aufrichten, um sie auf den Couchtisch zu stellen, aber Cohen übernahm das für mich.

»Ich mache dir noch einen, wenn du magst.«

Ich nickte dankbar, auch wenn ich mich ein wenig schlecht fühlte, weil ich Cohen zur Last fiel.

»Dauert nicht lange.«

Cohen

Ich befüllte den Wasserkocher, schaltete ihn an und blickte gedankenverloren aus dem Küchenfenster, während sich das Wasser erhitzte.

Wieso tut Chris das?

Diese Frage ließ mich nicht mehr los, seit ich ihn von der Bank vor der Apotheke aufgegabelt hatte. Er hatte dort vollkommen kraftlos gesessen und sich kaum noch halten können.

Und ich fragte mich, wieso ein Mensch es so weit kommen ließ. Wieso jemand das Wohl anderer so sehr über sein eigenes stellte, dass er sich in einer solchen Lage wiederfinden konnte.

Nein, tut mir leid, ich bin krank – mehr hätte Chris nicht zu sagen brauchen. Ich war sicher, Sam hätte dafür vollstes Verständnis gehabt. Und dann wäre nur ein kurzer Anruf bei mir nötig gewesen, und ich hätte mich der Sache angenommen. Doch stattdessen hatte er zugestimmt und sich selbst einer untragbaren Situation ausgesetzt.

Ich wurde einfach nicht schlau aus dem Verhalten dieses Mannes. Ich wurde einfach nicht schlau daraus, warum es mich überhaupt so sehr interessierte. Im Moment hatte ich das Gefühl, aus nichts schlau zu werden.

Vielleicht sollte ich ihn einfach fragen.

Normalerweise blockte er immer ab, wenn ich ihn darauf ansprach, dass er andere zu sehr über sich selbst stellte. Aber das würde er nicht für immer tun können. Schon gar nicht, wenn ich ihn in einem derartigen Zustand erlebt hatte. Da konnte er sich nicht mehr damit rausreden, dass es doch bloß halb so wild war.

Es ging ihm furchtbar. Das wussten wir beide. Und vielleicht war jetzt der Zeitpunkt gekommen, eine vernünftige Erklärung von Chris zu fordern. Auch wenn sie mir vielleicht nicht zustand.

Mit dem fertigen Tee lief ich ins Wohnzimmer, um ihn Chris zu bringen.

Aber Chris schlief.

Friedlich, als wäre alles in Ordnung. Lediglich die Schweißperlen auf seiner Stirn verrieten, dass es ihm vielleicht nicht so gut ging, wie es wirkte.

Die Schweißperlen, und das ungute Gefühl in meiner Magengrube.

Chris

Als ich aufwachte, fühlte ich mich besser und schlechter zugleich.

Auf der einen Seite war es, als hätte mich ein Lastwagen überrollt.

Doch auf der anderen Seite konnte ich förmlich spüren, wie der Schlaf und die Ruhe etwas geholfen hatten.

»Gut geschlafen?«

Ich blickte zum anderen Sofa, auf dem Cohen nun lag. Er hatte ein Buch in der Hand und las noch kurz darin, bevor er es zuschlug und zu mir herübersah.

»Ja. Ich fühle mich schon ein wenig besser.«

»Das freut mich.« Er legte das Buch – einen Liebesroman – auf den Couchtisch und richtete sich auf.

Wer hätte gedacht, dass Cohen Smith Liebesromane las?

»Ich habe dir noch eine Hühnersuppe gekocht. Die steht auf dem Herd. Ich mache sie noch schnell warm und bringe sie dir dann.«

»Du musst das nicht tun«, sagte ich, weil ich das Gefühl hatte, dass Cohen viel zu viel für mich tat. Aber vielleicht war das auch nur der Teil von mir, der zwar für andere sorgen konnte, aber Hilfe nicht gerne annahm.

»Kein Stress. Ich hätte sowieso gekocht. Und ob ich mein Eiweiß durch ein Hähnchenfilet oder Hühnersuppe bekomme, macht für mich nicht wirklich einen Unterschied. Dann mache ich lieber etwas, was dir hilft, schneller gesund zu werden.«

Wieder diese Wärme in meiner Brust.

Cohen servierte mir die Suppe in einer kleinen Schüssel auf einem Tablett, welches er auf meinem Schoß ablegte, damit ich nicht aufstehen musste. Dann ging er zurück in die Küche und nahm sich selbst eine Portion, bevor er mir gegenüber auf der Couch Platz nahm.

»Guten Appetit«, flüsterte ich und nahm den ersten Löffel. Ein leises Seufzen kam mir über die Lippen.

Cohen lachte. »Also schmeckt es?«

Ich nickte. »Wieso kannst du das so gut?«

»Kochen ist das Wichtigste, wenn man Fitness macht. Zwanzig Prozent deines Erfolges kommen durch ein gutes Training, die anderen achtzig Prozent durch eine gute Küche. Du kannst noch so viel trainieren – wenn die Ernährung nicht passt, wirst du keine bis kaum Fortschritte machen. Mir war es wichtig, gut in dem zu sein, was ich mache. Deshalb habe ich mir das Kochen beigebracht. Und mittlerweile liebe ich es einfach. Für mich ist es nicht mehr nur ein Mittel zum Zweck. Es ist pure Entspannung.«

Ich lächelte. »Freut mich, dass du ein Hobby gefunden hast, das dich nicht nur entspannt, sondern dir auch noch so viel nützt.«

»Ja, ich liebe Kochen und ich liebe Sport. Eigentlich ist es eine perfekte Kombination.«

»Genau.«

»Was ist dein Lieblingsgericht?«

»Schwierige Frage«, antwortete ich, weil es so viele gute Gerichte gab. Doch dann entschied ich mich für Lasagne.

»Ich kann uns sicher mal eine zubereiten«, sagte Cohen, als wäre es das Selbstverständlichste der Welt, dass er für uns beide kochte.

»Das wäre toll. Was ist denn dein Lieblingsessen?«

»Puh …« Cohen hob den Arm und kratzte sich nachdenklich am Hinterkopf. »Nudeln mit Erdnusssauce.«

»Das klingt lecker.«

»Das ist es auch. Die Linguine, die Champignons, der Räuchertofu und natürlich die scharfe Erdnusssauce … Wenn ich daran denke, läuft mir das Wasser im Mund zusammen.«

Ich lachte. »Wir essen doch gerade.«

»Ich habe fast immer Hunger. Selbst beim Essen«, erwiderte Cohen.

Das glaubte ich ihm aufs Wort. Einen derart riesigen Körper wie seinen zu versorgen, kostete sicher einiges an Energie.

Wir unterhielten uns noch ein wenig übers Kochen und Essen im Allgemeinen. Doch je länger wir redeten, desto mehr beschlich mich das Gefühl, dass etwas auf Cohens Seele lastete. Hin und wieder waren da ruhige Momente, in denen er schwer mit seinen eigenen Gedanken beschäftigt schien. Und wenn er mich dann ansah, verriet sein Blick, dass es etwas mit mir zu tun haben musste.

»Cohen, ist alles okay?«, fragte ich ihn also irgendwann, als ich es nicht mehr aushielt.

Kurz zögerte er, als überlegte er, ob er mit mir darüber reden könne. Doch dann gab er sich einen Ruck. »Ich verstehe dein Verhalten manchmal nicht.«

Verwirrt sah ich ihn an. »Was meinst du?«

»Du bist krank. Und das nicht nur ein bisschen. Und trotzdem lässt du alles stehen und liegen, um für Sam Medikamente aus der Apotheke zu holen, obwohl du auf Jacob warten oder mich fragen könntest. Und ich frage mich einfach, warum? Wieso nimmst du so viel auf dich, um deinen Freunden zu helfen? Versteh mich nicht falsch – ich würde auch sehr viel für meine Freunde tun. Aber über meine eigenen Grenzen gehen und mich selbst vernachlässigen? Das sollte niemand tun. Denn manchmal ist es auch vollkommen okay, Nein zu sagen, wenn man unter einem *Ja* leiden würde.«

Ich nahm einen tiefen Atemzug, als ich spürte, wie seine Worte durch meine Mauern brachen und sich tief in meine Seele bohrten. »Manchmal ist das aber nicht so einfach«, erwiderte ich.

Cohen stand auf und ging um den Couchtisch herum, um sich zu mir zu setzen. Dann sah er mir direkt in die Augen. »Wieso sollte es nicht einfach sein? Was steckt dahinter, Chris?«

Die Art und Weise, auf die er in diesem Moment meinen Namen aussprach, jagte mir eine Gänsehaut über den Rücken. Cohens Blick lag schwer auf mir. Gewitteraugen, die in meinen nach einer Antwort suchten.

Es fiel mir noch immer schwer, darüber zu reden. Zuzugeben, wieso ich war, wie ich war. Wenn ich die Möglichkeit dazu hatte, vermied ich es, weil ich immer die Sorge hatte, die Leute würden es nicht verstehen oder es komisch finden.

Doch wenn Cohen mich so ansah wie in diesem Augenblick, mit so viel Sorge und Verständnis, so viel Wärme inmitten der Gewitterwolken, lösten sich meine Hemmungen in Luft auf.

Eine leise Stimme in meinem Kopf flüsterte mir zu, dass es okay war. Dass ich mich bei ihm fallen lassen konnte.

Ich beschloss, auf diese Stimme zu hören.

»Ich weiß selbst, dass es nicht gut ist, aber ich hab das manchmal leider nicht unter Kontrolle. Ich fühle mich verantwortlich für Dinge, für die ich eigentlich keine Verantwortung trage.«

Cohen sah mich einfach nur stumm an. In seinem Blick lag die Aufforderung, weiterzusprechen.

»Wenn mich jemand um Hilfe bittet, sei es explizit oder auch nur indirekt, indem er einen Rat oder mein offenes Ohr braucht, fällt es mir meist zu schwer, Nein zu sagen. Wenn ich das tue, überrollt mich direkt mein schlechtes Gewissen und ich fühle mich tagelang furchtbar. Als wäre ich enttäuscht von mir selbst, weil ich einen Menschen fallen gelassen habe.«

Cohen griff nach meiner Hand, die in seiner erstaunlich winzig wirkte. Seine warmen Finger umschlossen meine und hielten mich. »Es tut mir wirklich wahnsinnig leid, dass du so empfindest.«

Ich erwiderte den Druck seiner Hand. »Schon gut. Du kannst ja nichts dafür.«

Cohen nickte zustimmend, wirkte dennoch ein wenig traurig. »Woher kommt das Verhalten?«, fragte er vorsichtig.

Ein Teil von mir wehrte sich, ihm davon zu erzählen, weil ich dafür einen hässlichen Teil meiner Geschichte offenbaren musste. Und komischerweise bevorzugten wir Menschen es, nur die schönen Kapitel mit anderen zu teilen, obwohl es meist die grausamen waren, die uns zu dem machten, der wir waren.

Cohen streichelte sanft mit dem Daumen über meinen Handrücken.

Es war nur eine kleine Geste. Dennoch gab sie mir ein Gefühl von Geborgenheit und Sicherheit. Ein Gefühl, das mich ermutigte, meine Schutzmauern zu senken und ihm einen Blick auf Narben zu gewähren, die sich wie endlose Risse über mein Herz und meine Seele zogen.

»Man kann so was ja nie mit Sicherheit sagen, aber vermutlich liegt es an meinem Vater. Ich habe dir ja schon erzählt, was er für ein Arschloch war.«

Cohen nickte und hielt die ganze Zeit über weiter meine Hand.

»Er war ein manipulativer Mistkerl, der meine Mom und mich emotional missbraucht hat. In meiner Kindheit war Mom immer der fürsorgliche Elternteil, aber leider sehnen kleine Kinder sich nach der Bestätigung von Mutter *und* Vater. Ich wollte, dass mein Vater mich liebte. Schließlich war er mein Dad. Ich wollte von ihm wertgeschätzt und gesehen werden. Und hin und wieder wurde ich das auch, aber nur, wenn ich seinen Wünschen und Ansprüchen gerecht wurde. Anerkennung und Liebe – wenn sie das denn wirklich war – erhielt ich nur, wenn ich etwas in seinen Augen gut machte. Wenn ich Leistungen erbrachte, die ihm gefielen. Sein Auto wusch. Das schmutzige Geschirr in die Spülmaschine einräumte. Im gemeinsamen Schlafzimmer meiner Eltern Staub wischte, wenn Mom nicht zu Hause war und ihm eigentlich die Aufgabe übertragen hatte. Immer wenn ich diese Dinge tat, war er für einen kurzen Moment stolz auf mich und hat mich gelobt. Aber wenn ich nicht nach seiner Pfeife getanzt habe, hat er mich ignoriert. Er hat mir die kalte Schulter gezeigt, mich abgewiesen und mir bewusst das Gefühl gegeben, seiner Zeit und Aufmerksamkeit nicht wert zu sein, weil ich nichts tat, um sie mir zu verdienen. Also hat der kleine Chris damals angefangen, zwanghaft irgendwelche Dinge zu tun, die ihm die Aufmerksamkeit und die Bestätigung und Liebe seines Vaters einbrachten. Immer und immer wieder. Und ohne es mich merken zu lassen, hat er so meine Seele gebrochen. Mal ganz abgesehen davon, dass ich seitdem immer so einen unerträglichen Leistungsdruck empfinde.«

Wenn ich genauer darüber nachdachte, war das vielleicht auch der Grund, warum mir meine Fehler in der Praxis so nahegingen. Es war nicht nur der Irrtum an sich – denn dieser konnte jedem unterlaufen. Es war vor allem das Gefühl, versagt zu haben. Etwas, was ich mir unter den erbarmungslosen Blicken meines Vaters nie hatte erlauben dürfen.

Als ich Cohens abwartenden Blick spürte, schüttelte ich diesen Gedanken ab und fuhr fort. »Und genau das gleiche Spiel hat er mit meiner Mutter abgezogen. Er hat sie um Aufmerksamkeit und Liebe betteln lassen. Viel zu oft habe ich mitbekommen, wie sie weinend im Bett lag, weil mein Vater ihr die kalte Schulter zeigte. Da habe ich angefangen, für sie da zu sein. Egal, wie schlecht es mir selbst ging, ich habe es runtergeschluckt, um meine Mom zu trösten. Ich wollte ihr zeigen, dass sie geliebt wird. Ich wollte, dass es ihr gut ging und hab mich selbst dabei ganz vergessen. Und diese Verhaltensweise hat sich über die Jahre so sehr bei mir eingebrannt, dass ich davon nicht mehr loskomme. Noch immer stelle ich andere Menschen über mich und will für sie da sein. Weil es das ist, was ich von zu Hause kenne. Weil ich es immer so gemacht habe. Und so ist dieser pathetische Altruismus bei mir entstanden.«

Cohen sah mich fassungslos an. In seinen Augen erkannte ich Mitgefühl, Trauer, aber auch Wut. »Fuck! Das ist so krank! Wer geht so mit seiner Familie um?«

Ich lächelte ein trauriges Lächeln. »Gibt leider immer solche Leute.«

»Aber so kann es doch nicht immer für dich weitergegangen sein, oder?«

Ich schüttelte den Kopf. »Als ich zwölf Jahre alt war, hat meine Mom endlich gemerkt, was für ein furchtbarer Mensch mein Vater ist. Dass er sie und mich immer nur manipuliert hat, damit wir funktionieren, wie er es wollte. Also hat sie sich von ihm getrennt, aber in meiner Psyche war der Schaden schon angerichtet.«

»Hast du schon mal überlegt, dir deshalb Hilfe zu holen?«

Beschämt senkte ich den Blick. »Ja, das habe ich. Ich hatte mit neunzehn eine Therapeutin, weil ich mich ziemlich verloren gefühlt habe. Die Verhaltensweisen, die ich mir angeeignet hatte, haben mich massiv belastet, und ich wollte etwas dagegen tun, weil ich mich mit jedem Tag schlechter gefühlt habe. Ich hatte das Gefühl, mit der Vergangenheit noch nicht richtig abgeschlossen zu haben. Und meine Therapeutin war wirklich gut. Aber bei dem Gedanken daran, all diese furchtbaren Erfahrungen aufzuarbeiten und mich mit ihnen auseinandersetzen zu müssen, habe ich kalte Füße bekommen. Ich habe die Therapie abgebrochen und schlage mich seitdem allein da durch.«

»Und mit *durchschlagen* meinst du …«

»… darunter leiden, ja«, vervollständigte ich seinen Gedankengang.

Cohen biss die Zähne fest aufeinander, sodass ein Muskel in seinem Kiefer zuckte. »So eine Scheiße.«

»Das kannst du laut sagen.«

»Ich wünschte, ich könnte etwas tun, um dir zu helfen«, sagte Cohen, und seine Worte klangen so aufrichtig, dass sie etwas tief in mir berührten. Ich wusste, wenn er es könnte, würde er es ohne Zweifel tun.

»Schon okay. Danke, dass du mir zugehört hast.«

»Das ist doch selbstverständlich.« Cohen musterte mich ein paar Wimpernschläge lang nachdenklich. Dann warf er seine Bedenken über Bord, rückte noch ein wenig näher und nahm mich in den Arm.

Ich schmiegte mich in die Wärme seiner Umarmung. Hielt mich an seinem breiten Rücken fest und erlaubte es mir für den Moment, meiner eigenen Trauer um den glücklichen Jungen, der unter dem eisigen Griff seines Vaters erfroren war, ein wenig nachzugeben.

Vielleicht war es seltsam, doch wenn Cohen mich hielt, fühlte es sich so okay wie noch nie an, zu trauern und ein wenig schwach zu sein. Beinahe so, als würde er mich in meinen schwachen Momenten vor der grausamen Welt beschützen.

Wir ließen voneinander ab, blieben jedoch unendlich nah voreinander sitzen. Ich blickte in seine Augen, deren Ausdruck sich verändert hatte.

Ich werde nicht zulassen, dass jemals wieder jemand so mit dir umgeht, verrieten sie.

»Ich weiß nicht, ob dir das seitdem jemand gesagt hat«, fing Cohen an und legte seine Hand wie beiläufig auf meine, um feine Linien über meine Haut zu ziehen, »aber du bist wertvoll. Du hast ein gutes Herz. Du bist toll. Und daran wird sich nichts ändern, nur weil dir jemand die Anerkennung verweigert. Oder weil du nicht die Leistungen erbringst, die jemand von dir erwarten könnte.«

Die dünnen Risse auf meinem Herzen und meiner Seele – sie kribbelten. Beinahe so, als wollten sie heilen. Als wären Worte wie die von Cohen genau das, was sie dafür brauchten. Ich hoffte nur, dass ich mir diese Worte eines Tages selbst versichern konnte. Dass ich eines Tages so weit war, die Dinge, die Cohen mir gesagt hatte, selbst zu erkennen und zu fühlen.

Doch solange ich das nicht konnte, erlaubte ich es mir, in den Worten von Cohen zu versinken.

Ich klammerte mich an ihnen und an seiner Hand fest, als mich die nächste Welle der Erschöpfung einholte und einschlafen ließ.

Komisch, wie gut man schlief, wenn man dabei die Hand eines Menschen hielt, dem man vertraute.

Ja, ich vertraute Cohen.

Und es war das beste Gefühl. Ich wünschte, ich hätte schon früher damit angefangen.

KAPITEL 16

Cohen

Ich war heute etwas früher aufgestanden, um noch eine Runde joggen zu gehen, damit ich den Kopf freibekam. Und als ich vom Laufen zurückgekommen war, hatte Chris noch immer schlafend auf der Couch gelegen.

Er schien furchtbar erschöpft, also bemühte ich mich, leise zu sein, um ihn nicht zu wecken.

Wenn er schlief, sah er so friedlich aus. Wenn ich ihn da so liegen sah, eingekuschelt in eine Decke und mit zerzaustem Haar, konnte ich kaum glauben, dass er die Dinge durchgemacht hatte, von denen er mir erzählt hatte.

Es kam mir so unwirklich vor, und jedes Mal, wenn ich daran dachte, spürte ich eine unerträgliche Schwere auf meiner Brust.

Niemand verdiente so etwas.

Und doch hatte Chris es erlebt.

Ich konnte mir das Gefühl nicht erklären, aber seit er mir seine schmerzhafte Vergangenheit anvertraut hatte, hatte ich das Bedürfnis, ihn zu beschützen. Vor der kalten Welt. Und vor Menschen, die ihm schadeten, obwohl sie ihn schützen sollten. Ich wusste, dass ich ihn nicht vor all dem würde bewahren können. Aber ich konnte es zumindest versuchen.

Irgendwann öffnete Chris blinzelnd die Augen. »Guten Morgen«, raunte er mir zu.

»Guten Morgen«, erwiderte ich und richtete mich auf. »Gut geschlafen?«

Er nickte. »Sehr gut.« Er wand sich kurz und fasste dann unter die Decke. »Ich glaube aber, ich hab deine Couch vollgeschwitzt.«

Ich zuckte mit den Schultern. »Die ist aus Leder. Einmal drüberwischen, dann ist alles wieder okay.«

Er nickte und streckte sich dann schwerfällig, als wäre sein ganzer Körper verspannt. »Ich hab gestern Abend Jacob geschrieben. Er wird mich gleich mit dem Auto abholen. Nur, dass du Bescheid weißt.«

»Alles klar, klingt nach einem guten Plan.« Am liebsten hätte ich ihm gesagt, dass ich ihn lieber hierbehalten würde, aber meine Eltern kamen heute Abend zurück. Bis dahin musste Chris leider weg sein.

Er stand auf, und ich gab ihm ein Handtuch, damit er sich duschen konnte. Während er im Badezimmer war, bereitete ich Frühstück für uns vor. Als wir dann in der Küche saßen – er in ein paar viel zu großen Klamotten von mir – und aßen, führten wir lockere Gespräche. Dennoch war ich sicher, dass wir beide die Schatten des letzten Abends noch allzu deutlich auf unserer Seele spürten. Aber manchmal musste man es gut sein lassen. Ich war sicher, wir würden zukünftig noch einige Male dieses Thema anschneiden, aber für den Moment sollte Chris sich darauf konzentrieren, gesund zu werden, statt sich durch ständige Nachfragen meinerseits in seine Vergangenheit ziehen zu lassen.

Ja, es gab noch so einiges, was ich wissen wollte. Ich wollte Chris verstehen. Sein Denken, Handeln und Fühlen. Und dafür musste ich mehr über ihn erfahren. Für den Augenblick beschloss ich aber, es auf sich beruhen zu lassen und mich auf die lockeren und schönen Augenblicke mit ihm zu fokussieren.

»Hat's geschmeckt?«, fragte ich und räumte die Teller vom Tisch ab.

Chris nickte. »Das vielleicht beste Rührei, das ich je gegessen habe. Wie machst du das?«

Ich grinste. »Ein Chefkoch verrät niemals seine Geheimnisse.«

»Gilt das nicht für Zauberer?«

»Für Köche gilt es ab jetzt auch.«

»Ob sich das so leicht übertragen lässt?«

»Nicht zweifeln, nur akzeptieren«, befahl ich, was auch Chris grinsen ließ.

»Okay, Chef.«

Ich wollte gerade zu einer Erwiderung ansetzen, als es an der Tür klingelte.

»Das ist bestimmt Jacob«, sagte Chris.

»Ich mache ihm auf.«

Jacob und ich begrüßten uns, und Chris packte seine Sachen. Dann standen wir uns vor der Tür gegenüber.

»Danke noch mal, Cohen. Für alles.«

Ich wusste, was er meinte. »Dafür brauchst du mir nicht zu danken.«

Chris zog mich in eine kurze, aber feste Umarmung, und ich erwiderte sie. »Mach's gut. Wir sehen uns«, murmelte er an meiner Brust.

Ich nickte und ließ von ihm ab. »Ja, bis dann.«

Chris

»Du lässt aber auch wirklich nichts anbrennen«, scherzte Jacob, als wir ins Auto stiegen.

»Es ist nichts passiert«, antwortete ich, obwohl es sich vollkommen falsch anfühlte. Denn es war einiges passiert.

Vielleicht nicht das, worauf Jacob hinauswollte. Aber dafür Dinge, die noch um einiges bedeutungsvoller waren. Ich hatte mich Cohen geöffnet. Hatte ihm die Narben auf meiner Seele gezeigt, die mir von dem Menschen zugefügt worden waren, der mich eigentlich mehr als jeder andere vor dieser Welt beschützen sollte.

Doch Cohen war für mich da gewesen. Hatte mir zugehört und mir eine starke Hand angeboten.

»Wie bist du da überhaupt hingekommen?«

Ich erklärte Jacob, was gestern passiert war. Von meinem eigenen Zustand bis hin zu Sams Nachricht und dem, was Cohen für mich getan hatte.

Seltsam, wie sich mein Herzschlag beschleunigte, wenn ich daran dachte.

Den Part, in dem ich Cohen von meinen Problemen erzählt hatte, ließ ich aus. Ich vertraute Jacob, denn er war mein bester Freund. Aber das war ein Teil meiner Vergangenheit, über den ich nicht gerne sprach.

Ich wusste nicht einmal, ob ich es Cohen verraten hätte, wenn er nicht selbst beobachtet hätte, dass mein Verhalten auffällig war. *Zum Glück hat er es erkannt. Zum Glück hat er gefragt.*

»Klingt so, als ob es gut läuft mit euch«, merkte Jacob an und legte mir im Fahren eine Hand auf die Schulter. »Das freut mich sehr. Ich glaube, das was Cohen getan hat, hätte nicht jeder gemacht.«

»Das ganz sicher nicht.«

»Gutes Zeichen.«

»Ja, ist es.« Und ich hoffte, dass es so bleiben würde. Dass Cohen sich auch in Zukunft nach Sicherheit und Zuflucht anfühlen würde.

Ich konnte nicht leugnen, dass ich mich bei ihm wohlfühlte. Wenn er mich umarmte, hatte ich aus irgendeinem Grund das Gefühl, als wäre alles okay. Als wäre ich sicher.

Ja, das war ein gutes Zeichen. Und an diesem Zeichen wollte ich festhalten, wenn ich mich weiter darauf einließ, um zu schauen, wo es mit uns hinführte.

Cohen

Chris war seit ein paar Minuten weg, aber das Karussell in meinem Kopf hörte nicht auf, sich zu drehen.

Irgendwie mag ich Chris, glaube ich.

Ich will Chris beschützen.

Ich will nicht, dass Chris je wieder so was passiert.

Oh, wie kann es sein, dass ich Chris jetzt mag? Hmm …

Ob Chris wohl wie Liam ist?

Unwahrscheinlich.

Aber was, wenn doch?

Oh Gott, ich mag Chris Easton.

Mag er mich überhaupt? Also so richtig mögen?

Fuck.

Es war furchtbar anstrengend, sich so viele Gedanken zu machen. Aber für mich war es noch Neuland, Männer auf diese Art kennenzulernen. Ja, ich war einundzwanzig Jahre alt. Und manchmal fühlte ich mich wie der größte Vollpfosten, weil mich diese Dinge so überforderten.

Aber ich durfte nicht vergessen, dass ich mit meinen Erfahrungen nicht mit anderen Gleichaltrigen mithalten konnte. Schließlich hatte ich mich aus Angst vor meinen Eltern und aufgrund der Erwartungen und Werte, die mir eingetrichtert worden waren, dagegen gewehrt, meine Sexualität zuzulassen, bis ich neunzehn war.

Erfahrungen, die andere vielleicht schon als Teenager sammelten, hatte ich da erst gemacht. Erste Chats. Erste Dates.

Und dann war Liam in mein Leben getreten.

Der erste Kuss.

Dann die Ruinen dessen, was wir einmal gewesen waren.

Und nach alldem jetzt Chris.

Es war kein Wunder, dass es mich derartig überforderte. Kein Wunder, und doch fühlte es sich beschissen an.

Ich sprach nicht gerne über diese Dinge, aber im Augenblick brauchte ich ein offenes Ohr. Also schrieb ich in den Gruppenchat mit Amy, Brook und Sky.

Ich; 11:43 Uhr
Hey, Leute. Hat irgendwer von euch gleich Zeit?

Sky; 11:44 Uhr
Hey. Sorry, aber Sam und ich liegen flach. Bin leider raus.

Ich; 11:44 Uhr
Ja, ich weiß. Gute Besserung!

Sky; 11:45 Uhr
Danke, Cohen:)
Ist alles in Ordnung?

Ich; 11:46 Uhr
Im Grunde schon, ja. Hab nur ein bisschen Redebedarf.

Brook; 11:47 Uhr
Amy und ich wollten uns gleich in ein Café im Mission District setzen und ein wenig quatschen. Komm doch einfach dazu, wenn du magst. Ich schicke dir die Adresse.

Ich; 11:47 Uhr
Sicher, dass das okay ist? Will euch nicht stören.

Amy; 11:47 Uhr
Wir haben uns einfach nur so verabredet. Also keine wichtigen Themen auf der Tagesordnung, die wir unter vier Augen besprechen wollten. Komm einfach vorbei. 13 Uhr, ja?

Ich; 11:48 Uhr
Ich werde da sein. Danke, Leute.

KAPITEL 17

Cohen

Das *Sightglass Coffee* auf der 20th Street war ein unscheinbares, aber wunderschönes Café. Über die gesamte linke Raumseite zog sich ein gigantischer Tresen aus Holz, hinter dem mehrere Baristas standen und verschiedene Heißgetränke für die Kunden zubereiteten. Über die gesamte Wand dahinter erstreckte sich ein Regal, in dem verschiedene Packungen Kaffeebohnen, Sirupe und diverse Dekorelemente standen. Auf der rechten Seite des Raums befand sich eine über die ganze Raumhälfte reichende Sitzbank, deren Sitzfläche aus Holz, die Rückenlehne aus gepolstertem dunklen Leder bestand. Alle paar Meter standen vor einem Stück der Bank ein hoch gelegener hölzerner Tisch sowie Barhocker auf der anderen Seite davon.

Das Besondere war jedoch die riesige Glasfront am Eingang des Cafés, durch die heute das Sonnenlicht brach.

Ich trat ein und sah Amy und Brook ganz am Ende des Cafés an einem Tisch sitzen.

Als ihr Blick auf mich fiel, winkten sie mir zu. »Hey, na?«, sagten sie gleichzeitig, als ich bei ihnen ankam und mich ihnen gegenüber auf dem Hocker niederließ.

»Schon wieder das *Sightglass Coffee*?«

»Schon wieder das *Sightglass Coffee*«, bestätigte Amy. »Es ist halt auch einfach genial hier.«

Eine Barista trat an unseren Tisch und bedachte uns mit einem freundlichen, aber professionellen Lächeln. »Das Übliche?«, fragte sie an Brook und Amy gewandt.

Die beiden nickten.

»Und was darf es für Sie sein?«, fragte sie mich.

»Ein Cappuccino bitte.«

»Kommt sofort«, verkündete sie und ging wieder.

»Cohen, ich hab gerade versucht, Brook klarzumachen, dass dieser Danny aus dem *House of Soul* der perfekte Mann für sie wäre«, fing Amy sofort an, nachdem wir den üblichen Small Talk abgehakt hatten.

Brook seufzte. »Auf gar keinen Fall.«

Ich zuckte mit den Schultern. »Ich habe keine Ahnung, um wen es geht.«

»So ein Kerl in der Bar, der immer besonders laut applaudiert, wenn Brook die Melodiestimme singt«, erklärte Amy und nahm einen Schluck von ihrem Chai Latte, den die Barista in der Zwischenzeit wortlos auf unserem Tisch abgestellt hatte. »Er sieht wirklich gut aus und ist ein wahrer Gentleman. Sein schicker Anzug, die Frisur, die Manieren … Er hat mir letztens von der Bühne geholfen und mir dann einen Handkuss gegeben. Als *Zeichen der Wertschätzung*.«

Ich verzog das Gesicht zu einer angewiderten Grimasse. »Klingt meiner Meinung nach ziemlich schmierig.«

»Das ist nicht einmal das Problem«, schritt Brook ein. »Das Problem ist viel eher, dass der Kerl schätzungsweise fünfzehn Jahre älter ist als ich.«

»Ende dreißig ist doch total okay«, beharrte Amy.

»Vielleicht. Aber ich hätte lieber jemanden in meinem Alter, der auch an einem ähnlichen Punkt im Leben steht wie ich. Ich bin gerade erst richtig in die Berufswelt eingestiegen, und er steckt sicher schon mittendrin. Womöglich will er auch schon ein Haus und Kinder. Aber da sehe ich mich noch gar nicht. Ich fürchte, er ist zu alt für mich.«

»Liebe kennt kein Alter.«

»Aber das zwischen ihm und mir ist keine Liebe«, sagte Brook verzweifelt, als hätte sie Angst, dass Amy niemals lockerlassen würde. »Ich glaube, wir haben noch nie miteinander gesprochen.«

»Ich bin dafür, dass Brook nur das macht, worauf sie auch Lust hat. Und wenn sie diesen schmierigen Typen nicht kennenlernen will, dann sollte sie das auch nicht tun«, mischte ich mich ein.

»Okay, okay, ich gebe auf.« Amy warf ergeben die Arme in die Luft.

»Moment«, sagte Brook und sah Amy verwirrt an. »Findest du Männer in diesem Alter gut?«

Sie zuckte mit den Schultern. »Wäre nicht meine erste Wahl, aber Nein würde ich da auch nicht direkt sagen.«

Ich kniff mit den Fingern in meine Nasenwurzel und schüttelte ungläubig den Kopf. »Wo bin ich hier nur gelandet?«

Amy knuffte mich über den Tisch hinweg in den Unterarm. »Jetzt tu nicht so. Du hast schon weitaus Schlimmeres mit uns erlebt.«

»Ich wünschte, ich könnte es leugnen, aber ja.«

Wir alle grinsten wissend.

»Worüber wolltest du eigentlich mit uns reden?«, wechselte Brook das Thema.

Wo eben noch Leichtigkeit gewesen war, spürte ich jetzt Steine im Magen. Es kostete mich immer Überwindung, über Gefühle zu sprechen.

Vielleicht lag es daran, dass wir Männer oft gesellschaftlich so vorprogrammiert wurden, dass wir das Sprechen über Gefühle als Zeichen von Schwäche empfanden. Selbst wenn wir uns objektiv darüber im Klaren waren, dass das nicht stimmte, war es subjektiv manchmal schwierig, das anzunehmen.

»Ich wollte mit euch über jemanden reden, mit dem ich momentan mehr Zeit verbringe«, überwand ich mich schließlich.

»Uh, ein Typ?«, fragte Brook und stützte den Kopf auf ihren Händen ab. Neugierig musterte sie mich.

»Ja, und ihr kennt ihn.«

Ich fing an, den beiden von Chris zu erzählen. Davon, dass wir hin und wieder gemeinsam nach Hause gingen und uns dabei unterhielten. Von all den Chats. Und von gestern, wo ich ihn abgeholt und mit zu mir genommen hatte. Über Chris' Probleme verlor ich jedoch kein Wort. Er hatte mir diese Information über sich anvertraut, und ich wollte sein Vertrauen nicht missbrauchen, indem ich anderen Menschen davon erzählte.

»Das klingt doch richtig schön, Cohen«, sagte Brook verträumt. »Chris ist ein toller Kerl.«

»Manchmal bisschen sonderbar, aber ein guter Kerl, ja«, stimmte Amy zu, woraufhin Brook ihr in die Seite knuffte. »Hey, ich dachte du bist gegen Gewalt.«

»Bin ich auch, aber manchmal ist es keine allzu schlechte Lösung«, erwiderte Brook und wandte sich wieder mir zu. »Dann ist doch alles gut, oder?«

Ich sah sie ein wenig hilflos an. »Keine Ahnung. Eigentlich schon. Ich würde sagen, dass wir uns total gut verstehen und auch wirklich verdammt gute Gespräche führen. Und ich finde Chris auch echt attraktiv. Das Ding ist nur, dass ich mir schon wieder zu viele Gedanken mache.«

Brooks Miene verfinsterte sich ein wenig.

Auch Amy schien zu verstehen, worauf ich anspielte, denn sie griff über den Tisch hinweg nach meiner Hand und drückte sie fest. »Chris ist nicht Liam.«

Chris ist nicht Liam.

Ich wiederholte diese Worte in meinem Kopf, in der Hoffnung, die Narben, die Liam hinterlassen hatte, verblassen zu lassen.

»Ich kann total verstehen, dass es für dich schwer sein muss. Du lässt ja generell die meisten Menschen nicht so schnell an dich ran. Und wenn du es getan hast, ging es furchtbar schief. Aber wir alle kennen Chris, und er ist ein guter Typ. Er hat es verdient, eine vollkommen unvoreingenommene Chance zu kriegen, sich dir zu beweisen. Und, Cohen?«

»Ja?«

»Du hast es auch verdient, dir von deiner Vergangenheit nicht die Chance auf schöne neue Erfahrungen nehmen zu lassen.«

»Du hast recht. Ich bin nur so unsicher. Darüber, ob er mich auch mag oder ich mir das nur einbilde. Ob das, was wir machen, überhaupt richtig ist.«

»Das ist es«, sagte Brook ganz selbstverständlich. »Du magst ihn. Und von dem, was ich so höre, kann ich mir schon vorstellen, dass er dich auch mag. Also ist es richtig. Lass dir nicht von Menschen wie deinen Eltern einreden, dass dem nicht so ist.«

In diesem Moment dankte ich meinen Freundinnen innerlich dafür, dass sie immer für mich da waren, wenn ich sie brauchte. Hin und wieder ließen wir uns von den Worten, die andere Menschen uns zuflüsterten, verbiegen. Doch zum Glück hatte ich Freundinnen, die mich in solchen Momenten wieder geradebogen.

»Also ist euer Fazit …?«

»Einfach weitermachen«, antwortete Amy. »Du wirst mit der Zeit schon sehen, ob er auch etwas für dich empfindet und ob das mit euch passt. Fakt ist nur, dass das mit Chris ein vollkommen neues Kapitel für dich sein könnte, und du solltest euch beiden diese Chance geben. Nicht so viel denken. Einfach nur fühlen. Und wenn es sich gut anfühlt, dann bist du auf dem richtigen Weg.«

Das mit Chris fühlte sich gut an, da war ich sicher.

Also war das vielleicht mein richtiger Weg.

Ich wollte mein Bestes geben, mir das von Liam und meinen Eltern, die wie Parasiten in meinem Kopf lebten, nicht zerstören lassen.

KAPITEL 18

Chris

Die nächste Woche verging furchtbar schnell und langsam zugleich.

Langsam, weil die Grippe mir das Leben schwer machte. Manchmal wurden das Fieber, der Schwindel und die Halsschmerzen derart unerträglich, dass sich die Minuten zu Stunden ausdehnten.

Schnell, weil Cohen mir Nachrichten schrieb. Jeden Tag.

Er ließ mich an seinem Alltag teilhaben, gab mir Updates und das Gefühl, als wäre ich live mit dabei. Wenn er im Gym war, schickte er mir Fotos, die ich mir zugegeben mehr als nur einmal ansah. Gleiches tat er auf der Arbeit, in seinem Zimmer und auch sonst überall, wo er war.

Es war schön, auf diese Weise Einblicke in sein Leben zu erhalten und ihn besser kennenzulernen.

An manchen Tagen kam es mir komisch vor, dass Cohen mir so gut gefiel. An diesen Tagen dachte ich, dass so was doch gar nicht ginge. Schließlich bestand der Großteil des Kontakts, den wir in der letzten Zeit gehabt hatten, aus Textnachrichten. Uns getroffen und Gespräche geführt hatten wir nur wenige Male.

Aber manchmal brauchte es das auch gar nicht. Ja, einen Menschen persönlich kennenzulernen war eine wundervolle Erfahrung. Doch manchmal waren es diese winzigen Textnachrichten und Memos und Fotos, die sich einem ins Herz schlichen.

Auf der Arbeit lief es laut Jacob wohl wieder besser. Zwar fehlte ich, aber Dr. Campbell war wieder zurück. Meine Patientinnen und Patienten aufzufangen war für sie wohl ein Leichtes.

Zum Glück, denn wenn Jacob abends heimkam, war er noch fit genug, mir eine Suppe oder einen Tee zu kochen. Ich war meinem besten Freund dankbar, dass er mich so unterstützte.

Im Laufe der Woche besserte sich mein Zustand immer mehr. Schon am Donnerstag fühlte ich mich bereit, wieder zur Arbeit zu gehen, doch Dr. Campbell bat mich, zu Hause zu bleiben und mich weiterhin zu schonen.

»Es bringt niemandem was, wenn du dich zu früh verausgabst, dein Zustand sich verschlechtert und du nächste Woche wieder ausfällst. Diese letzten beiden Tage schaffen Jacob und ich auch noch allein«, hatte sie erklärt.

Es fühlte sich noch immer wie ein kleiner Erfolg an, dass sie mir seit der Behandlung von Cameron das Du angeboten hatte.

Am Freitag entschied ich mich am Abend, eine Runde spazieren zu gehen. Von unterwegs rief ich Cohen an, um ihn zu fragen, ob er Lust hätte, mich zu begleiten, aber er war spontan im *House of Soul* eingesprungen und hatte deshalb keine Zeit.

»Wieso bist du draußen? Geht es dir besser?«, fragte er, und im Hintergrund ertönte das Klirren von Gläsern.

»Ja, alles okay. Ich bin zwar relativ schnell erschöpft und manchmal noch etwas müde, aber ansonsten fühle ich mich mittlerweile wieder gesund. Es hat wohl nur ein paar Tage Bettruhe gebraucht.«

»Sehr gut, das freut mich. Ich kann zwar heute nicht, aber wenn du Lust hast, kannst du mich ja morgen Abend bei meiner Schicht besuchen. Wenn nicht viel los ist und ich früher wegkomme, können wir auch zusammen nach Hause laufen. Vorausgesetzt, du fühlst dich dafür kräftig genug.«

»Klar, das können wir gerne so festhalten«, stimmte ich zu, ohne zu zögern.

»Sehr gut. Dann ruh dich nach deinem Spaziergang und morgen den Tag über aus, damit du abends fit bist.«

»Mach ich«, versprach ich. Im Hintergrund nahm ich die Stimme einer Frau wahr, die Cohen anzusprechen schien.

»Chris, ich muss auflegen. Die Pflicht ruft«, sagte er in diesem Moment.

»Alles klar. Bis morgen.«

»Bis morgen.« Er legte auf.

Ich lief noch meine Runde zu Ende und ging dann nach Hause. Als ich ankam, wurde mir eine neue Nachricht von Cohen angezeigt, und ich freute mich, dass er sich selbst während der Arbeit Zeit nahm, mir hin und wieder zu schreiben.

Cohen; 20:58 Uhr
Puh, heute ist es ziemlich voll.
Wie war dein Spaziergang? Und wie fühlst du dich jetzt?

Ich antwortete ihm und freute mich insgeheim auf morgen, wenn ich ihn endlich wiedersehen würde. Ich hatte festgestellt, dass ich die Tage, an denen ich ihn sah, lieber mochte als die ohne ihn.

KAPITEL 19

Chris

Ich hatte das *House of Soul* noch nie derart voll erlebt. Jeder einzelne Tisch war besetzt. Zwischen viel zu vielen Frauen und Männern, die sich in der Hoffnung, von Cohen beachtet zu werden, an der Bar tummelten, waren nur noch wenige Barhocker frei.

Ich drängte mich an ihren warmen, verschwitzten Körpern vorbei, die sich zum Gesang von Amy, Brook und Sky hin und her wiegten.

Als ich endlich an der Bar ankam, nahm ich auf einem der freien Hocker Platz. Obwohl es einer ganz am Ende der Theke war, fiel Cohens Blick sofort auf mich.

Blaugraue Gewitterwolken.

Er schenkte mir ein verhaltenes Lächeln, bevor er sich der jungen Frau zuwandte, die direkt vor ihm saß. Dann stellte er ihr ein Glas mit einer durchsichtigen Flüssigkeit hin, ehe er sich in meine Richtung drehte und auf mich zukam. »Hey, freut mich, dass du da bist«, sagte er, während er parallel Gläser polierte.

»Heute ist echt viel los, oder?«

Cohen stöhnte erschöpft. »Ich weiß auch nicht, was das heute soll, aber es fühlt sich an, als hätte sich hier der ganze Mission District versammelt. Ich habe heute schon so viele Getränke ausgeschenkt, wie ich es sonst in einer ganzen Schicht mache. Und wir haben gerade einmal 22 Uhr.«

»Klingt stressig«, erwiderte ich und verzog das Gesicht.

»Ist es auch.«

»Cohen, die Getränke für Tisch 3?«, unterbrach uns eine der Kellnerinnen. Sie hatte ihre roten Haare zu einem Pferdeschwanz zusammengebunden, und auf ihrer Stirn zeichneten sich feine Schweißperlen ab.

»Fuck, ja. Warte kurz, ich mach sie dir sofort.« Er sah mich mit einem entschuldigenden Blick an, bevor er sich entfernte, um in Rekordzeit mehrere Gläser mit diversen Getränken zu befüllen.

»Soll ich dir ein wenig helfen?«, fragte ich, als er wieder in meiner Nähe stand. Ich hatte zwar nicht wirklich Erfahrung als Barkeeper, aber zumindest die Standards wie Softgetränke würde ich sicher hinkriegen. Außerdem wäre es nicht das erste Mal, nachdem Dan, der Eigentümer vom *House of Soul*, mir schon ein paarmal ein Tablett in die Hand gedrückt und mich um Hilfe gebeten hatte. Manchmal glaubte ich, dass wir uns alle ein wenig zu gut mit ihm verstanden.

Aber Cohen schüttelte nur den Kopf. »Ach, nein. Das passt schon. Du bist gerade erst halbwegs fit und solltest es langsam angehen lassen. Ich kriege das schon hin.«

Wieder wandte er sich ab.

Wieder sah ich ihm hinterher.

Aber dieses Mal fühlte es sich anders an.

Ich spürte, wie sich ein bitteres Gefühl in mir ausbreitete. Ich versuchte durchzuatmen und mir klarzumachen, dass es okay war, nicht zu helfen. Weil ich hierfür nicht verantwortlich war. Weil das nicht meine Arbeit war.

Nur war das leider nicht so leicht für meinen Kopf.

Mochte sein, dass rational betrachtet alles okay war. Aber in solchen Momenten kratzten die antrainierten Verhaltensweisen von innen an meinen Mauern. Das Gefühl vom Verantwortlichsein war stets da, und dass ich nicht half, fühlte sich enttäuschend an.

Verdammt …

»Ist alles in Ordnung?«, fragte Cohen und riss mich damit für einen kurzen Moment aus meiner Abwärtsspirale. Er musterte mich mit einem skeptischen Blick und blieb damit an meinen Händen hängen, die ich nervös knetete.

Ich zwang mich zu einem Lächeln, von dem ich spürte, dass es unecht wirkte. »Ja, alles gut.«

Als hätte er alle Zeit der Welt, legte Cohen das Geschirrtuch beiseite und stellte sich zu mir. »Was ist los, Chris?«

Die Art und Weise, wie er meinen Namen aussprach – warm und mit liebevoller Strenge … Ich hatte keine Ahnung, wie genau ich es ihm erklären sollte, also sagte ich einfach: »Ich möchte helfen.«

Er verstand. Ein mitfühlender Ausdruck legte sich über seine Züge, als er seine große Hand über meine legte und sie behütend drückte. »Ich weiß, aber das brauchst du wirklich nicht. Und es ist vollkommen okay. *Ich* habe entschieden, dass ich diese Arbeit alleine erledigen möchte, und es ist nicht deine Verantwortung, mir dabei zu helfen. Es ist lieb von dir, dass du das möchtest, aber das brauchst du wirklich nicht. Es ist alles gut, Chris.«

Cohens Worte berührten mich, weil sie genau das waren, was ich hören musste. Weil sie mir genau die Dinge bewusst machten, vor denen ich nur zu gerne die Augen verschloss. Meine Vergangenheit hatte ihre Spuren hinterlassen, aber wenn Cohen zu mir sprach, fühlte es sich an, als würde es heute ein kleines bisschen weniger schmerzen. Als würde jemand eine warme, schützende Decke um mich wickeln.

Ich atmete tief durch und fokussierte mich auf seine Worte. »Danke, Cohen.«

Er lächelte sanft. Kurz hielt er inne und betrachtete mich im warmen Licht des *House of Soul*. »Ist es okay, wenn ich dich jetzt wieder für ein paar Minuten allein lasse?«

Ich nickte, weil ich ihn nicht von der Arbeit abhalten wollte.

Er machte seinen Job, und ich beobachtete ihn dabei. Wenn ich daran dachte, wie ich ihn noch vor ein paar Wochen gesehen hatte und wie ich ihn jetzt sah, fiel mir auf, wie schnell sich unser Blick auf einen Menschen ändern konnte.

Ich sah nicht mehr nur Ruhe und Schweigsamkeit.

Ich sah Wärme. Wenn ich Cohen anschaute, war es, als würde mich eine ganze Welle der Wärme fluten, und ich liebte es.

Seltsam, wie schnell sich manche Menschen in unser Herz schleichen konnten.

Cohen spülte und polierte Gläser, schenkte Getränke aus und hielt Small Talk mit Gästen. Trotz allem fand er zwischendurch immer wieder die Zeit, sich für einige Augenblicke zu mir zu stellen, mir flüchtige Blicke und das typische Cohen-Lächeln zuzuwerfen.

Wenn die Kellnerinnen nicht mehr hinterherkamen und seine Aufgaben es zuließen, eilte er manchmal auch an die Tische, um den Gästen ihre Getränke persönlich zu bringen.

»So ein komischer Kerl wollte mir seine Nummer andrehen«, sagte er einmal, nachdem er ein Bier an den Tisch gebracht hatte.

»Warum auch nicht? Ist doch schön, wenn er sich traut«, sagte ich, weil ich insgeheim herausfinden wollte, ob Cohen die Nummer angenommen hatte. Aber das konnte ich ihn kaum explizit fragen.

War ich gerade ein wenig eifersüchtig?

Verwirrt runzelte er die Stirn. »Ne, kein Bedarf. Ich bin mit dem, wie es ist, sehr zufrieden.« Er warf mir einen bedeutungsschweren Blick zu, den ich bis tief in meine Knochen spürte.

Ich wusste nicht, was ich darauf erwidern sollte, aber das musste ich zum Glück auch gar nicht, weil ein Gast Cohen ansprach und ihn um ein weiteres Bier bat.

Er wandte sich wieder seinen Aufgaben zu, doch seine Worte blieben bei mir.

In meinem Kopf.

Und ich glaubte, vielleicht sogar ein wenig in meinem Herzen.

Ab 1 Uhr wurde es glücklicherweise ein wenig ruhiger. Zwar war es immer noch sehr voll, doch die meisten Gäste waren versorgt. Nur wenige baten um Nachschub, sodass Cohen langsam runterkommen konnte. Er erledigte letzte Kleinigkeiten, räumte alles weg und kam dann zu mir.

»Gott, bin ich froh, dass das vorbei ist.« Er hatte die Ärmel seines hellen Hemdes hochgekrempelt und sich nun auf seinen muskulösen Unterarmen vor mir an der Bar abgestützt.

Ich bemühte mich, nicht zu auffällig zu starren. »Ich glaub's dir. Wie fühlst du dich?«

»Ziemlich erledigt. Es ließ sich nicht anders einrichten, also war ich vor meiner Schicht noch im Gym und bin jetzt stundenlang wie ein Irrer von rechts nach links und wieder zurück geflitzt. Hab mich selten so fertig gefühlt. Und du?«

»Ich glaube, Sport könnte ich jetzt noch nicht treiben, dafür fühle ich mich noch etwas zu angeschlagen, aber wie heute auszugehen ist kein Problem mehr.«

»Sehr gut.«

»Wie lange musst du noch?«, fragte ich ihn.

»Bin heute theoretisch bis 3 Uhr eingeteilt, aber es ist kaum noch was los. Ich denke, ich kann auch etwas früher weg, dann übernimmt Dan die letzten paar Bestellungen, die noch reinkommen. Er ist da zum Glück ganz locker und lässt uns auch früher nach Hause, wenn wir unseren Job vernünftig machen.«

»Er scheint echt in Ordnung zu sein.«

Cohen zuckte mit den Schultern. »Ja, er ist halt meistens hier und hält sich im Hintergrund, ist sich aber auch nicht zu schade, mal einzuspringen und für uns zu übernehmen.«

»Wollen wir uns dann langsam auf den Weg nach Hause machen?«, fragte ich.

Er nickte. »Ich sag Dan nur kurz Bescheid und packe meine Sachen. Bin sofort wieder zurück.« Mit diesen Worten ließ er mich stehen und eilte quer durch den Laden zu einer unscheinbaren Tür neben der Bühne, hinter der sich die Räumlichkeiten der Mitarbeitenden befanden.

Ich hatte kaum das Wasser ausgetrunken, das er mir hingestellt hatte, als er auch schon wieder zurück war.

»Bist du so weit?«

Ich wollte vom Barhocker steigen, blieb jedoch an einem der hölzernen Beine hängen und verlor kurz das Gleichgewicht.

Sofort waren da Cohens Hände, die mich hielten. Sein fester Griff jagte einen Schauer über meinen ganzen Körper, und für einen kurzen Moment überlegte ich, einfach loszulassen, weil er mich nicht fallen lassen würde. Weil ich wollte, dass er mich auffing.

Doch dann riss ich mich zusammen und richtete mich aus eigener Kraft wieder auf.

»Alles okay?«, fragte Cohen und musterte mich besorgt.

»Ja. Alles in Ordnung.«

Er nickte, taxierte mich aber dennoch genau, als suchte er nach einem Anzeichen dafür, dass es mir nicht gut ging. »Dann lass uns gehen.«

Ich machte den ersten Schritt Richtung Ausgang und spürte dabei Cohens Hand an meinem Rücken, die mich behütend führte, bis wir draußen ankamen.

Man mochte über Cohen denken, was man wollte. Dass er schweigsam und ruhig und nicht gerade umgänglich war.

Aber er trug so viel mehr in sich, was die Menschen nicht sahen. Er war fürsorglich. Beschützend.

Wir liefen durch die kühlen und doch lebendigen Straßen des Mission District Richtung Potrero Hill. Obwohl es schon so spät war, brannten in sämtlichen Gebäuden – hauptsächlich Clubs und Bars – Lichter, und unzählige Menschen trieben sich auf den Straßen herum.

Zwei davon waren Cohen und ich.

Immer wieder nahm ich im Augenwinkel wahr, wie er mir Seitenblicke zuwarf. »Was ist los?«, fragte ich deshalb.

»Ich denke nur ein wenig nach«, antwortete er ausweichend.

»Worüber?«

Schweigen.

Ich blieb stehen und drehte mich in seine Richtung, um ihm in die Augen zu sehen. »Cohen?«

Es schien zu wirken, denn er gab mit einem leisen Seufzen nach. »Ich hab echt keine Ahnung, ob du darüber reden möchtest.«

»Das weißt du erst, wenn du mich gefragt hast.«

Er zögerte. »Wie war das für dich vorhin? In der Bar, als ich deine Hilfe nicht wollte.«

Ich schluckte schwer. Ein Teil von mir wollte auf keinen Fall darüber sprechen, weil bei dem Gedanken daran so viele negative Emotionen in mir hochkamen, dass es mir schlicht und ergreifend unmöglich schien. Doch der andere Teil verlor sich in Cohens mitfühlendem Blick aus blaugrauen Augen. Es war der Teil von mir, der wusste, dass er sicher war. Dass er sich öffnen konnte, ohne verurteilt zu werden.

Und obwohl es für mich noch immer so neu war, darüber zu sprechen und mich der Angst vor Ablehnung zu stellen, gewann der Wunsch, sich Cohen mitzuteilen. »Es hat sich, um ehrlich zu sein, nicht so gut angefühlt.«

»Das tut mir leid.«

Mit einem kurzen Kopfnicken Richtung Straße symbolisierte ich ihm, weiterzulaufen. »Schon gut.«

»Kannst du mir erklären, was genau sich so schlimm angefühlt hat? Oder warum?«

»Wieso willst du das wissen?«, fragte ich, weil es mich verwirrte, dass sich jemand so sehr für meine Probleme interessierte.

»Weil ich dich kennen und verstehen möchte.«

Er hatte keine Ahnung, wie viel mir das bedeutete. »Okay.«

»Also?«

»Ich hatte einfach das Bedürfnis, dir unter die Arme zu greifen, als ich gemerkt habe, dass du Hilfe brauchst. Einfach nur, weil ich für dich da sein wollte. Und als du sie abgelehnt hast, hat mich das schlechte Gewissen überwältigt, weil ich nicht geholfen habe. Dass du es ja in dem Moment auch gar nicht wolltest, war irrelevant. Das Einzige, was ich gesehen habe, war, dass ich nicht helfen konnte.«

Wie beiläufig griff Cohen nach meiner Hand und drückte sie. Doch diesmal ließ er sie nicht wieder los. Er hielt sie, während wir im Schutz der Dunkelheit langsam das Ende des Mission District erreichten. »Es ist okay, dass du nicht geholfen hast. Niemand hat es von dir erwartet. Es war nicht deine Verantwortung.«

»Ich weiß.« Aber etwas zu wissen und diese Tatsache tief in seinem Herzen zu fühlen waren zwei vollkommen unterschiedliche Dinge.

»Ich sehe dich. Ich schätze dich. Und dafür musst du nichts tun.«

Ich spürte ein Brennen in meinen Augen.

Er sah mich.

Er schätzte mich.

Und dafür musste ich nichts tun.

Ich musste keine Verantwortung für ihn übernehmen. Ich musste nicht um jeden Preis für ihn da sein. Ich war genug.

»Danke, Cohen.«

Cohen zögerte kurz und geriet dadurch beim Gehen leicht ins Straucheln.

Ich blieb stehen und wandte mich ihm zu. In seinen Augen entdeckte ich etwas, das ich nicht richtig zuordnen konnte. Es wirkte wie ein Zwiespalt, in dem er sich befand und für den er nach einer Lösung suchte.

Ich konnte den Moment, in dem er sie fand, förmlich sehen.

Er machte einen selbstbewussten Schritt auf mich zu, bis er direkt vor mir stand. Während er den Kopf leicht senkte, um mir in die Augen sehen zu können, legte ich meinen in den Nacken. Er schluckte schwer. Und dann sagte er: »Wenn es um Menschen geht, die ich mag, ist es für mich selbstverständlich.«

Die nächsten Sekunden vergingen blitzschnell, wie im Rausch, doch gleichzeitig konnte ich mich an jede einzelne davon nur allzu überdeutlich erinnern.

Ich schluckte schwer, als ich die Bedeutung von Cohens Worten verstand. *Er mag mich?*

Mein Herzschlag beschleunigte sich.

Und dann kam er auf einen Schlag zum Stillstand, als Cohen seine Lippen auf meine senkte und mich küsste.

Ich hatte in meinem Leben schon so einige Männer und Frauen geküsst. Aber noch nie hatte sich ein Kuss derart bedeutend angefühlt.

In dem Moment, in dem unsere Lippen sich berührten, war es, als wäre nichts mehr wie zuvor. Die Weichheit dieses Kusses, die Leidenschaft, mit der Cohen ihn intensivierte – ich hatte das Gefühl, dass ich ihn bis in den tiefsten Winkel meiner Seele spürte.

Und, verdammt, ich wollte nicht, dass es endete.

Ich wollte hier, irgendwo zwischen dem Mission District und Potrero Hill, von Cohen Smith geküsst werden, als würde außer uns nichts existieren. Und als spürte Cohen diesen Wunsch, erfüllte er ihn.

Die Finger seiner einen Hand glitten über meine Wange, während seine andere sich auf meine Hüfte legte und mich ein wenig näher an ihn heranzog. Näher und doch nicht nah genug.

Ich krallte mich an Cohens Oberarmen fest, weil mich ein Gefühl von Schwindel überkam. Doch anders als in den Tagen, in denen ich krank gewesen war, war dieser Schwindel überwältigend schön.

Hitze, Sehnsucht, Geborgenheit – sie schossen im Einklang durch meinen Körper, und in jeder einzelnen Zelle spürte ich Cohen.

Immer nur Cohen.

Irgendwann lösten wir uns voneinander.

Er sah mich, an und, das erste Mal kam es mir so vor, als würden die Gewitterwolken in seinen Augen von Wärme vertrieben werden. »War das okay?«, flüsterte er, die Lippen nur wenige Zentimeter von meinen entfernt.

Ich nickte. »Verdammt okay sogar.«

Er lächelte zufrieden. »Okay genug, um es noch mal zu tun?«

»Okay genug, um es mehr als noch einmal zu tun.«

»Diesen Wunsch kann ich dir unmöglich abschlagen«, sagte er und küsste mich erneut. Ein wenig stürmischer als noch eben und doch genauso gefühlvoll. Er küsste mich wieder und wieder, weil es uns im Moment unmöglich vorkam, uns voneinander zu lösen.

Irgendwann gingen wir doch weiter und sprachen über alles Mögliche. Dabei spürte ich immer wieder, wie gut mir die Zeit mit Cohen tat. Die Welt brauchte mehr Menschen wie ihn.

Menschen, die uns erdeten und beruhigten, wenn wir das Gefühl hatten, uns in unserem inneren Sturm zu verlieren.

Den ganzen Weg über hielt er meine Hand. Und als wir vor seiner Haustür standen – ein wenig im Schatten, damit seine Eltern uns nicht sahen, sollten sie aus dem Fenster blicken –, küsste er mich zum Abschied.

Verdammt, ich bekam davon einfach nicht genug.

Wie konnte man von etwas nicht genug bekommen, wenn man doch bis vor wenigen Minuten noch nicht einmal gewusst hatte, dass man es überhaupt brauchte?

»Sehen wir uns die Tage?«, fragte er.

»Ja, wir sehen uns«, antwortete ich und erlag in diesem Moment endgültig den Schmetterlingen in meinem Bauch.

Wir würden uns sehen. Und ich konnte es kaum abwarten, wieder von Cohen gehalten und geküsst zu werden.

Cohen

Als ich nach Hause kam, schliefen meine Eltern schon. Glücklicherweise ließen sie es auf sich beruhen, wenn sie wussten, dass ich arbeiten war, und machten keine Szene.

Ich ging in mein Zimmer und schloss die Tür hinter mir. Dann setzte ich mich aufs Bett und spürte dem Gefühl in meinem Inneren nach. Diese tiefe Zufriedenheit und Wärme.

Wenn ich ehrlich war, dann hatte ich nach der Sache mit Liam nicht gedacht, je wieder so fühlen zu können. Ich war davon ausgegangen, stets meine Eltern im Hinterkopf zu haben, wenn ich jemanden kennenlernte. Immer daran zu denken, wie sehr ich sie mit meinen *Entscheidungen*, die eigentlich keine waren, enttäuschte.

Aber mit Chris war es anders. Ich verschwendete keinen einzigen Gedanken daran, welche Steine uns im Weg lagen. Oder daran, ob andere Menschen auf das, was zwischen uns sein könnte, wie meine Eltern reagieren würden.

Nein. Wenn ich mit Chris zusammen war, sah ich nur ihn und mich. Dann sah ich ein Wir.

Ich hatte das Gefühl, dass Widrigkeiten keine Rolle spielen würden, wenn er an meiner Seite war. Und vielleicht war das das Magische daran, den richtigen Menschen kennenzulernen: Man machte sich keine Sorgen, weil man wusste, dass es schon gut gehen würde, solange man diesen Menschen nicht verlor.

Und irgendwie war es so. Das Einzige, was mir im Augenblick wichtig war, war, das mit Chris und mir weiterzuerkunden. Herauszufinden, ob es mit uns etwas werden könnte, das mir Sicherheit und Stabilität gäbe.

»Du bist egoistisch«, hätten meine Eltern gesagt, um mir ein schlechtes Gewissen zu machen und mich zu kontrollieren. Denn sie wussten, dass mir trotz allem ihre Meinung nicht egal war. Dass sie mich damit verletzen würden, obwohl mir bewusst war, dass ich nichts Unrechtes tat.

Aber hier und jetzt wollte ich es mir erlauben, egoistisch zu sein. Ich wollte die Brücken hinter mir abreißen, all die manipulierten Gedanken, Ängste und schlechten Erfahrungen von mir fernhalten, um Chris die beste Version von mir zeigen zu können. In der Hoffnung, mein Bestes wäre genug.

Lass los, was war, und konzentriere dich auf das, was sein könnte.

Ich stand auf und ging zu der hölzernen Kommode, die an der Wand gegenüber von meinem Bett stand. Dort öffnete ich die obere Schublade und zog einen roten Samtbeutel hervor, in dem sich eine Kette mit einem Kreuzanhänger verbarg. Liam hatte sie mir geschenkt, und aus irgendeinem Grund hatte ich mich bisher nicht davon trennen können.

Aber jetzt war der Zeitpunkt dafür gekommen.

Ich holte das Schmuckstück nicht einmal hervor, sondern warf es samt Beutel in den Mülleimer, der in der Ecke meines Zimmers stand. Kurz fürchtete ich, dass es wehtun würde, diesen Teil meiner Vergangenheit gehen zu lassen. Schließlich ist auch eine schmerzhafte Vergangenheit ein Teil von uns.

Doch ich hatte mich geirrt. Da war kein Schmerz, nur pure Erleichterung. Beinahe so, als hätte ich eine schwere Last, die seit Jahren auf meinen Schultern ruhte, endlich gehen lassen.

Ich fühlte mich frei.

Und inmitten all der Freiheit war da nur ein Gedanke, der sich mehr und mehr in meinem Kopf kristallisierte:

Chris …

KAPITEL 20

Chris

Heute war ein guter Tag. Ich hatte meine ganzen Patiententermine bereits durch, hatte die Dokumentation in meinen Akten vervollständigt und die Recherche für einen Eingriff, den ich morgen zum ersten Mal vornehmen würde, erledigt.

Erfolg war zwar nicht alles, aber er konnte dennoch glücklich machen.

Vielleicht hatte mein Hochgefühl aber auch einen anderen Ursprung. Vielleicht rührte es daher, dass ich in jedem freien Moment bloß an Cohen und den Kuss zwischen uns denken konnte. Und wenn ich daran dachte, wollte ich ihn wieder küssen und das Gefühl grenzenloser Sicherheit und Freiheit spüren.

Ich saß in dem kleinen Recherchezimmer, wo ich gerade noch am Computer einen Artikel gelesen hatte, als es klopfte. »Ja?«

Jacob öffnete die Tür und kam rein. »Hey. Es kam eine neue Beschwerdepatientin rein. Hast du Zeit? Georgina und ich sind voll.«

»Klar, ich kümmere mich darum.«

»Sehr gut. Behandlungszimmer zwei. Sie wartet schon.«

»Verstanden, danke.«

»Gerne.« Er wandte sich zum Gehen, hielt im Türrahmen

aber noch mal inne. »Oh, und wisch dir bitte dieses Dauergrinsen aus dem Gesicht. Das macht mich noch ganz kirre.«

Ich lachte, und ich glaubte, auch Jacobs Mundwinkel zucken zu sehen.

Ich packte meine Sachen zusammen und machte mich auf den Weg ins Behandlungszimmer, wo Stephanie und Emily schon gemeinsam mit der Patientin auf mich warteten. »Guten Abend«, grüßte ich, als ich eintrat und auf den Computer zusteuerte, um einen ersten Blick auf die Akte zu werfen.

»Hallo«, grüßte mich die ältere Dame, die auf dem Behandlungsstuhl saß.

»Wie kann ich Ihnen helfen, Mrs. Jefferson?«, fragte ich und stellte mich zu ihr.

Sie hob zitternd die Hand und legte sie auf ihre Lippe. »Ich bin gestürzt und mit dem Gesicht auf eine Mauer gefallen. Dabei hat Dr. Campbell mir doch letzte Woche erst die Zähne neu gemacht.« Mindestens genauso sehr wie ihre Hand, zitterte ihre Stimme. Ihre Augen waren glasig, als wäre sie den Tränen nah.

Vorsichtig legte ich eine Hand auf ihren Oberarm und streichelte sie leicht. Bei älteren Patienten musste man sich oft besonders einfühlsam und verständnisvoll verhalten, da sie meist schneller Panik bekamen und sich sorgten. »Ich verstehe. Aber machen Sie sich nicht so viele Gedanken. Ich schaue mir das einfach mal an, ja?«

Sie nickte, auch wenn sie noch immer sehr verunsichert und verängstigt wirkte.

Ich brachte ihren Stuhl in eine liegende Position und bat sie, den Mund zu öffnen. Ihre Lippe war aufgeplatzt, aber auch nach mehrmaligem Untersuchen konnte ich keine Beschädigung der Zähne feststellen.

»Oh, Gott sei Dank«, sagte sie, nachdem ich ihr das mitgeteilt hatte. »Ich hätte nicht gewusst, wie ich das schon wieder bezahlen sollte, wenn den Zähnen etwas passiert wäre.«

Ein flaues Gefühl machte sich in meinem Magen breit.

Was war das für ein Zustand, in dem die erste Sorge nicht dem eigenen Wohlergehen, sondern der finanziellen Situation galt? Aber leider war das für viele die bittere Realität.

Nicht alle Menschen waren ausreichend versichert. Viele konnten es sich einfach nicht leisten, weshalb größere Eingriffe oder medizinische Versorgungen den finanziellen Ruin bedeuten konnten.

So schwer der Gedanke sich auch auf meiner Brust niederließ, ich schob ihn beiseite, um so gut wie möglich für meine Patientin da sein zu können.

»Ihre Lippe muss genäht werden, aber das kann ich auch übernehmen. Dann müssen Sie nicht noch extra ins Krankenhaus.«

»Das wäre super«, antwortete sie sichtlich erleichtert. Sie freute sich beinahe, als hätte sie im Lotto gewonnen. Aber vielleicht war die Rettung vor dem finanziellen Ruin genau das – wie ein Lottogewinn.

Ich setzte die Betäubungsspritze und verließ dann das Behandlungszimmer, bis die Wirkung einsetzte. Auf dem Gang begegnete ich Georgina.

»Mrs. Jefferson ist hier?«, fragte sie.

»Ja.«

»Ist mit ihren Zähnen alles in Ordnung oder gab es nach meinem Eingriff Probleme?«

Ich schüttelte den Kopf. »Das hat nichts mit deinem Eingriff zu tun. Sie ist gestürzt und mit dem Gesicht auf eine Mauer gefallen. Die Zähne sind zum Glück noch ganz, aber die Lippe ist aufgeplatzt. Ich werde sie gleich nähen.«

Georgina runzelte die Stirn. »Glauben wir ihr das?«

Ich stutzte. »Was meinst du?«

Ihr eindringlicher Blick durchbohrte mich förmlich. »Chris …«

Ein paar Sekunden lang stand ich ratlos da und überlegte, worauf sie hinauswollte. Doch dann erwischte es mich eiskalt, und mein gebrochenes Herz fiel in die Tiefe. »Du meinst …«

»Häusliche Gewalt«, bestätigte sie und stürmte an mir vorbei ins Behandlungszimmer.

Ich folgte ihr und beobachtete sie dabei, wie sie mit Mrs. Jefferson sprach.

»Ich habe gehört, was passiert ist, und würde mir das gerne genauer anschauen.«

Als spürte sie, worauf Dr. Campbell hinauswollte, wurde Mrs. Jefferson plötzlich unruhig. »Ach, wozu denn? Ist doch nichts passiert, Dr. Campbell. Nur ein kleiner Sturz und eine Lippe, die genäht werden muss«, sagte sie betont ungezwungen.

Doch Georgina wäre nicht sie selbst, wenn sie es darauf beruhen lassen würde. »Ich weiß, aber Sie waren letzte Woche erst meine Patientin. Deshalb habe ich daran ein besonderes Interesse.«

Mrs. Jefferson wirkte angespannt, doch sie schien zu spüren, dass sie gegen Dr. Campbell nicht ankam. Also gab sie nach und ließ sich untersuchen.

Georgina sah sich die Verletzung besonders gründlich an und beendete die Untersuchung mit einem leisen Seufzen. Sie richtete den Behandlungsstuhl wieder auf und sah der Patientin in die Augen. »Hören Sie, ich mache das hier schon eine ganze Weile. Und Sie sind weiß Gott nicht mein erster Sturz, weshalb ich das ziemlich gut differenzieren kann. Ich bin mir ziemlich sicher, dass diese Verletzung nicht von einer Mauerkante kommt.«

»Doch, doch, ich bin gestürzt«, beharrte Mrs. Jefferson.

Ich hatte selten eine Stimme gehört, die so kurz vor dem Zusammenbruch stand. So kurz davor, all die angestauten Emotionen endlich zu entladen.

»Mrs. Jefferson …« Dr. Campbell legte ihre Hand auf die Schulter der Patientin.

Und das war der Moment, in dem Mrs. Jefferson zusammenbrach.

»Es war doch nicht seine Absicht«, schluchzte sie und konnte ihre Tränen nicht länger zurückhalten. »Er kann doch nichts dafür.«

»Wer?«, fragte Georgina so einfühlsam, wie ich sie noch nie erlebt hatte.

»Mein Mann. Er ist dement und merkt doch gar nicht, was er tut. Früher hätte er nie die Hand gegen mich erhoben. Erst, seit er krank ist, macht er so was.« Sie hörte nicht auf zu weinen.

Und mein Herz hörte nicht auf zu brechen.

Sie ließ sich von Georgina die Lippe nähen. Am Ende bot diese ihr an, ihre Kontakte spielen zu lassen, um eine passende Unterkunft für ihren Mann zu finden, wo man ihn vernünftig pflegen und sich seinen Bedürfnissen anpassen konnte.

In diesem Moment wurde mir bewusst, welch großen Einfluss wir Menschen in medizinischen Berufen auf das Leben anderer haben konnten. Wir konnten Lebensqualität geben und Sorgen nehmen, wenn wir es richtig anstellten.

»Für die Behandlung dieser Frau wird nichts berechnet«, ordnete Dr. Campbell an, als wir wenige Minuten später vor dem Behandlungszimmer standen.

Ich nickte. »Ist bei dir alles okay?« Sie wirkte auf mich sehr mitgenommen, obwohl sie sonst immer wusste, wie man sich von der persönlichen Geschichte der Patienten distanzierte.

Georgina schüttelte den Kopf und seufzte. »Solche Schicksale gehen mir sehr nah.«

»Das kann ich verstehen. Wenn du eine Pause brauchst, kann ich deinen letzten Patienten noch übernehmen.«

»Schon gut. Arbeit ist in solchen Situationen die beste Ablenkung für mich. Aber danke.«

Sie zog sich in ein anderes Behandlungszimmer zurück, und ich machte es mir wieder in unserem Recherchezimmer bequem. Doch statt weiter zu lernen, konnte ich die ganze Zeit nur an Mrs. Jefferson denken. Ich schwor mir, ein besserer Arzt zu werden und Menschen auf die Art und Weise zu helfen, auf die Dr. Campbell ihnen half.

Nach unserer Schicht wollten Jacob und ich gemeinsam Richtung Bahnstation laufen, als wir plötzlich vor der Praxistür von einem Mann angesprochen wurden.

»Chris?«

Ich drehte mich zu dem Mann.

Und mein Herz …

Es blieb einfach stehen.

Ich kannte diese Augen, auch wenn die Falten darum neu waren. Genauso wie das verhaltene Lächeln und die braunen Haare.

Fuck, ich hatte meine Haare von ihm. Unter der blauen Farbe verbarg ich nicht Moms Blond, sondern das Braun meines Vaters.

Ich stand wie angewurzelt vor ihm und konnte mich nicht rühren. Jeder Muskel in meinem Körper war wie versteinert von unzähligen Erinnerungen, die meinen Kopf sintflutartig für sich einnahmen.

»Ich hätte dich fast nicht erkannt«, sagte er und musterte mich fasziniert. Als sein Blick auf meine blauen Haare fiel, runzelte er die Stirn. »Vermutlich liegt es daran.«

»Was tust du hier? Wie hast du mich überhaupt gefunden?«, fragte ich, als sich meine Starre langsam löste. In meinem Rücken spürte ich Jacob, der die Arme vor der Brust verschränkt und sich wie auf Abruf hinter mir positioniert hatte.

»Wenn man nach deinem Namen sucht, ist der erste Treffer die Website dieser Praxis. Also bin ich hergekommen, weil ich meinen Sohn wiedersehen wollte«, antwortete er, als wäre es vollkommen selbstverständlich. Als wäre es nicht merkwürdig, dass er mir vor meinem Arbeitsplatz auflauerte.

»Nach dreizehn Jahren?«

»Besser spät als nie, oder?«, entgegnete er, als hätte er mit dieser Aktion nicht jegliche Grenzen überschritten.

Nachdem meine Mom sich von ihm getrennt hatte, hatte er nicht einmal versucht, ein guter Vater zu sein und den Kontakt zu halten. Im Gegenteil. Er war einfach spurlos verschwunden und hatte meist die Unterhaltszahlungen ausgesetzt, wodurch Mom und ich nicht selten in Schwierigkeiten geraten waren. Und jetzt, dreizehn Jahre später, hatte er die Dreistigkeit, einfach wieder vor mir zu stehen und so zu tun, als wäre das sein gutes Recht!

»Ich habe kein Interesse. Tut mir leid.« Ich hatte keine Ahnung, wie meine Stimme so ruhig und kalt klingen konnte, wenn es in mir nur so brodelte.

Es gab nicht viele Menschen in meinem Leben, die so viele Gefühle auf einmal in mir auslösten.

Doch er war einer davon.

Wenn ich ihn jetzt so vor mir stehen sah, konnte ich förmlich spüren, wie alte Wunden aufgerissen wurden. Wie mein Blut kochte und jeder Muskel in meinem Körper einfach nur weg von ihm wollte.

Ich machte einen Schritt zur Seite, um an ihm vorbeizugehen, doch er griff nach meinem Handgelenk und hielt mich fest.

»Warte!«

Ich riss mich von ihm los – vielleicht ein wenig fester, als notwendig gewesen wäre. »Was glaubst du, wer du bist, dass du dir erlauben kannst, mich festzuhalten?«

»Dein Vater!«

Ich lachte bitter auf. »Der Zug ist leider vor einigen Jahren abgefahren.« Als ich ihn vor wenigen Augenblicken erkannt hatte, hatte ich kurz Angst gehabt, dass ich ihm nicht die Stirn würde bieten können. Dass ich mich in den kleinen Chris verwandeln würde, der alles dafür tat, seinen Vater zufriedenzustellen. Aber über die Jahre hatte ich es geschafft, mich emotional von diesem Mann zu distanzieren. Ja, die Wunden, die er meiner Seele zugefügt hatte, existierten noch. Aber er selbst tat es für mich nicht mehr.

Für mich war mein Vater Teil eines viel zu langen Albtraums, aus dem ich vor dreizehn Jahren erfolgreich erwacht war. Und ich wusste, dass ich alles dafür tun würde, nicht wieder in diesen Traum zurückzufallen.

Egal, was er mir angetan hatte. Er hatte keine Macht mehr über mich. Ich war nicht länger von ihm abhängig, und das würde ich ihm unmissverständlich klarmachen.

»Bitte, mein Sohn«, flehte er, doch ich reagierte darauf nur mit einem vernichtenden Blick.

»Nenn mich nicht so.«

»Okay. Hör mir zu, Chris. Ich … Ich habe mich verändert. Wirklich. Ich habe zu meinem Glauben gefunden und tolle Menschen kennengelernt, die mich dabei unterstützen. Und ich habe durch sie verstanden, dass ich Reue für meine vergangenen Taten zeigen und mich entschuldigen muss.«

Vielleicht war ich zu streng mit ihm, aber ich glaubte nicht, dass Menschen wie mein Vater sich änderten. Sie trugen etwas in sich, was es ihnen unmöglich machte. Was genau dieses Etwas war, konnte ich nicht sagen. Ich wusste nur, dass ich mich davor hüten würde, diesen Mann emotional wieder zu nah an mich heranzulassen.

Damals hatte ich es nicht besser gewusst. Nicht anders gekonnt, da ich noch ein Kind gewesen war.

Jetzt war das anders.

»Bei mir brauchst du das gar nicht zu versuchen«, sagte ich und machte einen Schritt an ihm vorbei.

»Bitte, mein Sohn. Leonard Smith hat gesagt, das ist mein einziger Weg, um den Strafen für meine Sünden zu entgehen.«

Ruckartig blieb ich stehen.

Leonard Smith …

Außerdem ist mein Vater neben seinem normalen Job auch noch als Diakon ein angesehenes Mitglied seiner kirchlichen

Gemeinde, das sowohl hier als auch in den umliegenden Städten und Gemeinden auf Gottesdiensten predigt.

Cohens Worte schossen mir durch den Kopf. Konnte es sein, dass Cohens Vater meinem begegnet war? Es erschien mir unwahrscheinlich, aber nicht ausgeschlossen.

Kurz überlegte ich, genauer nachzufragen, doch Jacob stellte sich zwischen uns und schuf so Distanz. »Was genau verstehen Sie an *Nein* nicht? Chris hat gesagt, er will in Ruhe gelassen werden, also verschwinden Sie.«

Für einen Sekundenbruchteil blickte ich an Jacob vorbei und sah den wutverzerrten Ausdruck meines Vaters. Die Kälte in seinen Augen, und ich war sicher, ich sah auch die in seinem Herzen.

Dann drehten wir uns um und gingen.

»Ist alles in Ordnung?«, fragte mein bester Freund hörbar besorgt.

»Ich weiß es nicht.« Ich hatte meinen Vater nicht an mich herangelassen. Aber war deshalb alles in Ordnung?

Ich dachte an die Art und Weise, wie er mich zum Schluss angesehen hatte.

Und ich wurde das Gefühl nicht los, dass es das noch nicht gewesen war.

Als ich zu Hause ankam, lief ich ohne Umwege in mein Schlafzimmer und schloss die Tür hinter mir. Dann holte ich mein Handy hervor und gab *Leonard Smith San Francisco* bei Google ein.

Mir wurden Fotos und Artikel eines hoch angesehenen Kirchenmitglieds angezeigt, von dem ich auf den ersten Blick nicht wusste, ob er wirklich Cohens Vater sein konnte. Der Mann war viel schmaler und schätzungsweise auch deutlich kleiner als Cohen. Wo Cohen seinen Bart trug, war der Mann glatt rasiert. Seine Haare waren mittlerweile vollständig ergraut. Aber seine Augen …

Es waren Cohens Gewitteraugen – wenn auch eine kalte, harte Version davon.

Das war Cohens Vater.

Und als wäre diese Situation nicht verwirrend und überfordernd genug, schrieb dieser mir in diesem Augenblick eine Nachricht.

Cohen; 18:34 Uhr
Hey:) Sehen wir uns heute Abend im House of Soul?

Ich hatte keine Ahnung, ob ich die Energie hatte, das Haus zu verlassen. Aber auf der anderen Seite hatte ich das Bedürfnis, mich Cohen anzuvertrauen. Bei ihm hatte ich mich in letzter Zeit so unfassbar sicher und angekommen gefühlt. Vielleicht würde er mir ebenjene Sicherheit auch jetzt geben können.

Auch wenn über all dem der Schatten schwebte, dass sein Vater meinen angestiftet hatte, nach mir zu suchen. Doch ich versuchte, das zu verdrängen.

Cohen ist nicht sein Vater.

Ich; 18:36 Uhr
Ich werde da sein:)

KAPITEL 21

Cohen

Zum Glück war heute auf der Arbeit nicht allzu viel los – ein typischer Montag. Ich vertrieb mir die Zeit, indem ich das vom Wochenende verbliebene Chaos ein wenig beseitigte und ansonsten hin und wieder mit meinen Freundinnen quatschte, wenn sie gerade nicht auf der Bühne standen und sangen.

Ich hatte schon drei Stunden meiner Schicht geschafft, als Chris ins *House of Soul* kam. Er grüßte mich nur knapp und ließ sich dann auf einem der Barhocker nieder. Irgendetwas an ihm wirkte seltsam. Verändert. Beinahe war es, als hätte er sein Licht verloren und wäre in Dunkelheit versunken.

»Was ist los?«, fragte ich also, als ich vor ihm stand. Ich streichelte mit meinen Fingern über seine Wange und hob seinen Kopf leicht an, um ihm in die Augen zu sehen.

Das Braun seiner Augen wirkte heute eine Nuance dunkler als sonst. »Hatte einfach einen richtig beschissenen Tag«, murmelte er und lehnte sich meiner Hand entgegen. Es war schön, dass meine Berührung ihm Trost zu spenden schien.

»Willst du darüber sprechen?«

Kurz zögerte er. Dann erzählte er mir die Geschichte von der Patientin, die er heute behandelt hatte. Ich konnte verstehen, wieso ihn das so sehr mitriss. Es musste hart sein, in einem medizinischen Beruf zu arbeiten und ständig mit ungerechten Schicksalen konfrontiert zu werden.

»Und dann ist noch was passiert.«

Ich erwartete, dass er weitersprach, doch stattdessen senkte er den Blick und blieb still.

»Chris?«, hakte ich nach, weil ich mir Sorgen machte.

»Mein Vater ist aufgetaucht.«

»Dein Vater?«, fragte ich und spürte augenblicklich, wie sich heiße Wut in mir ausbreitete. Jedes Mal, wenn ich an Chris' Vater und die Dinge dachte, die er getan hatte, wuchs das Bedürfnis in mir, Chris vor ihm zu beschützen.

Ich hatte noch nie einen solchen Beschützerinstinkt gehabt. Aber vielleicht war jetzt ein guter Zeitpunkt dafür.

»Er hat mir nach der Arbeit aufgelauert.«

»Was wollte er?«

»Um Vergebung bitten«, antwortete Chris, doch er klang nicht mehr so kleinlaut wie noch ein paar Sekunden zuvor. Im Gegenteil. Aus ihm sprach Verbitterung, die ich nur viel zu gut nachempfinden konnte.

»Ich hoffe, du hast ihm klargemacht, dass daraus nichts wird?«

Chris nickte. »Das habe ich, aber er war ziemlich aufdringlich.«

»Inwiefern?«

»Er hat einfach nicht nachgelassen und wollte ständig um Verzeihung bitten«, erklärte Chris. »Er hat wohl seit Neustem einen neuen Weg im Leben gefunden und sieht sich daher verpflichtet, um meine Vergebung zu bitten.«

»Wie kommt er denn jetzt darauf?«

Chris zögerte. Nur kurz, aber doch lange genug, damit es mir auffiel. In diesem Moment beschlich mich ein furchtbares Gefühl, und es bestätigte sich, als Chris weitersprach.

»Anscheinend hat dein Vater ihm gesagt, dass meine Vergebung sein einziger Weg in ein sündenfreies Leben oder so wäre.«

Ich löste mich von Chris und taumelte einen Schritt zurück, weil seine Worte sich wie ein Faustschlag in die Magengrube anfühlten. *Mein Vater?*

»Bist du sicher?«, fragte ich in der Hoffnung, dass sich das Ganze als riesiges Missverständnis entpuppen würde.

»Leonard Smith?«

»Ja.« *Verdammt …*

Wie konnte es sein, dass ich mich meinem Vater einfach nicht entziehen konnte? Es war, als wäre sein Einfluss auf mein Leben unermesslich. Als würde er selbst diejenigen mitreißen, die ich zu nah an mich heranließ.

»Chris, es tut mir so leid.«

»Ich weiß. Du kannst doch auch nichts dafür.«

Das mochte stimmen, aber ich fühlte mich trotzdem schuldig, weil er mein Vater war.

Wieso war das so? Wieso fühlten wir uns schlecht oder gar schuldig, wenn selbst unsere Eltern, die die Fehler eigenhändig begingen, sich nicht so fühlten? Wieso litten wir unter ihren Entscheidungen, wenn diese nicht einmal sie selbst tangierten?

»Wie ging es weiter mit dir und deinem Vater?«, fragte ich, obwohl ich nicht wusste, ob ich das wirklich wissen wollte.

Chris zuckte mit den Schultern und trommelte dann nervös auf das Holz der Bar. »Ich habe ihm gesagt, dass aus der Vergebung nichts wird und er sich von mir fernhalten soll.«

»Glaubst du, das wird er tun?«

»Keine Ahnung. Ich hoffe es, aber ich kenne diesen Mann im Grunde kaum. Die Version von ihm, die ich damals kannte, war grausam, und die, die er heute ist, ist mir gänzlich unbekannt.«

»Verstehe«, sagte ich und trat nun doch wieder einen Schritt auf ihn zu. »Wenn er dir erneut auflauern oder irgendwelche Grenzen überschreiten sollte, sag mir das bitte sofort.«

»Wieso?«, wollte er wissen und wirkte ernsthaft neugierig.

Wieder legte ich meine Hand auf seine Wange und streichelte sie. »Weil ich nicht tatenlos danebenstehen will, wenn er dich mit seinen Worten bombardiert und in die Ecke drängt.«

Ich hätte es in diesem Moment nicht für möglich gehalten, aber Chris lächelte tatsächlich. Ein schwaches Lächeln, aber immerhin. »Danke, Cohen.«

»Klar. Und noch mal sorry wegen des Mistes, den mein Vater verbreitet. Ich weiß, dass sein Glaube ihm viel bedeutet, aber manche Fehler sind unverzeihlich. Und er sollte einem Mann, der solch schwerwiegende Fehler begangen hat, nicht empfehlen, zu den Leuten zurückzukehren, die unter ihm gelitten haben.«

Chris seufzte. »Das stimmt. Aber wir sollten zumindest versuchen, uns nicht zu sehr von unseren Vätern beeinflussen zu lassen.«

Er hatte recht. Ich wollte nicht, dass das, was gerade zwischen Chris und mir entstand, in die Brüche ging, weil wir uns von den Fehlern unserer Eltern leiten ließen. Dafür war mir das mit Chris zu wichtig.

»Wir kriegen das hin«, versprach ich ihm.

»Wir kriegen das hin«, wiederholte er und beugte sich vor, um mich zu küssen. Seine Lippen waren weich und das Kratzen seines Bartes angenehm.

Ich vergaß alles um mich herum. Da war nur noch er, und plötzlich machte ich mir keine Sorgen mehr, dass irgendwas schiefgehen könnte.

»Oh mein Gott, Cohen«, kreischte plötzlich jemand ins Mikrofon.

Chris und ich fuhren auseinander. Die Gäste, die wussten, wie ich hieß, blickten in meine Richtung. Alle anderen starrten weiter auf Amy, die beim Anblick des Kusses einen Freudenschrei statt des Songtextes durchs Mikrofon gejagt hatte.

Sie murmelte ein leises »Sorry« und sang dann weiter, als wäre nie etwas gewesen.

Und Chris und ich … wir lachten. Chris hielt sich den Bauch, und ich bekam vor lauter Lachen keine Luft mehr.

Verdammt, Amy … sie war manchmal einfach zu impulsiv, aber genau dafür liebte ich sie.

Die drei sangen ihren Song, und ich ging um den Tresen herum und stellte mich hinter Chris' Barhocker. Dort schlang ich von hinten meine Arme um ihn und lehnte mich gegen seinen Rücken.

Wir lauschten der Musik.

Und grinsten, wann immer Amy uns von der Bühne aus zuzwinkerte.

Für den Moment erschien alles perfekt. Ich hatte meine Freundinnen und ich hatte Chris. Ich verschwendete keinen Gedanken an irgendetwas anderes.

Es war nur ein Verdrängen von Problemen und kein Lösen. Aber manchmal brauchte man genau das.

Eine wohlverdiente Auszeit von dem ganzen Stress, mit den Menschen, die einem etwas bedeuteten, um Energie für den Tag zu sammeln, an dem man sich dem Ganzen stellen müsste. Aber eine Sache verunsicherte mich.

Denn je mehr ich für Chris empfand, desto mehr hatte ich das Gefühl, dass dieser Tag näher war, als ich glaubte.

KAPITEL 22

Chris

Die Sache mit meinem Vater und Leonard Smith zu vergessen, stellte sich als schwerer heraus als erwartet. Ursprünglich hatte ich angenommen, es einfach fallen lassen zu können, weil ich meinem Vater unmissverständlich klargemacht hatte, dass ich ihn nicht in meiner Nähe wollte und auch mit Cohen über die Sache mit seinem Dad gesprochen hatte.

Theoretisch hätte ich einen Haken dahintersetzen und weitermachen können.

Praktisch funktionierte das leider nicht so gut.

Da waren viel zu viele Fragen, die sich immer wieder den Weg an die Oberfläche meines Bewusstseins bahnten. Wie kam mein Vater dazu, aus dem Nichts heraus sein Leben zu verändern? Was erhoffte er sich davon? Oder was hatte er erwartet, wie ein Wiedersehen mit mir ausgehen würde?

Doch die wichtigste Frage von allen lautete: Würde er nach der Abfuhr, die ich ihm erteilt hatte, wirklich so einfach lockerlassen? So, wie ich Jeffrey Easton kannte, konnte ich es mir nicht vorstellen, aber vielleicht änderten sich Menschen ja zumindest in dieser Hinsicht.

Nein, das tun sie nicht, flüsterte eine leise Stimme in meinem Kopf.

Die Stimme begleitete mich auf die Arbeit und folgte mir in

jede Behandlung. Sie machte sich während meiner Pause in meinem Kopf breit und wurde lauter und lauter.

Ich hatte keine Ahnung, ob das helfen würde, aber ich hatte das Gefühl, dass ich mit jemandem darüber reden musste, der meinen Vater auch gekannt hatte. Also nahm ich mir zwischen zwei Patienten ein paar Minuten, um meiner Mom zu schreiben und sie zu fragen, ob ich nach der Arbeit vorbeikommen könne.

Sie antwortete, dass sie sich darauf freue, mich wiederzusehen.

Ich liebte meine Mom über alles. Manchmal glaubte ich, dass das vor allem an meinem Vater lag, denn wenn zwei Menschen unter dem gleichen Schrecken litten, wuchsen sie automatisch zusammen. Mom war stets für mich da gewesen, wenn ich sie gebraucht hatte, und dafür würde ich ihr immer dankbar sein.

Sie hatte es im Leben nicht leicht gehabt und war in die Hände eines manipulativen Arschlochs gefallen. Dennoch war ich stets ihre oberste Priorität gewesen, und nur der Wunsch nach meiner Sicherheit war es gewesen, der ihr den Mut gegeben hatte, sich von ihm zu trennen.

Schade, dass sie so lange gebraucht hatte, das zu realisieren. Trotzdem war ich beeindruckt, dass sie es überhaupt bemerkt hatte und nicht nur blind in seine Fallen getappt war.

Mittlerweile sahen Mom und ich uns leider nur noch viel zu selten, weil sie am anderen Ende der Stadt wohnte und wir beide durch unseren Job sehr stark eingespannt waren. Aber immerhin telefonierten wir mehrmals wöchentlich, was zumindest ein kleiner Trost in einem Meer aus Vermissen war.

Oft fragte ich mich, ob sie insgeheim ein wenig einsam war. Seit ich ausgezogen war, war da niemand mehr, der ein wenig Licht in ihre leeren vier Wände brachte, wenn sie heimkam. Nach der Trennung von meinem Vater hatte sie es nicht geschafft, sich je wieder mit ganzem Herzen auf einen Mann einzulassen. Vielleicht war ihr Herz durch ihn ein wenig kaputt, denn sie hatte immer nur eine reduzierte, für sie ungefährliche Version von Liebe verschenkt, und wenn die Männer gemerkt hatten, dass ihnen das zu wenig war, waren sie alle gegangen.

Umso mehr freute ich mich darauf, sie heute Abend nach der Arbeit wiederzusehen. Ich musste mir nur noch überlegen, wie ich ihr die Sache mit meinem Vater beibringen wollte.

Als ich endlich Feierabend hatte, stieg ich ins Auto. Doch noch bevor ich losfahren konnte, klingelte mein Handy und zeigte mir den Anruf meiner Mutter an.

»Hey, Mom. Alles klar? Ich wollte grad zu dir aufbrechen«, hob ich ab.

»Hey, mein Schatz«, sagte sie, doch ihre Stimme klang verdächtig dünn. »Natürlich, und bei dir?«

Ich stutzte. »Ja, bei mir auch. Was ist los? Alles in Ordnung?«

»Ja, ich ... ich dachte, wir könnten unser Treffen vielleicht verschieben. Ich glaube, bei mir passt es heute doch nicht so gut. Ich fühle mich ein wenig schlapp.«

Irgendetwas stimmte nicht. Ich kannte meine Mom viel zu gut, als dass sie mir etwas hätte vorspielen können. »Bist du sicher? Wir können auch einfach mit einer Serie im Bett liegen und entspannen.«

Sie zögerte, was sie sonst so gut wie nie tat. »Ich weiß nicht ...«

»Mom?«

»Ja?« Diesmal war das Zittern ihrer Stimme kaum zu überhören.

»Was ist los?«

»N-nichts, mein Schatz. Mach dir keine Sorgen.«

Wenn eine Mutter das sagte, musste man sich immer Sorgen machen. »Ich merke doch, dass etwas nicht stimmt.«

»Ach, ich ...« Weiter kam sie nicht, denn im nächsten Moment wurden ihre Worte von einem herzzerreißenden Schluchzen verschluckt.

Ich spürte es bis tief in meine Seele. Jeder Versuch, meine Mom zu trösten, scheiterte.

Sie weinte ununterbrochen, und ich fühlte mich schrecklich machtlos, weil ich es nicht unterbinden konnte. Immer wieder versuchte sie, sich zusammenzureißen, doch es gelang ihr nicht.

Irgendwann verband ich mein Handy mit der Freisprechanlage und fuhr einfach los. »Bleib dran, Mom. Ich bin gleich da.«

Schade nur, dass in San Francisco *gleich* unter Umständen eine Stunde bedeuten konnte, wenn man in den Berufsverkehr geriet. Es war fast 19 Uhr, als ich endlich ankam und meinen Wagen in Moms Einfahrt abstellte.

Ich stieg aus und sprintete förmlich zur Haustür. »Mach auf«, rief ich ins Handy, an dessen anderem Ende noch immer meine Mom zu hören war.

Die Haustür öffnete sich, und sie stand mir gegenüber. Sie legte das Handy auf die kleine Kommode neben der Tür und sah mich dann aus ihren sonst so gütigen Augen an. Heute sah ich in ihnen aber nichts als Angst und Verzweiflung.

Und diese Gefühle setzten auch mein Herz in Brand, als ich den Grund dafür sah: eine Schwellung an Moms linkem Auge, die ziemlich sicher von einem frontalen Schlag ins Gesicht kam.

»Oh, Gott! Mom!« Ich machte einen Schritt auf sie zu ins Haus und nahm sie in den Arm, während sie sich an mir festklammerte.

Es war nicht das liebevolle Erwidern einer Umarmung. Es war Angst, die sie in meine Arme trieb. Als könnte ihr Sohn ihr Sicherheit bieten, obwohl ich doch selbst nicht wusste, was hier eigentlich geschah.

Kurz blieben wir noch so im Hausflur stehen. Dann drückte ich die Tür hinter uns zu und wir gingen Richtung Wohnzimmer, wo wir auf der Couch Platz nahmen.

»Was ist passiert?«, fragte ich, weil sie keine Anstalten machte, mit mir zu sprechen.

Sie brauchte einige Anläufe, um mir zu antworten, denn jedes Mal, wenn sie den Mund öffnete, blieben ihr die Worte im Hals stecken. »Dein Vater …«

Etwas in mir zerbrach.

»Er hat dir das angetan?«

Sie nickte.

Verdammt, wie hatte er das tun können? Ja, er hatte uns jahrelang emotional misshandelt, aber dabei war er nie handgreiflich geworden. Das hier war das erste Mal, und ich war schockiert, wie es so weit hatte kommen können.

Was war in den letzten dreizehn Jahren mit ihm geschehen?

Und konnte es sein, dass dieser kaputte Mensch noch ein wenig kaputter geworden war?

Ich griff nach der Hand meiner Mutter und drückte sie fest. »Mom, du musst mir genau sagen, was passiert ist.«

Sie schluckte schwer und mied meinen Blick.

Ich konnte es nur zu gut verstehen. In den letzten Jahren hatte sie angefangen, sich in Sicherheit zu wiegen.

Allein ihn nach so langer Zeit wiederzusehen, musste sie schockiert haben. Mir war es ja nicht anders ergangen.

Trotzdem war es wichtig, dass sie jetzt mit mir sprach und mir verriet, was passiert war, damit ich ihr helfen konnte. »Mom, bitte«, sagte ich und drückte ihre Hand ein wenig fester.

Wieder ein kurzes Zögern, doch diesmal gab sie mit einem leisen Seufzen nach. »Es hat an der Tür geklingelt, und als ich geöffnet habe, stand plötzlich Jeffrey vor meiner Tür. Ich war so überrumpelt, dass ich ihn nicht davon abhalten konnte, ins Haus zu kommen. Als ich ihn gefragt habe, was er will, meinte er nur, ich hätte dich verdorben.«

Ich runzelte die Stirn. »Mich verdorben?«

Sie biss sich auf die Lippe und nickte. »Er hat zusammenhanglose Sätze von sich gegeben. Irgendwas von wegen dass er deine Vergebung braucht, aber nicht bekommt, weil ich dir eingeredet hätte, er sei der Böse.«

Vielleicht lag es daran, dass er tatsächlich der Böse in unserer Geschichte war?

Mom fuhr sich mit der freien Hand übers Gesicht, als würde sie sich Tränen aus den Augenwinkeln wischen. Dann gab sie sich einen letzten Ruck, um den Rest der Geschehnisse zu erzählen. »Ich habe ihn gebeten, sich zu beruhigen und mir in Ruhe zu erzählen, was los ist. Aber er hat nicht auf mich gehört und die ganze Zeit nur behauptet, alles wäre meine Schuld. Und bevor ich darauf irgendetwas erwidern konnte, hat er mich niedergeschlagen und ist hinausgestürmt.«

»Gott, Mom«, entfuhr es mir, und ich zog sie wieder in meine Arme. Ich drücke sie an mich, in der Hoffnung, sie spürte, dass sie nicht alleine war.

Kurz fühlte es sich so an, als wäre das alles meine Schuld. Als wäre es nur so weit gekommen, weil ich meinen Vater hatte abblitzen lassen.

Doch dann realisierte ich, dass das nicht die Wahrheit war. Niemand von uns beiden hatte Schuld, denn die lag nur bei ihm. Dem Mann, der unser Leben jahrelang zur Hölle gemacht hatte und nun versuchte, sich wieder hineinzudrängen – gewaltsamer als je zuvor. Er allein war der Fehler in unserer Gleichung. Und ich wusste, dass ich meiner Mutter und mir selbst zuliebe etwas dagegen unternehmen musste.

Eine Weile blieb ich noch Arm in Arm mit ihr sitzen und versuchte, ihr Kraft und Sicherheit zu schenken. Dann fragte ich, ob es für sie okay war, wenn wir die Polizei informierten.

Ja, es wäre logisch betrachtet der einzig richtige Schritt gewesen, aber ich wusste, wie sehr meine Mutter unter den Ereignissen litt. Ich wollte sie nicht zwingen, all das Geschehene vor fremden Menschen erneut durchleben zu müssen und sich noch länger damit zu befassen, wenn sie nicht die mentalen Kapazitäten dazu hatte.

Doch Mom stimmte zu.

Wir riefen die Polizei und schilderten den Beamten die Ereignisse. Sie nahmen den Fall auf und versprachen, sich bald mit Neuigkeiten bei uns zu melden. Die Zeit bis dahin würde wahrscheinlich zur Hölle auf Erden werden, das wussten wir beide. Trotzdem lehnte meine Mom mein Angebot ab, ein paar Tage bei mir zu bleiben.

»Ich möchte mich nicht vor ihm verstecken. So viel Kontrolle will ich ihm nicht über mein Leben geben. Außerdem arbeite ich hier und kann nicht jeden Morgen über eine Stunde zur Arbeit fahren«, hatte sie erklärt.

Ich verstand sie. Dennoch machte ich mir Sorgen.

Ich verbrachte meinen restlichen Abend bei ihr und fuhr erst spät in der Nacht heim. Die ganze Fahrt über hatte ich ein mulmiges Gefühl in der Magengrube, weil ich mir nicht sicher sein konnte, dass mein Vater nicht zu meiner Mom zurückkehren würde.

Aber man konnte nicht alles kontrollieren. Manchmal blieb einem nichts anderes übrig, als zu hoffen, dass alles gut werden würde.

Gegen 3 Uhr kam ich zu Hause an. Ich hatte die ganze Zeit über mein Handy ignoriert, wollte es aber jetzt auf laut stellen, falls meine Mutter sich melden sollte. Das Erste, was ich nun allerdings auf meinem Display entdeckte, war eine neue Nachricht von Cohen.

Cohen; 23:49 Uhr
Hey, na? :)
Wie war dein Tag? Hab dich heute im House of Soul vermisst.

Normalerweise freute ich mich sehr über solche Nachrichten von ihm, doch in diesem Augenblick lähmte sie mich einfach nur.

Ich dachte an Cohen, dessen Vater meinen angestiftet hatte. Cohen, dessen Vater ein entscheidender Kausalfaktor für das

Unheil war, das heute über mein Leben und das Leben meiner Mom hereingebrochen war.

Ich dachte an Cohen, aber anders als sonst konnte ich nicht einfach nur ihn sehen. Ich sah seinen Vater und dessen Tentakel, die bis hin zu mir reichten.

Cohen hatte mir einmal gesagt, wie schwer es sein konnte, wenn der Glaube der Eltern das eigene Leben beeinflusste. Jetzt hatte ich den Hauch einer Ahnung, wie sich das anfühlte.

Und obwohl ich in meinem Inneren ganz genau wusste, dass Cohen nichts für die ganze Situation konnte, in der ich gerade steckte, schaffte ich es im Augenblick einfach nicht, ihn gänzlich davon zu trennen.

Ich dachte an meine Mom und die Schwellung an ihrem Auge. An die Angst in ihrer Stimme und an ihre Tränen. Und wann immer ich das tat, spürte ich, wie Wut in mir hochkochte.

Wut, von der ich ganz genau wusste, dass sie sich im falschen Moment gegen Cohen richten könnte, weil ich absolut keine Kontrolle über sie hatte. Weil ich mich hilflos fühlte. Weil ich verzweifelt war.

Also legte ich mich ins Bett, ohne Cohen zu antworten. Es war unfair, aber ich ignorierte ihn, weil ich alles andere gerade nicht ertragen konnte. Ich versuchte, den Kopf auszuschalten und einfach nur zu schlafen.

Es gelang mir nicht.

KAPITEL 23

Cohen

Irgendetwas stimmte nicht zwischen Chris und mir.

Als er mir am ersten Abend nicht geantwortet hatte, hatte ich mir noch keinen Kopf gemacht. Schließlich war es bereits ziemlich spät gewesen, als ich die Nachricht schrieb. Doch auch am nächsten Tag hörte ich nichts von Chris.

Keine Nachricht.

Kein Anruf.

Keine Erklärung.

Den Tag über hatte ich mich geduldet, aber als ich es am Abend nicht mehr aushielt, schrieb ich ihm noch einmal und fragte, ob alles in Ordnung sei.

Das war nun zwei Stunden her. Und mit jeder Minute, die ohne ein Lebenszeichen von Chris verging, wuchs das ungute Gefühl in meiner Magengegend. Am liebsten hätte ich mich sofort auf den Weg gemacht, um nach ihm zu sehen, aber ich konnte wohl schlecht einfach vor seiner Haustür auftauchen. Ich wollte nicht aufdringlich wirken.

Das Klopfen an meiner Zimmertür riss mich aus meinen Gedanken. Meine Mutter. »Komm runter, Cohen. Es gibt Essen.«

Ich folgte ihr ins Esszimmer, wo ich ihr gegenüber Platz nahm. Mein Vater saß logischerweise am Kopfende des Tisches – ein Symbol seiner Stellung in dieser Familie, derer er sich nur zu gut bewusst war.

Manchmal wünschte ich, meine Mutter hätte es erst gar nicht so weit kommen lassen. Alles wäre so viel besser, wenn sie ihm von Anfang an Grenzen aufgewiesen und mir dieses Verhalten ebenfalls vermittelt hätte.

Leider war sie nicht so. Sie ordnete sich unter und gab stets nach, wenn mein Vater seinen Willen durchsetzen wollte. Sie verhielt sich wie eine Marionette, und er genoss seine Rolle als Puppenspieler.

Mom tischte uns allen Eintopf auf.

Ich hasste Eintopf.

Aber mein Vater liebte ihn, also aßen wir ihn.

Ich nahm den ersten Löffel, musste bei dem Geschmack aber sofort das Gesicht verziehen.

Mein Vater warf mir einen missbilligenden Blick zu. »Du solltest dich glücklich schätzen, Essen auf dem Tisch zu haben.«

»Ich habe doch gar nichts gesagt«, verteidigte ich mich.

»Das musstest du auch gar nicht. Es war dir deutlich anzusehen, was in deinem Kopf vorging.« Sein harter Blick glitt von mir zu meinem tiefen Teller und wieder zurück. »Iss!«

Ich nickte stumm und zwang den Eintopf herunter.

Mein Vater nickte zufrieden – oder auf eine Art, die der Zufriedenheit zumindest verdächtig nahekam. Schweigend aßen wir auf.

»Du darfst gehen«, sagte er, als bräuchte ich dafür seine Erlaubnis.

Seine anmaßende Art ließ Wut in mir aufkochen, weshalb ich mich beeilte, schnell wieder zurück auf mein Zimmer zu kommen, bevor ich etwas sagen konnte, was ich bereuen würde.

Als ich auf meinem Bett saß, kehrte die Schwere in meiner Brust wieder zurück. Irgendwie fehlte Chris mir. Und diese passiv-aggressiven Konfrontationen mit meinem Vater schürten die negativen Gefühle in mir nur noch weiter.

Ich versuchte, ein wenig zur Ruhe zu kommen, aber hatte das Gefühl, dass mir bald die Decke auf den Kopf fallen würde, wenn ich nicht sofort dieses Zimmer verließ. Also öffnete ich wie immer das Fenster und stieg aus.

Die kühle Abendluft schlug mir entgegen, und augenblicklich fühlte ich mich ein wenig besser. Ein wenig freier, was viel wert war, wenn man in einem eisigen Gefängnis eingeschlossen wurde.

Kurz überlegte ich, wohin mit mir. Doch schnell kristallisierte sich der Gedanke an einen ganz bestimmten Menschen heraus: *Chris*.

Ohne weiter darüber nachzudenken, lief ich in Richtung seiner Wohnung. Ja, ich hatte mich ihm nicht aufdrängen wollen, aber im Moment fühlte ich viel zu viel Ballast auf meinen Schultern, den ich loswerden musste. Ballast, der auch durch die Funkstille mit Chris entstanden war.

Als ich vor dem Gebäude stand, zögerte ich noch kurz und überlegte, ob das die richtige Entscheidung war. Doch bevor ich die Situation weiter zerdenken konnte, nahm ich mein Handy und rief Chris an.

»Cohen?«, hob er ab.

»Hey. Machst du mir auf? Ich stehe unten«, erklärte ich.

»Wie? Hier bei mir?«

»Ja, vor dem Gebäude.«

Kurz war es still in der Leitung. Dann flüsterte er ein leises »Okay«, bevor das Surren des Türöffners erklang.

Ich trat ein und nahm im Treppenhaus die Stufen zu seiner Wohnung. Mir fiel auf, dass ich schon eine ganze Weile nicht mehr hier gewesen war. Zuletzt als Jacob seinen Geburtstag gefeiert und uns alle eingeladen hatte.

Als ich oben ankam, fiel bereits das Licht aus der Wohnung in den dunklen Flur.

»Hey, Cohen«, sagte Chris, als ich vor ihm stand. Obwohl er seltsam zurückhaltend wirkte, löste die Art und Weise, auf die er meinen Namen aussprach, jedes Mal etwas in mir aus. Ich hatte das Gefühl, niemand hatte meinen Namen je so gesagt, wie er es tat.

»Hey, Chris«, erwiderte ich und hielt seinen Blick mit meinem fest. Aber dieses Mal …

Ging er ihm aus dem Weg. Nur ein kleiner Sekundenbruchteil, in dem das warme Braun seiner Augen auf mein Blaugrau gestoßen war. Dann schaute er zu Boden. »Was machst du hier?«

Vielleicht meinte er es nicht so, aber gerade gab er mir das Gefühl, als wollte er mich nicht hier haben. Als hätte er mich am liebsten nicht gesehen, und das tat weh. Wieso klang er so abweisend? Wieso sah er mich nicht an?

»Ich wollte mit dir sprechen«, sagte ich mit fester Stimme, obwohl alles in mir erzitterte.

»Ich glaube, das ist derzeit keine gute Idee«, wich er aus.

»Wieso?«

»Ich bin nicht in Redelaune.«

Ich wusste, dass es womöglich kein korrektes Verhalten war, aber als ich spürte, wie Chris mich von sich stoßen wollte, ging ich in Abwehrhaltung. Ich wollte es nicht, aber es war, als merkte mein Herz, dass es verletzt werden würde. Als dachte es, dass Liam zurück war. Und es wollte sich schützen, um nicht noch einmal gebrochen zu werden. »Ach, okay. Dann kann man ja auch einfach die Nachrichten einer Person ignorieren, wenn man gerade nicht so in Laune ist, oder? Wir können ja einfach mal schauen, wann die Laune so zurückkehrt?«

Chris presste seine Lippen zu einer geraden Linie zusammen. »Du weißt, dass ich das so nicht meinte.«

»Wie meintest du es denn?«

»Es ist einfach alles ein wenig kompliziert«, erklärte er, doch in meinen Ohren klang es nur wie eine faule Ausrede.

»Zu kommunizieren, was los ist, ist nur dann kompliziert, wenn wir uns die Mühe nicht machen wollen.«

Chris' Züge verhärteten sich ein wenig. Ich glaubte, ihn in den letzten Wochen nie so gesehen zu haben. So … kalt. »Du willst, dass ich kommuniziere? Ich bin mir ziemlich sicher, dass du nicht hören willst, was ich zu sagen habe.«

»Mag sein, aber nichts von dir zu hören tut mindestens genauso weh. Also, bitte, sag mir doch einfach, was los ist.«

»Mein Vater ist los. Und dein Vater ist los. Viel zu viel ist los, um genau zu sein.«

Chris' Worte trafen mich unvorbereitet, wie ein Eissplitter, der sich in mein Herz bohrte und es gefrieren ließ. »Wie?«

»Nachdem dein Vater meinem eingeredet hat, dass er unbedingt meine Vergebung bräuchte und ich ihm diese verweigert habe, ist er weitergezogen und hat seine Wut an meiner Mutter ausgelassen. Weil sie mich manipuliert hätte und ich ihm deshalb nicht verzeihen würde. Er hat sie geschlagen, und dein Vater ist schuld.« Er hielt kurz inne und sah mich einfach nur an. Und in diesem Moment verwandelte sich seine kalte Wut in etwas, das nach Trauer und Gebrochenheit aussah. Seine Augen wurden feucht, als die Vergangenheit ihn einholte und erneut gefangen hielt. »Gott, ich weiß doch, dass du nichts dafürkannst, Cohen. Aber gerade ertrage ich es einfach nicht, mit dir zu sprechen, weil es mich an deinen Vater erinnert. Und an meinen Vater. Und dann an meine Mutter. Ich kann das gerade einfach nicht.«

Chris' Schmerz schimmerte so überdeutlich durch, dass ich seinen Nachklang selbst in meiner Seele spüren konnte. Doch gleichzeitig war da mein eigener Schmerz, der seinen Ursprung in Chris' Worten hatte.

Ich konnte seine Gedanken verstehen. Und wenn Abstand das war, was er im Moment brauchte, dann würde ich das respektieren.

Doch nur, weil man etwas respektieren und nachvollziehen konnte, hieß es nicht, dass es weniger wehtat.

Im Gegenteil.

Ich mochte Chris, und zu wissen, dass ihm der bloße Kontakt zu mir im Augenblick so furchtbar schwerfiel, war hart.

»Okay«, flüsterte ich und wollte mich gerade abwenden, als ich seine warme Hand an meinem Unterarm spürte.

»Cohen?«, sagte Chris derart unsicher, dass mir schon die Angst in seiner Stimme ein wenig das Herz brach.

Ich will nicht, dass du solche Angst hast.

»Ja?«

»Es tut mir unfassbar leid.«

»Mir auch«, erwiderte ich.

»Ich hoffe, dass bald wieder alles gut wird. Gib mir nur etwas Zeit.«

Ich nickte und versuchte mich an einem Lächeln, von dem ich spürte, dass es im Schatten meiner eigenen Unzufriedenheit unecht wirkte. »Ich drücke dir und deiner Mom die Daumen.«

»Danke.«

Ein paar Herzschläge lang blieben wir dort stehen, an der Türschwelle, von der wir wussten, dass sie nicht das Einzige war, was uns voneinander trennte. Aber obwohl ich mir sicher war, dass diese Distanz uns beide verletzte, unternahmen wir nichts dagegen. Wir hielten den Abstand, um den Chris gebeten hatte, ein und taten uns damit selbst weh.

Manchmal war es frustrierend, wie traurig manche Dinge ablaufen konnten.

Ich wollte ihn.

Und ich glaubte, dass er mich auch wollte. Zumindest vor diesem Zwischenfall.

Aber wir konnten einander nicht haben, weil es gerade nicht in unserer Hand lag. Weil die Umstände nicht stimmten.

Er hatte diesen Vater, der ihn und seine Familie terrorisierte.

Ich hatte diesen Vater, der das alles angeleiert hatte.

Und weil Chris ihn in mir sah, konnten wir nicht zusammen sein.

Aber das Schlimmste war, dass niemand von uns etwas dafür konnte.

Noch ein kurzer Blick. Für wenige Sekundenbruchteile noch einmal diese warmen braunen Augen.

Dann drehte ich mich mit einem tiefen Seufzen um und ging. Es war komisch, wie sehr jeder Schritt wehtat.

Als ich wieder zu Hause war, kletterte ich durch das Fenster in mein Zimmer und legte mich ins Bett. Schlafen konnte ich aber nicht, denn wie sollte man auch schlafen, wenn so viele Dinge im Kopf durcheinanderwirbelten?

Wut auf unsere Väter. Mitgefühl für Chris. Trauer um ihn und mich. Und ja, vielleicht sogar leise Hoffnung, dass es mit der Zeit wieder besser werden würde.

Dennoch wollte ich an dieser Hoffnung nicht zu sehr festhalten, denn ich wusste, dass Menschen, die viel hofften, viel tiefer enttäuscht wurden. Und ich war im Leben schon zu oft enttäuscht worden.

Ich hatte keine Ahnung, wie oft ich das noch aushalten würde.

KAPITEL 24

Chris

Die nächsten Wochen fühlten sich total unwirklich an, fast schon wie ein Traum, in dem ich gefangen war und den ich bis zur letzten Sekunde durchleben musste.

Nachdem wir Anzeige gegen meinen Vater erstattet hatten, hatte die Polizei uns empfohlen, einen Rechtsanwalt mit der Vertretung unserer Interessen zu beauftragen. Wir waren diesem Ratschlag gefolgt und hatten uns beraten lassen.

Unser Anwalt, Mr. Greenfield, hatte vorgeschlagen, neben dem laufenden Strafverfahren sicherheitshalber eine einstweilige Verfügung gegen meinen Vater zu erwirken, um sicherzustellen, dass dieser sich uns nicht mehr nähern durfte. Hierfür hatte er bei Gericht einen Antrag auf ein Eilverfahren gestellt, der bewilligt worden war.

Es mochte komisch sein, da wir ja auch keine Garantie hatten, dass er gegen die Auflage von 150 Meter Abstand zu uns nicht verstoßen würde, aber wir fühlten uns augenblicklich sicherer. Zu wissen, dass er uns nicht mehr näher kommen durfte, war beruhigend.

Ich wusste, dass auch die nächsten Wochen hart werden würden, da wir ihn im Laufe des Strafverfahrens noch hin und wieder im Gerichtssaal sehen würden. Aber wir würden es überstehen, denn mit dem gestrigen Urteil hatten wir schon einen gigantischen Schritt in die richtige Richtung gemacht.

Ein kleiner Erfolg, der uns aufbaute und uns wieder ein wenig Hoffnung und Kraft schenkte.

Auch heute war ich wieder bei meiner Mom. Seit dem Vorfall versuchte ich, sie so oft wie möglich zu besuchen, um ihr ein Gefühl von Sicherheit und Trost zu geben. Sie sprach es nicht aus, aber ich wusste, wie einsam sie sich manchmal fühlte und wie groß die Angst werden konnte. Die einstweilige Verfügung war zwar hilfreich, aber vermutlich würde es noch einige Zeit dauern, bis sie den Vorfall vollständig verarbeiten und hinter sich lassen könnte.

Ich machte uns einen Tee und brachte ihn ins Wohnzimmer, wo sie bereits auf der Couch saß.

»Danke, mein Schatz«, sagte sie und nahm mir eine der beiden Tassen ab.

»Wie fühlst du dich?«, fragte ich sie. Ich stellte ihr diese Frage jeden Tag, aber Mom war davon nicht genervt. Im Gegenteil – sie schien sich jedes Mal darüber zu freuen, dass ihr Sohn sich so sehr um ihr Wohlergehen sorgte. Ihre Augen strahlten förmlich vor Rührung und Glück.

Es tat fast schon weh, sie so zu sehen. Kannte meine Mutter Beistand in harten Zeiten so wenig, dass diese simplen Nachfragen so viel in ihr auslösten? War außer mir nie jemand für sie da gewesen, wenn sie es gebraucht hatte?

»Besser«, antwortete sie und riss mich damit aus meinen Gedanken. »Manchmal ist es immer noch hart, aber ich bin froh, dass der Fall gestern zu unseren Gunsten entschieden worden ist.«

»Ich auch.« Denn für mich würde es nach dem Strafverfahren keinen Vater mehr geben, dessen Anblick mich daran erinnern konnte, was er meiner Mom angetan hatte. *Keinen Vater, der dich an Cohens Vater erinnert, der dich wiederum an Cohen erinnert*, verselbstständigte sich die Stimme in meinem Kopf.

Bei dem Gedanken an Cohen wurde mir augenblicklich schwer ums Herz.

Ich hatte das Gefühl, ihm Unrecht getan zu haben, weil ich ihn einfach von mir gestoßen hatte. Wegen einer Sache, für die er absolut nichts konnte. Und eigentlich war ich mir dieser Tatsache schon die ganze Zeit bewusst gewesen, aber manchmal war das mit den Gefühlen so eine Sache … Man hatte nicht immer Kontrolle über sie und fühlte Dinge, die vollkommen irrational waren.

Cohen hatte sich wie ein Auslöser für die Erinnerung an die Gewalt, die mein Vater meiner Mutter zugefügt hatte, angefühlt. Und genau deshalb hatte ich meinen Abstand von ihm gebraucht.

Jetzt fühlte ich mich wegen dieser Entscheidung jedoch schlecht. Er hatte mir einmal anvertraut, wie hart es für ihn war, seinen Eltern gerecht zu werden, weil ihre Erwartungen an Cohens Leben nichts mit denen zu tun hatten, die er selbst hegte. Er litt unter seinen Eltern. Und ich hatte ihm aus seinem Vater einen Strick gedreht.

»Was ist los, Chris?«, fragte meine Mom, weil man mir offenbar ansah, wie unzufrieden ich mit der Situation war.

Ich überspielte das Chaos in meinem Kopf mit einem Lächeln, denn ich wollte meiner Mom nicht noch mehr aufbürden. »Es ist alles gut.«

Sie sah mich wehmütig an und rückte dann ein wenig näher an mich heran. Behütend legte sie die Hand auf meine Schulter und drückte sie leicht. »Ich weiß, dass du für mich da sein und mir helfen willst. Und das schätze ich sehr, aber eine Mutter merkt, wenn bei ihrem Kind etwas nicht stimmt. Also sag mir bitte, was los ist, damit wir darüber reden können.«

Kurz zögerte ich noch, als wäre ich unsicher, ob meine Mutter gerade dazu in der Lage sei, sich den Kopf darüber zu zerbrechen. Weil ich sie auffangen und sichergehen wollte, dass bei ihr alles in Ordnung war – wie in alten Zeiten. Doch als ich den entschlossenen Ausdruck auf ihrem Gesicht sah, entschied ich, mich ihr zu öffnen.

Ich erzählte ihr von Cohen. Davon, wer er war und wie wir uns kennengelernt hatten. Wie wir uns nähergekommen waren. Und dann erzählte ich ihr von seinem Vater und davon, wie er meinen beeinflusst hatte. Ich endete mit unserem letzten Aufeinandertreffen, bei dem ich ihn um Abstand gebeten hatte.

»Oh, mein Schatz«, sagte meine Mom und zog mich in ihre Arme. In den letzten Tagen hatte ich versucht, für sie stark zu sein, weil es das Einzige war, was ich für eine lange Zeit gekannt hatte. Es fühlte sich gut an, für einige kurze Augenblicke mal nicht stark sein zu müssen, sondern sich einfach fallen zu lassen, als wäre man noch immer dieser fünfjährige Junge, dessen Mutter die größte Heldin für ihn war. »Das alles tut mir so leid.«

»Schon gut.«

Sie löste sich von mir und sah mich mitfühlend an. »Was willst du jetzt machen?«

»Keine Ahnung. Was kann ich schon tun?«

»So, wie ich das sehe, hast du zwei Möglichkeiten. Die erste ist, die Dinge zu belassen, wie sie sind, und zu riskieren, ihn zu verlieren. Die zweite ist, mit ihm zu reden. Ihm alles zu erklären und dich bei ihm zu entschuldigen. Und dann zu hoffen, dass er diese Entschuldigung annimmt und sich dir wieder öffnet.«

»Ich habe Angst«, gab ich mit zitternder Stimme zu.

»Wovor?«

»Davor, dass er meine Entschuldigung nicht annehmen wird.«

»Das kann ich durchaus verstehen. Aber ob er sich darauf einlässt oder nicht, erfährst du erst, wenn du es versucht hast. Wenn du das nicht tust, wirst du dich in ein paar Jahren vielleicht fragen, was passiert wäre, wenn du dich dazu überwunden hättest.«

Sie hatte recht. Das schmälerte meine Angst zwar nicht, aber führte mir zumindest vor Augen, dass es für mich nur einen Weg gab. Weil mir etwas an Cohen lag und ich nicht wollte, dass das, was schleichend zwischen uns entstanden war, auf einen Schlag wieder verpuffte.

»Danke, Mom.«

»Jederzeit, mein Schatz. Außerdem mache ich das nicht ganz uneigennützig. Ich kann doch nicht riskieren, meinen potenziellen Schwiegersohn zu verlieren.«

»Mom!«, rief ich entsetzt und stupste sie gegen den Oberarm. »So weit sind wir noch lange nicht, sollten wir überhaupt je was Ernstes werden.«

Sie lachte. »Ich hab bei diesem Kerl ein gutes Gefühl.«

»Du kennst ihn doch gar nicht.«

»Das brauche ich nicht. Mütterlicher Instinkt.«

Ich rollte mit den Augen, konnte mein Lächeln jedoch nicht verstecken. »Damit dieser Instinkt überhaupt eine Chance hat, muss ich erst einmal den Mist, den ich fabriziert habe, geradebiegen.«

»Das wirst du.«

Zumindest würde ich es versuchen. Aber ob Cohen mir auch zuhören würde, war eine andere Frage.

Eine, die mir Bauchschmerzen bereitete.

KAPITEL 25

Cohen

Ich war hin- und hergerissen und schaffte es einfach nicht, Ordnung in meine Gefühlswelt zu bringen.

Ich war erleichtert, dass Chris nicht im *House of Soul* auftauchte. Gleichzeitig war ich deshalb unheimlich traurig. Gleiches galt für seine fehlenden Textnachrichten.

Es war nicht einmal so, dass ich wütend auf ihn war. Wie könnte ich auch? Seine Familie hatte in den letzten Tagen Furchtbares durchgemacht. Furchtbares, wofür meine Familie ein entscheidender Einfluss gewesen war. Konnte ich es ihm da verübeln, dass ihn mein Anblick so sehr reizte und ihn an seinen Schmerz erinnerte, dass er Abstand brauchte?

Nein, das konnte ich nicht.

Dennoch musste ich mich einer Tatsache stellen: Egal, wie sehr ich ihn verstehen konnte, enttäuscht war ich trotzdem. Denn ich hatte das Gefühl, dass das zwischen ihm und mir etwas Ernstes war. Etwas, wofür es sich zu kämpfen lohnte. Doch bei der ersten Widrigkeit hatte er Abstand zwischen uns gebracht.

Ich versuchte, all diese Gedanken loszulassen, als ich hinter dem Tresen stand. Eigentlich hätte ich heute freigehabt, aber ein Kollege hatte mich gebeten, die ersten vier Stunden seiner Schicht zu übernehmen, weil er eine wichtige Verabredung vergessen hatte. Also stand ich hier und gab mein Bestes, meinen Job zu machen, ohne durch meine eigenen Gedanken wahnsinnig zu werden.

Und die ersten beiden Stunden funktionierte das auch wirklich gut. Ich widmete mich den Gästen, schenkte Getränke aus und führte das eine oder andere unverfängliche Gespräch an der Bar.

Dennoch geriet mein innerer Frieden augenblicklich ins Wanken, als ich nach rund zwei Stunden eine Nachricht von Chris auf meinem Display entdeckte.

Chris; 20:58 Uhr
Hey, Cohen. Können wir uns sehen?

Ich hatte keine Ahnung. Konnten wir das?

Ein Teil von mir wollte Chris unbedingt sehen, weil er mir fehlte. Aber der andere Teil … hatte Angst. Davor, dass er mich wieder vor den Kopf stoßen und mich fallen lassen würde. Und ich hatte keine Ahnung, ob ich das noch einmal aushielt.

Als würde er mir bei der Entscheidung helfen wollen, schickte er noch eine Nachricht hinterher.

Chris; 21:04 Uhr
Ich weiß, dass ich mich echt danebenbenommen habe. Ja, ich hatte meine Gründe, aber ich hätte dich niemals darunter leiden lassen sollen. Lass uns bitte darüber reden.

Ich; 21:05 Uhr
In Ordnung.

Chris; 21:06 Uhr
Möchtest du gleich vorbeikommen?

Ich; 21:06 Uhr
Bin noch bis 23 Uhr im House of Soul eingeteilt.

Chris; 21:07 Uhr
Okay. Vielleicht danach?

Ich; 21:08 Uhr
Eigentlich wollte ich danach ins Gym,
aber das kann ich sicher auch verschieben.

Chris; 21:09 Uhr
Quatsch, das brauchst du nicht. Wir könnten auch einfach zusammen trainieren und dabei reden? 23:30 Uhr im Fitnessstudio?

Ich; 21:10 Uhr
Geht klar. Bis später!

***

Ich war schon ein paar Minuten vor der vereinbarten Zeit im Fitnessstudio, um mich umzuziehen und mich auf das Treffen mit Chris einzustimmen. Meine Nervosität konnte ich zwar nicht leugnen, aber ich wollte versuchen, ein wenig runterzukommen, damit man es mir nicht zu sehr anmerkte.

Gerade als ich mir mein oversized Shirt übergezogen hatte, hörte ich Schritte, und im nächsten Moment trat Chris in die Umkleide.

Es war komisch, was die Blicke eines Menschen manchmal in einem auslösen konnten.

Er stand einfach nur da, einige Schritte von mir entfernt, und sah mich an. In seinen Augen erkannte ich ein schmerzliches Zögern, weil wir beide genau wussten, dass dafür bis vor einer Woche kein Raum gewesen war. Denn noch wenige Tage zuvor wären wir einfach aufeinander zugelaufen und hätten uns in den Arm genommen. Jetzt standen wir hier, rührten uns nicht und warfen uns Blicke zu, von denen wir genau wussten, dass der jeweils andere ihr Brennen auf der Haut spürte.

Chris' linker Mundwinkel zuckte leicht, doch ein ganzes Lächeln schien er nicht aufbringen zu können.

Weil die ganze Situation so angespannt war, hätte ich ihn am liebsten zur Begrüßung in den Arm genommen, um so zu tun, als wäre alles okay. Aber Chris hatte die Grenzen gezogen, also war er derjenige, der sie auch niederreißen musste. Er musste klarmachen, wozu er bereit war und was für ihn zu weit ging.

Doch er tat nichts weiter, als sich nach einigen weiteren Sekunden abzuwenden und nach einem Spind für seinen Rucksack zu suchen. Umziehen musste er sich anscheinend nicht, denn er trug bereits eine kurze schwarze Sporthose, die die sehnigen Muskeln seiner Beine ein wenig zu gut präsentierte, und ein dazu passendes T-Shirt. Als seine Sachen verstaut waren, kam er auf mich zu und stellte sich dicht vor mich. »Bereit?«

Ich hatte das Gefühl, er meinte damit nicht nur den Sport. »Klar.«

Wir gingen in den Freihantelbereich, wo wir um diese Uhrzeit tatsächlich fast die Einzigen waren.

»Was wollen wir trainieren?«, fragte ich.

»Ich richte mich nach dir. Was steht bei dir auf dem Plan?«

»Bei mir ist heute Pull-Day.«

Chris nickte. »Okay, dann legen wir mal los.«

Ich führte ihn zu einer Klimmzugstange, blieb jedoch davor stehen und holte uns beiden Thera-Bänder aus meiner Tasche. »Wir sollten uns erst einmal aufwärmen.« Ich zeigte ihm ein paar Bewegungsabläufe mit dem Band, um die Muskulatur und die Gelenke ein wenig in Bewegung zu bringen.

Chris lernte ziemlich schnell. Er imitierte jeden meiner Bewegungsabläufe mit einer erschreckenden Präzision, und als bei einer Übung der Saum seines T-Shirts ein wenig hochrutschte, kostete es mich all meine Kraft, ihn nicht zu auffällig anzustarren.

»Okay, das sollte reichen«, erklärte ich, als ich es nicht mehr aushielt, Chris so zu sehen. Vermutlich war das besser so, bevor sich südlich meines Äquators zu viel bewegen konnte.

Chris gab mir das Thera-Band zurück. Für den Bruchteil einer Sekunde berührten sich unsere Fingerspitzen. Ich fragte mich, wie ich diesen winzigen Hautkontakt so überdeutlich spüren konnte. »Jetzt also Klimmzüge?«

»Ja, genau.«

»Ich hab keine Ahnung, wie viele ich schaffe«, sagte er ein wenig verunsichert.

Ich winkte ab. »Das ist nicht wichtig. Hauptsache, du gehst an dein Limit. Und ob das fünf, zehn oder zwanzig Wiederholungen sind, ist erst mal nicht ausschlaggebend.«

Ein wenig beruhigt stellte Chris sich unter die Stange und holte tief Luft. Dann sprang er hoch, hängte sich mit erstaunlich viel Körperspannung daran und startete mit der ersten Wiederholung.

Im Kopf zählte ich mit. Zumindest versuchte ich es, aber Chris auf diese Art und Weise zu sehen, brachte in meinem Kopf ziemlich viel durcheinander.

Nach der schätzungsweise siebten Wiederholung ließ er los und landete auf dem Boden. Schwer atmend stützte er sich mit den Händen auf dem Oberschenkel ab. »Ich … kann … nicht … mehr.«

Ich konnte mir mein Grinsen nicht verkneifen. »Aber das war doch schon ganz gut. Viel mehr werde ich auch nicht schaffen«, sagte ich und schaffte fünfzehn.

Chris warf mir einen gespielt bösen Blick zu. »Stimmt, war nicht viel mehr. Nur das Doppelte.«

»Sogar einer mehr als das Doppelte«, stichelte ich, was uns beide grinsen ließ. Ich wusste, dass wir heute Abend noch über das reden mussten, was zwischen uns gewesen war. Schließlich war das der Sinn und Zweck dieses Treffens. Aber für den Moment wollte ich nicht daran denken. Ich wollte einfach nur trainieren, mit Chris, und dabei den Kopf ein wenig ausschalten.

Wir machten noch zwei Sätze Klimmzüge. Dann gingen wir rüber zum Latzug, wo ich für die Ausgangslage einen mittelbreiten Griff auswählte. »Hier machen wir vier Sätze«, erklärte ich und brachte mich in Position. Dann zog ich die Gewichte zu mir herunter und mobilisierte meine letzte Kraft für die neunte Wiederholung. »Jetzt du.«

»Dann müssen wir aber erst das Gewicht umstecken«, erwiderte Chris und deutete auf den Stapel Gewichte, wo ich den Stift bei 130 Kilogramm fixiert hatte.

»Wie viel?«

»70 Kilogramm.«

Süß …

Ich stellte das Gewicht für Chris um.

Auch er brachte sich in Position und startete seinen Satz. Er schaffte acht Wiederholungen, bevor er langsam zu schwächeln begann.

Als ich das bemerkte, stellte ich mich hinter ihn und legte meine Hände auf dem Griff über seine. »Zwei sind noch drin«, trieb ich ihn an und half ihm durch leichtes Drücken von oben bei der Ausführung.

»Fuck«, seufzte Chris, und mein Kopf konnte nicht anders, als sich vorzustellen, wie er diese Worte in einem anderen Kontext seufzte.

Ich glaube, ich habe eine Schwäche für Typen, die mit mir zusammen Sport treiben.

»Noch eine«, forderte ich, obwohl Chris sich mit meiner Hilfe schon zu zwei weiteren gezwungen hatte.

Er schüttelte den Kopf, doch ich ließ den Protest nicht durchgehen. Stattdessen übte ich noch ein wenig mehr Druck von oben aus, wodurch Chris den Griff langsam in Richtung seines Oberkörpers ziehen konnte.

»Ja, ja, sehr gut.«

»Scheiße«, fluchte Chris und ließ nach der Wiederholung den Griff abrupt los. Er schnellte hoch, doch ich hielt ihn und führte ihn langsam wieder in die Ausgangslage. Chris atmete schwer und stützte sich mit den Armen ab. »Was … tust … du … hier … mit … mir?«

Ich grinste. »Dich an deine körperlichen Grenzen bringen. Wir sind hier beim Sport, Kollege.«

»Trainierst … du … immer … so?«

»Klar. Für den Fortschritt muss man etwas machen.«

»Ich glaube, ich überlebe dieses Training nicht«, sagte er, als sein Körper wieder ein wenig zur Ruhe gekommen war.

Aber anders als von ihm befürchtet, schlug er sich gut. Wir machten noch ein paar Übungen für den Rücken, bevor wir uns dem Bizeps widmeten. Als ich Bizepscurls machte, fiel mir auf, wie Chris den Blick nicht von meinen Armen nehmen konnte. Und ich würde lügen, wenn ich behauptete, dass es mir nicht gefiel. Ich kannte diesen Blick von anderen Männern und Frauen, die mich im Gym »heimlich« beobachteten, doch während mich diese Tatsache bei anderen vollkommen kaltließ, schoss mir bei Chris augenblicklich Hitze durch den ganzen Körper. Ich wollte ihm gefallen. Ich wollte, dass er meine Arme mochte und stellte mir vor, wie es wohl wäre, wenn er sich an ihnen festhielt, wenn ich ihm hier und jetzt den letzten Funken Verstand aus dem Kopf küsste.

Als ich spürte, dass sich dieser Gedanke in meiner Hose manifestierte, unterbrach ich den Satz und nahm neben Chris Platz. Dabei achtete ich darauf, mit meinem Unterarm alle relevanten Stellen zu verdecken. »Du bist dran.«

Während Chris die Übung machte, sah ich betont weg, um mich ein wenig ablenken zu können. Doch Chris schien das falsch aufzufassen, denn als ich wieder zu ihm sah, verzog er missmutig die Mundwinkel. »Das hier muss echt komisch für dich sein, oder?«, fragte er.

»Warum?«

»Weil ich eigentlich mit dir reden wollte und jetzt so tue, als ob nichts wäre und einfach mit dir trainiere.«

»Schon gut.«

»Ich schulde dir eine Entschuldigung, Cohen«, beharrte er jedoch.

Ich wollte widersprechen, weil es mir nicht gefiel, dass er sich dazu verpflichtet fühlte. Aber ich konnte nicht, denn im Grunde stimmte es. Er hatte mich verletzt. Und auch wenn ich sein Verhalten verstehen konnte, linderte das den Schmerz in meiner Brust nicht.

»Es tut mir wirklich leid. Als mein Vater meine Mutter geschlagen hat, bin ich innerlich durchgedreht. Ich konnte einfach nicht verstehen, wie es so weit hatte kommen können. Ich hatte Angst und war besorgt und verwirrt. Die ganze Situation war mir einfach zu viel gewesen, und dass dein Vater auch noch etwas damit zu tun hatte, hat das Fass zum Überlaufen gebracht. Immer wenn ich an dich gedacht habe, hat sich dieser Vorfall in meinem Kopf in den Vordergrund gedrängt. Und irgendwie hab ich mich deshalb einfach nicht dazu in der Lage gefühlt, Zeit mit dir zu verbringen.«

»Ich kann das wirklich nachvollziehen«, erklärte ich. »Aber was mir sehr wehgetan hat, ist, wie du mich außen vor gelassen hast, statt mit mir zu reden. Du hättest mir die Situation erklären und sagen können, wo das Problem liegt. Stattdessen hast du dich dazu entschieden, meine Nachrichten zu ignorieren, bis ich vor deiner Tür stand und es dir aus der Nase gezogen hab. Mir wäre es einfach wichtig gewesen, dass du das offen kommunizierst. Und wer weiß, vielleicht hättest du ja dann auch erkannt, dass ich nichts dafürkann. Dass ich mit dir mitfühle und alles tun würde, um dir zu helfen.«

Chris' Miene veränderte sich. Da war nicht mehr nur die Schuld in seinem Ausdruck, sondern auch noch Erkenntnis. Er erkannte die Alternative, die er gehabt hätte, und wie viele Probleme es uns beiden womöglich erspart hätte. »Du hast recht. Ich war überfordert und habe komplett beschissen reagiert. Es tut mir wahnsinnig leid, Cohen. Ich wünschte, ich hätte es anders gemacht. Und ich wünschte, zwischen uns könnte es wieder sein, wie es vorher war.«

Ich stand von der Flachbank auf und ging zu Chris. Nur wenige Zentimeter trennten uns voneinander, als ich sagte: »Es könnte wieder wie früher sein, wenn du mir versprichst, dass sich das nicht wiederholt. Dass du mit mir redest, wenn dich etwas so sehr beschäftigt, und mich nicht mehr ausschließt. Dass du zulässt, dass ich dir helfe.«

Chris schluckte schwer, und ich spürte das zarte Streichen seiner Finger über meine Arme. »Ich verspreche es.«

Dann beendete ich die Distanz zwischen uns und küsste ihn. Dieser Kuss war anders als die, die wir bisher geteilt hatten. Er war genauso gefühlvoll wie bisher, aber diesmal schwang ein Hauch von Verzweiflung und Sehnsucht mit. Es waren Tage ohne Kontakt vergangen. Tage, in denen ich mir nur hatte vorstellen können, wie es wäre, ihn zu küssen.

Und jetzt war es so weit. Aus der bloßen Vorstellung wurde eine Realität, an die ich mich mit allem, was ich war, festklammerte.

Meine Hand ruhte auf Chris' Wange, während ich ihn so intensiv küsste, dass ihm hin und wieder ein leises Seufzen entglitt, welches ich nur zu überdeutlich zwischen meinen Beinen spürte. Seine Finger krallten sich in meinen Unterarm und drückten fest zu, als der Kuss ihn zu überwältigen schien.

Doch dann ließ ich mit einem leisen Räuspern von ihm ab, als jemand Neues in den Freihantelbereich kam. Zwischenzeitlich waren wir die Einzigen gewesen, aber sich in der Öffentlichkeit auf diese Art und Weise zu küssen, wenn andere da waren, fühlte sich falsch an.

Chris schien das genauso zu sehen, denn er machte einen Schritt zurück und sah verlegen zu dem Typen rüber, der sich gar nicht für uns interessierte, sondern wie automatisch auf die Beinpresse zusteuerte.

»Nicht der richtige Ort«, flüsterte ich grinsend.

»Auf keinen Fall«, stimmte er zu und konnte sein Lächeln nicht verbergen. »Vielleicht sollten wir einfach erst mal weiter trainieren.«

Und das taten wir dann auch. Aber obwohl wir weiterhin im Training an unsere Grenzen gingen, fühlte es sich mit einem Mal viel leichter an. Vielleicht war es das bewundernde Lächeln, das Chris mir schenkte, wenn ich in einem Satz an meine Grenzen ging. Oder die Art, wie ich ihm mit seinem Handtuch den Schweiß von der Stirn wischte. Die kleinen Berührungen zwischen den Sätzen. Und die vielen, vielen hauchzarten Küsse, wenn niemand hinsah.

Ich war sicher, nie hatte Training so viel Spaß gemacht.

»Ich glaube, ich kann mich nie wieder bewegen«, sagte Chris, als wir fertig mit dem Training waren. Wir steuerten auf die Umkleiden zu, und er ließ mich Handtuch und Flasche tragen, weil er sich nicht hatte bücken können, um sie vom Boden aufzuheben.

»Das sind die besten Trainings. Warte ab, wie ausgeglichen du dich in den nächsten Tagen fühlen wirst.«

»Ich glaube nicht, dass ich mich ausgeglichen fühle, wenn ich mir nicht mal allein meine Jacke anziehen kann.«

»Zum Glück hast du zu Hause noch Jacob. Und ansonsten kannst du mich natürlich auch jederzeit fragen.«

»Ich hab jetzt schon Schmerzen, wenn ich daran denke«, beschwerte er sich, aber die Zufriedenheit in seinem Gesichtsausdruck erzählte eine andere Geschichte.

Wir betraten die Umkleide. Ich stellte Chris seine Sachen auf die Bank bei seinem Spind. Dann ging ich zu meinem, der um die Ecke war. Dort verstaute ich die Tasche, die ich beim Training dabeihatte, und holte stattdessen die andere mit frischer Kleidung und dem Zeug, das ich zum Duschen brauchte, heraus.

Ich räumte all die Dinge, die ich benötigte, zusammen und zog mich komplett aus, um unter die Dusche zu springen.

Doch bevor ich mit dem Handtuch die wichtigsten Stellen verdecken konnte, hörte ich plötzlich Chris' Stimme.

»Übrigens, Cohen …«, setzte er an, verstummte aber, als er mich vor sich stehen sah. Vielleicht merkte er es gar nicht, aber seine Augen glitten meinen Körper hinab und wieder rauf. Ein schweres Schlucken, geweitete Pupillen. Eine blasse Röte legte sich auf seine Wangen, und zu wissen, dass mein Anblick das in ihm auslöste, war einfach nur berauschend.

Die einzig richtige Reaktion wäre gewesen, sich abzuwenden und zu bedecken. Aber manchmal fühlte es sich einfach besser an, wenn man etwas tat, was nicht richtig war.

Also machte ich ein paar Schritte auf ihn zu, bis ich direkt vor ihm stand. Ich schaute auf ihn hinab, und er legte den Kopf in den Nacken, um mir in die Augen zu sehen. »Ja, Chris?«, fragte ich provokant.

»Ich …«, setzte er an, doch die restlichen Worte blieben ihm im Hals stecken.

»Du?«, fragte ich und machte noch einen Schritt auf ihn zu. Ich streifte ihn mit einem ganz besonderen Körperteil, was ihn noch weiter erröten ließ. Ich hob die Hand und kämmte ihm damit vorsichtig die vom Schweiß verklebten Haare aus der Stirn.

Er schloss die Augen, als wollte er meinen Berührungen nur noch deutlicher nachspüren.

Meine Finger wanderten von seiner Stirn zu seiner Wange, strichen darüber, weiter zu seinem Mund, wo ich mit dem Daumen die Konturen seiner Lippen nachfuhr. Ich konnte förmlich spüren, wie er unruhig wurde, während ich so dicht an ihm stand. Auch wenn er sich bemühte, sich nichts anmerken zu lassen.

Fuck …

Seine Selbstbeherrschung war heiß.

Wie er seine Augen schloss und den Hautkontakt genoss, war heiß.

Chris war heiß.

Und, verdammt, wie sollte ich vernünftig bleiben, wenn jemand so heiß war?

Ich küsste ihn. Intensiv. Fordernd.

Und als hätte er nur darauf gewartet, erwiderte er den Kuss. Während ich beide Hände an sein Gesicht legte, klammerte er sich mit einer an meinen Arm, während die andere feine Linien über meine Bauchmuskeln fuhr.

Ich liebte die Art, auf die er mich berührte, aber im Augenblick war es mir bei Weitem nicht genug. Also umfasste ich sein Handgelenk und führte seine Hand ein wenig weiter nach unten.

Chris biss sich auf die Unterlippe, als er meine Erektion streifte. Er holte tief Luft, umfasste meinen Schwanz und fuhr dann der Länge nach rauf und runter an ihm.

»Scheiße«, fluchte ich und schloss die Augen, damit ich mich voll und ganz auf ihn konzentrieren konnte. »Hör nicht auf.«

»Okay«, flüsterte Chris. Ich legte den Kopf in den Nacken, als er sanfte Küsse auf meiner Brust hinterließ, während seine Hand erst vorsichtig, dann immer fester und schneller meine Erektion streichelte.

Küsse auf dem Oberkörper. Chris' Hand, die genau wusste, was sie tat. Küsse auf den Hals. Mein zufriedenes Stöhnen. Chris' heißer Körper dicht an meinem.

Als ich spürte, dass ich kurz vor dem Höhepunkt war, umklammerte ich sein Handgelenk und hielt ihn auf.

Chris sah mich fragend, fast schon verunsichert an.

Ich nickte zu den Duschen. »Vielleicht sollten wir es ausnutzen, dass wir allein hier sind?«

Das Braun seiner Augen leuchtete auffällig, und er wollte sich gerade der Dusche zuwenden, als ich ihn aufhielt.

»So nicht.« Mit einem Ruck hob ich ihn hoch, und er schlang seine Beine instinktiv um meine Hüften. Ich war mir sicher, dass Chris meinen harten Schwanz zwischen seinen Schenkeln spürte, denn er krallte sich noch ein wenig fester an mich. Und, Gott, der Druck, den er auf mich ausübte, trieb mich fast in den Wahnsinn.

Er küsste mich, und mit jeder Sekunde ein kleines bisschen intensiver.

Beinahe blind stolperte ich in die Duschen und presste Chris gegen die Wandfliesen. Kurz erschauderte er, drückte den Rücken durch und presste sich damit nur noch mehr an meinen Körper. Dann tastete ich blindlings nach dem Wasserregler und schaltete das warme Wasser ein, welches sich in einem plötzlichen Schwall über uns ergoss.

»Vielleicht hätte ich meine Sachen erst einmal ausziehen sollen«, kommentierte Chris, der nun in seinen durchtränkten Sportklamotten von mir gehalten wurde.

»Ich hab nichts dagegen, dir jetzt noch dabei zu helfen.« Ich ließ ihn auf den Boden gleiten, und er hob seine Arme, damit ich ihm das Shirt ausziehen konnte. Dann ging ich in die Knie, um ihn von seiner Sporthose samt Shorts zu befreien. Kaum hatte ich sie ihm über die Beine gezogen, sprang mir seine Erektion entgegen. Ich blickte rauf und sah, wie Chris zu mir runtergrinste.

»Scheint mir bis hierhin ganz gut gefallen zu haben.«

»Das glaube ich auch«, antwortete ich und umschloss Chris mit meinen Lippen.

Er stöhnte und presste die Zähne fest aufeinander.

Doch statt weiterzumachen, ließ ich von ihm ab. Ein freches Grinsen auf dem Gesicht, richtete ich mich auf. »Das hättest du wohl gerne, was?«

Chris umfasste mein Gesicht, zog mich zu sich und küsste mich. »Klar, fühlt sich gut an. Warte, ich zeige dir mal, was genau.« Ohne ein weiteres Wort zu sagen, glitt er an mir herunter, wobei er auf jeden Zentimeter, den er zu fassen bekam, einen Kuss hauchte oder mit seiner Zunge eine Spur aus Feuer legte. Dann nahm er meinen Schwanz in den Mund, und, Gott, ich hatte nicht mit dem gerechnet, was hier passierte. Chris wusste genau, was er tat.

Er saugte im richtigen Tempo, mit der richtigen Intensität. Und wenn ich vorhin geglaubt hatte, gefährlich nah an meiner Grenze zu sein, hatte ich keine Ahnung gehabt, was mich noch erwarten würde.

Ich vergrub meine Hände in seinen Haaren und führte ihn. »Ist das okay?«, hauchte ich.

Chris schaute mit einem vielsagenden Blick zu mir rauf, bevor er mich von sich aus noch tiefer in sich aufnahm.

»Verdammte Scheiße«, wisperte ich atemlos und entzog mich ihm ein wenig. Dann glitt ich wieder in ihn hinein und spürte seinen warmen Mund, der mich fest umschloss. Seine Bewegungen waren schnell und präzise. Kraftvoll und genau das, was ich brauchte.

Mit jeder Bewegung brachte er mich mehr um den Verstand, trieb mich dem Höhepunkt weiter entgegen, bis ich irgendwann kurz davor war, zu fallen.

»Ich komme gleich«, stöhnte ich und sank mit dem Kopf gegen die kalten Fliesen hinter mir.

Chris wurde von meinen Worten nur noch weiter angetrieben. Er machte weiter, krallte sich mit seinen Händen in meine Pobacken und nahm mich so weit auf, wie er nur konnte.

»Ich komme«, raunte ich.

Chris zog sich zurück, umschloss mich mit seiner Hand und massierte mich, was den Höhepunkt nur noch überwältigender machte.

Alles um mich herum verschwamm. Da war kein einziger klarer Gedanke, keine verlässliche Wahrnehmung mehr. Nur Chris. Immer und überall nur Chris.

»Gott, das war krass.« Als sich mein Herzschlag langsam wieder beruhigte, sah ich zu Chris, der noch immer vor mir hockte.

Unsere Blicke begegneten sich, er stand auf und küsste mich voller Zärtlichkeit. Da war nichts Wildes oder Ungezügeltes mehr. Nur noch pure Wärme, die ich bis in mein Herz spürte. Der einzige Hinweis auf das, was wir gerade getan hatten, war Chris' Erektion, die ich hart an meinem Oberschenkel spürte.

»Klang, als hätte es dir gefallen«, flüsterte er lächelnd.

Ich umfasste seine Erektion und massierte sie. »Soll ich dir mal zeigen, wie gut es sich angefühlt hat?«

Chris atmete zitternd ein, hielt dann jedoch mein Handgelenk. »Du musst das nicht tun, nur weil ich es getan habe. Ich erwarte dafür nichts.«

»Du vielleicht nicht, aber ich will genau das, seit ich dich vorhin mit diesem Thera-Band gesehen habe.«

Ein kurzes Zögern, doch dann nickte Chris mir zu.

Mit einer fließenden Bewegung drehte ich ihn um, sodass er mit dem Rücken zu mir stand. Dann schlang ich meinen linken Arm um seine Brust und seine Oberarme, zog ihn an mich heran und fixierte ihn an meinem Körper. Meine Finger glitten zwischen seine Beine, wo ich seinen Schwanz umfasste und daran mit meiner Hand auf und ab fuhr.

Er konnte sich nicht mehr bewegen und war meinem stetigen Rhythmus ausgeliefert. Und wenn ich seine immer stärker pulsierende Erektion in meiner Hand richtig deutete, schien ihm genau das zu gefallen. Seine Hände suchten nach Halt und fanden ihn an meinem Oberarm, wo er sich festkrallte.

Allein dafür hat sich das Bizepstraining ausgezahlt.

»Na? Wie gefällt dir das?«, fragte ich und knabberte an seiner Ohrmuschel. Dabei massierte ich ihn immer fester, schneller, härter.

»Wehe, du hörst auf«, stöhnte Chris nur.

»Ich denke gar nicht daran.« Und genau so meinte ich es auch. Ich hörte nicht auf, Chris mit meiner Hand in den Wahnsinn zu treiben. Je weiter ich ihn dem Höhepunkt entgegenbrachte, desto unruhiger wurde sein Körper. Er erzitterte in meinen Armen, versuchte, sich zu befreien, weil der Druck unerträglich groß wurde, aber er hatte keine Chance, meinem

Klammergriff zu entkommen. Dafür war er zu schwach, und ich nutzte meine Überlegenheit, um ihm einen Orgasmus zu bescheren, den er so schnell nicht vergessen würde.

»Oh, Cohen«, entwich es ihm, und ich wusste, dass er bald fallen würde.

Ein letztes Mal massierte ich ihn.

Und dann spürte ich, wie sich Chris' ganzer Körper für einige Sekunden anspannte, bevor er müde in meine Arme sank. Ich ließ ihn los, drehte ihn zärtlich zu mir und schenkte ihm einen sanften Kuss.

»Das war toll«, sagte er.

Wieder packte ich ihn an der Hüfte und hob ihn hoch. Und während ich ihn im Arm hielt und wir uns unter dem warmen Wasserstrahl küssten, war die Welt in Ordnung. Es gab keine beschissenen Eltern, die uns das Leben erschwerten. Keine Probleme.

Es gab nur Chris und mich.

Und ich liebte alles daran.

KAPITEL 26

Chris

Sicherheit.

Wärme.

Freiheit.

All das fühlte ich, wenn ich bei Cohen war. Wir gingen nach Hause, und seit wir das Fitnessstudio verlassen hatten, hielt er meine Hand.

Manchmal glaubte ich, dass es seltsam war, sich so zu fühlen. Schließlich bedeutete es Verantwortung, Grenzen und Rücksichtnahme, wenn man sich auf jemanden einließ. Mehr Regeln, weil es da eine andere Person gab, der man sich widmete und auf die man achten musste.

Trotzdem empfand ich mit Cohen keine dieser Grenzen.

Vielleicht war das normal, wenn es die richtige Person war.

»Ist es irre, wenn ich dich bitte, ab jetzt immer nachts mit mir zu trainieren, damit wir das wiederholen können?«, fragte er grinsend.

»Kann sein. Aber zu deinem Glück stehe ich auf irre.«

Abrupt blieb er stehen und zog an meiner Hand, sodass ich plötzlich vor ihm stand. »Na dann …«, wisperte er und küsste mich im Halbdunkel der Straßen von San Francisco.

Ich schloss die Augen und gab mich diesem Kuss hin. Cohen zu küssen fühlte sich nach unendlicher Leichtigkeit an. Seine

Lippen waren sanft – ein klarer Kontrast zu dem sonst so harten Mann – und schienen perfekt zu meinen zu passen.

Konnte er bitte einfach niemals damit aufhören?

Wir liefen weiter und kamen viel zu schnell bei Cohen an. Es war total irrational, aber ich war augenblicklich traurig, dass wir uns für heute voneinander trennen mussten.

»Was ist los?«, fragte er, als hätte er meine Gedanken gelesen.

»Ich mag es nicht, mich zu verabschieden«, erklärte ich und fühlte mich deshalb sofort lächerlich.

Doch Cohen ließ keinen Raum für dieses Gefühl. Im Gegenteil. Er gab mir das Gefühl, dass es vollkommen okay war, wie ich empfand. »Geht mir genauso. Ist immer ein wenig blöd, wenn man sich mag und Abschied nehmen muss. Aber wir sehen uns bald wieder«, versprach er.

»Ja, du hast recht«, seufzte ich.

Cohen musterte mich skeptisch. »Wir könnten aber natürlich auch noch ein wenig spazieren gehen und quatschen.«

Ich wollte nicht zu begeistert wirken, weil es eigentlich wichtig war, dass er nach Hause kam und sich nach seiner Schicht und dem harten Training ein wenig ausruhen konnte. Aber anscheinend war ich nicht sonderlich gut darin, es zu verbergen.

Denn noch bevor ich etwas sagen konnte, lief Cohen weiter und zog mich mit sich. Eine Weile schlenderten wir schweigend nebeneinander her, bis wir erneut am Playground Potrero Hill ankamen.

Ich lächelte, als ich mich an das letzte Mal erinnerte, wo wir hier gewesen waren. Cohen, der Mann, der sonst so schweigsam war, hatte sich mir geöffnet. Ich hatte diesen Abend im Kopf, als wäre es erst gestern gewesen, dabei lag er mittlerweile schon Wochen zurück.

Wochen, in denen sich so einiges verändert hatte.

Cohen und ich waren nicht mehr nur Bekannte. Im Gegenteil. Zwischen uns hatte sich etwas entwickelt, zumindest fühlte es sich für mich so an. Und auch, wenn ich noch nicht genau benennen konnte – oder wollte –, was es war, war ich doch dankbar dafür, weil es sich schlicht und ergreifend schön anfühlte.

Vielleicht musste man schöne Dinge manchmal einfach nicht genauer hinterfragen.

Wir nahmen auf der Bank Platz, auf der wir schon beim letzten Mal gesessen hatten, aber diesmal ließen wir keinen Abstand zwischen uns. Cohen setzte sich auf die Bank, ich mich links neben ihn und legte meine Beine über seine. Mein Kopf ruhte auf seiner Schulter, während seine Hand behutsam über meinen Rücken streichelte.

Hätte ich die Wahl gehabt, dann hätte ich hier und jetzt die Zeit angehalten. Ich wollte für immer auf dieser kleinen Bank mitten in San Francisco sitzen und Cohen an meiner Seite haben. Seine Berührung spüren und mich in den Gesprächen, die wir miteinander führten, verlieren.

»Also ich finde, du hast dich ganz gut geschlagen«, sagte er und massierte mit seiner kräftigen Hand einen Muskel an meinem Rücken.

Verdammt, ich war sicher, dass ich morgen mit dem schlimmsten Muskelkater meines Lebens aufwachen würde. »Für dein fast schon militärisches Training finde ich das auch.«

»So schlimm war das doch gar nicht. Du solltest mal Beine mit mir trainieren. Danach wirst du erst mal nicht mehr laufen können.« Er hielt kurz inne, schob einen Arm in meine Kniekehlen und legte den anderen auf meinen Rücken, bevor er mich auf seinen Schoß hob. »Aber zu deinem Glück kann ich dich sicherlich tragen.«

Ich beugte mich ein wenig vor und küsste Cohen. »Ich lasse mich von dir aber ganz sicher nicht durch die Gegend tragen«, flüsterte ich grinsend an seinen Lippen.

»Muss ja nicht direkt durch die Gegend sein. Ins Schlafzimmer reicht doch fürs Erste?«

»Jetzt nicht übermütig werden«, scherzte ich, obwohl ich mir insgeheim gerade ausmalte, wie es wohl war, von Cohen in sein Schlafzimmer getragen zu werden. Ich musste zugeben, dass es schlimmere Vorstellungen gab.

Ein zufriedenes Seufzen glitt über seine Lippen. »Ich bin froh, dass wir das geklärt haben«, sagte er und lächelte.

»Das bin ich auch.«

»Ich glaube, ich hätte es nicht ausgehalten, wenn ich dich wegen meines Vaters verloren hätte«, gab er offen und ehrlich zu. »Er hat mir in der Vergangenheit schon so viel genommen. Ich glaube, dich zu verlieren, wäre einfach eine Nummer zu viel gewesen.«

»Du wirst mich nicht so leicht los.« Ich wollte nicht, dass er sich diesbezüglich sorgte. Ja, die Geschehnisse hatten mich ein wenig ins Wanken gebracht, aber ich hatte den Weg zurück zu Cohen gefunden. Und ich wollte darauf vertrauen, dass ich diesen Weg immer finden würde.

»Ich hoffe es doch sehr«, erwiderte er nur und zog mich noch ein wenig näher an sich heran.

»Es muss schlimm gewesen sein, mit deinen Eltern aufzuwachsen, oder?«

»Einfach war es nicht«, antwortete er und fing an zu erzählen.

Ich war dankbar, dass Cohen sich mir anvertraute. Ich konnte mir nur zu gut vorstellen, wie viel Überwindung es ihn kosten musste, diese dunklen Kapitel seiner Geschichte offenzulegen. Trotzdem tat er es. Er ließ mich an seinem Leben teilhaben, und wenn es noch so bitter war.

Er war in vielerlei Hinsicht gnadenlos ehrlich, aber mich beschlich das Gefühl, dass noch mehr dahintersteckte, als er durchblicken ließ. Allerdings wollte ich nicht weiter nachhaken, wenn er es nicht von sich aus erzählte.

Wir blieben noch für einige Stunden auf dieser Bank sitzen und vertrauten uns Dinge an, die wir sonst lieber vor den

Menschen verheimlichten. Er über seine Eltern, ich über meinen Vater.

Und komischerweise half es mir, mich ein paar Herzschläge lang nicht vollkommen allein auf dieser Welt zu fühlen. Ich hatte das Gefühl, verstanden zu werden. Und wann immer Cohen eine schmerzhafte Erinnerung mit mir teilte, gab *ich ihm* das Gefühl, verstanden zu werden.

Wir versanken in einem Meer aus schmerzhafter Vergangenheit und waren gleichzeitig doch der Rettungsring des jeweils anderen.

Ich fragte mich, was das zu bedeuten hatte. Wenn man auf diese Art und Weise für jemanden da war, musste es doch etwas bedeuten, oder?

»Komm mit zu mir«, flüsterte Cohen irgendwann. »Ich will heute Nacht nicht allein sein.«

»Aber … deine Eltern.«

»Die sind nicht in der Stadt.«

Ich lächelte.

KAPITEL 27

Cohen

»Fuck, Cohen«, seufzte Chris, als ich seinen Nacken küsste.

Wir standen in der Küche, wo er darauf bestanden hatte, das Kochen zu übernehmen. Es war zwar schon verdammt spät, aber ich hatte ihm erklärt, dass man nach dem Training unbedingt etwas essen musste. Deshalb kochten die Nudeln gerade vor sich hin, obwohl es da etwas anderes gab, was ich lieber vernascht hätte.

»Ja?«, fragte ich provokant, ohne die Küsse zu unterbrechen. Im Gegenteil. Während meine Hände unter seinem T-Shirt verschwanden, ließ ich die Küsse wandern, vom Nacken hinauf zum Ohr, über die Wange, runter zum Hals. Ich bedeckte jede freie Stelle, die ich mit dem Mund erreichen konnte, und als ich das Gefühl hatte, dass das nicht reichte, zog ich ihm das T-Shirt aus und küsste mich seinen Rücken entlang.

Chris stand reglos am Herd und versuchte, sich auf die Tomatensauce zu konzentrieren, die neben den Nudeln in einem Topf vor sich hin köchelte. Doch sosehr er sich bemühte, so zu tun, als hätte er die Situation im Griff, konnte ich an der Reaktion seines Körpers erkennen, was ich in ihm auslöste. Das leichte Zittern, die Anspannung, die von krampfhafter Selbstbeherrschung zeugte, und natürlich die Beule in seiner Hose.

Ich packte sie und drückte meine eigene gegen Chris' unteren Rücken.

Chris konnte nicht anders, als seufzend den Kopf nach hinten zu lehnen, wo er auf meiner Brust zur Ruhe kam. »Du bist so ein Arsch«, fluchte er leise. Dabei hörte er nicht auf, in dem Topf mit der Sauce herumzurühren. Unfassbar, dass er sich noch darauf konzentrieren konnte.

»Damit kann ich leben«, antwortete ich und drängte mich ihm noch mehr entgegen. Dann massierte ich ihn vorsichtig durch die Hose. »Aber ein bisschen Arsch im Leben kann ja Gott sei Dank nie schaden.«

»Ich glaube, ich muss dir recht geben.«

Ich wollte mich gerade vorlehnen und ihm ins Ohr flüstern, was ich jetzt am liebsten mit ihm anstellen würde, als plötzlich die Tomatensauce mit einem lauten Blubbern aufkochte und aus dem Topf spritzte.

»Oh, Scheiße!«, rief Chris und riss sich von mir los. Er schob den Topf mit einer Hand von der Herdplatte und reduzierte mit der anderen die Hitze. Dann rührte er mit dem Löffel noch einmal durch, als wollte er kontrollieren, ob sie verbrannt war. Er atmete erleichtert aus und stellte fest: »Gerade noch mal Glück gehabt. Sie ist nicht verbrannt, aber es war knapp.«

Ich lachte, als ich den Anflug von Panik in Chris' Augen bemerkte. »Es ist doch nur Tomatensauce.«

»Es ist vor allem mein Abendessen, ohne das ich gleich keine gute Laune mehr habe.«

»Neigst du zum hangrysein?«

»Hin und wieder kommt das vor, ja«, erklärte er.

»Ich merk schon. Dann lass uns mal schnell das Essen fertig kochen, bevor der Hangry-Chris die Oberhand gewinnt.«

Chris rettete die Sauce und würzte noch mal nach, während ich die mittlerweile fertigen Nudeln vom Herd nahm und in einem Sieb abtropfen ließ. Dann gaben wir sie in die Sauce und genossen unser simples, aber trotzdem leckeres Abendessen.

Ich musste zugeben, dass es noch mal besser schmeckte, wenn ich mir vor Augen führte, dass Chris es für mich gekocht hatte. Das mochte vielleicht ein wenig lächerlich klingen, aber manchmal war das so, wenn man etwas für jemanden empfand.

Nachdem wir aufgegessen hatten, machten wir uns fertig für die Nacht und legten uns dann hin.

Ich lag schon vor Chris im Bett, und als er in mein Zimmer kam, steuerte er direkt auf mich zu und legte sich in meine Arme. Als hätten wir das schon immer so gemacht. Als wäre es die größte Selbstverständlichkeit.

Dabei wusste ich genau, dass ein Mensch wie Chris keine Selbstverständlichkeit war. Auch wenn er mittlerweile zu einem derart festen Bestandteil meines Lebens geworden war, dass es sich danach anfühlte.

»Ich bin so müde«, murmelte er irgendwann mit halb geschlossenen Lidern an meiner Schulter.

»Ja, lass uns schlafen, Chris. Gute Nacht.«

Zu einer Antwort kam er nicht mehr, denn er schlief auf der Stelle ein.

Weil ich ihn nicht aufwecken wollte, hielt ich ihn noch eine ganze Weile im Arm, damit sich sein Schlaf festigen konnte. Dabei spürte ich seinem Herzschlag nach, der deutlich an meiner Brust pulsierte. Und in diesem Moment war ich mir sicher, dass ich ihn nie wieder gehen lassen wollte.

Es gab nicht viele Menschen, bei denen man sich angekommen und sicher fühlte. Bei Chris fühlte ich mich jedoch genau so.

Mein Leben war oft sehr hart gewesen. Doch wenn ich seine Nähe spürte, geriet diese Tatsache in Vergessenheit. Meine sonst so tiefschwarze Vergangenheit verblasste zu einem sanften Schatten.

Und wenn ein Mensch dieses Gefühl in einem auslösen konnte … war er dann nicht der Richtige?

Ich blieb noch eine Weile so mit Chris liegen und dachte immer wieder darüber nach, wie unauffällig wir an diesen Punkt gelangt waren. Schritt für Schritt, ohne es zu merken, und plötzlich waren wir da. Seltsam, welche Wege das Leben manchmal ging.

Seltsam und doch wunderschön.

Ich dachte darüber nach, bis ich langsam in einen tiefen Schlaf glitt – Chris noch immer in meinem Arm.

Ich spürte unzählige sanfte Küsse, die mich aufweckten. Als ich die Augen öffnete, war Chris' verschwommenes Gesicht das Erste, was ich wahrnahm.

Das hier kann nur ein guter Tag werden.

»Guten Morgen«, flüsterte Chris lächelnd.

»Guten Morgen«, erwiderte ich und rieb mir über die verschlafenen Augen. »Warum bist du schon wach?«

»Wir haben fast elf Uhr.«

»Aber wir sind auch erst kurz vor fünf schlafen gegangen.«

»Stimmt. Aber ich falle ungern zu sehr aus meinem Schlafrhythmus«, erklärte er und fuhr sich durch das zerzauste blaue Haar.

»Und deshalb weckst du mich?«, stöhnte ich, obwohl ich mir insgeheim keine bessere Art vorstellen konnte, aufgeweckt zu werden.

»Ja?«, antwortete er verlegen, doch es klang eher wie eine Frage.

Ich lachte. »In Ordnung. Ich hoffe, du hast zumindest halbwegs gut geschlafen?«

»Ich hatte noch nie ein bequemeres Kissen.«

»Das freut mich«, antwortete ich und küsste ihn. Wenn es ihm beim Schlafen half, konnte er von mir aus jede Nacht auf mir liegen.

Chris wollte gerade zu einer Erwiderung ansetzen, als plötzlich meine Tür aufgerissen wurde. »Guten Morgen, Cohen. Wir wollten dir nur kurz Bescheid geben, dass ...«, setzte meine Mom an und verstummte mitten im Satz.

Ich spürte das Chaos, noch bevor ich einen Blick darauf werfen konnte. Doch da standen sie.

Mom und Dad.

Chris und ich richteten uns erschrocken auf. Aber die beiden ... blieben einfach stehen, wo sie waren.

Unglauben. Schock. Erschütterung.

All das konnte ich an ihren Gesichtern ablesen.

Das und die Tatsache, dass ihr Sohn gerade für sie gestorben war. Wenn auch für beide auf eine unterschiedliche Art und Weise.

Meine Mom sah mich mit Tränen in den Augen an. Sie reflektierte den Schmerz, den sie gerade in ihrer Seele spüren musste, da war ich sicher. Sie hatte eine ganz genaue Vorstellung von ihrem Sohn gehabt. Davon, wer er war und was er mit seinem Leben anstellen würde.

Diese Vorstellung, die für sie die Wirklichkeit ihres Kindes gewesen war, war soeben gestorben. Denn sie war nichts als eine Illusion gewesen, die sie ins Leben gerufen hatte, weil sie die Wahrheit nicht ertrug. Aber nun hatte die Wahrheit sie eingeholt, und sie sah mich an, als wäre ich die leere Hülle des Sohnes, den sie gekannt hatte. Des Sohnes, der jetzt weg war.

Und ihr blieb nichts anders übrig, als ihn innerlich zu beerdigen.

Es tat mir im Herzen weh, dass meine Mom so sehr darunter litt, dass ich war, wie ich war. Aber vermutlich war es noch immer besser als die Art, auf die mich mein Vater ansah.

Sein Gesicht war zu einer harten Maske aus Missbilligung und Abscheu versteinert. Da war nichts Väterliches oder gar Liebevolles an ihm. Wenn es nicht so hart geklungen hätte, hätte ich gesagt, dass ich nichts als Hass in seinen Zügen sah.

Auch für ihn war sein Sohn gestorben, da war ich sicher. Nur dass er nicht um ihn trauerte. Vielleicht hatte er einfach lieber keinen Sohn als einen wie mich.

»Ch- Chris, vielleicht solltest du gehen«, presste ich irgendwie hervor. Ich wusste, dass es gleich womöglich ziemlich hässlich werden würde, und wollte nicht, dass er das mitbekam.

»Bist du sicher?«, fragte er leise, traute sich aber nicht, wie sonst nach meiner Hand zu greifen.

Ich nickte, ohne den Blick von meinen Eltern abzuwenden.

Chris stand auf, griff nach seiner Tasche, die neben meinem Bett stand, und quetschte sich in Rekordzeit an meinen Eltern vorbei, die nicht einmal versuchten, ihm Platz zu machen.

Für einige Sekunden riss meine Mom sich noch zusammen. Dann brach sie in Tränen aus und flüchtete ins Wohnzimmer. Es war jedes Mal das Gleiche: Wenn es ungemütlich wurde, floh sie und überließ den Rest meinem Vater.

»Da siehst du, was du angerichtet hast!«, bellte dieser und deutete Richtung Wohnzimmer, wo das Schluchzen meiner Mutter deutlich zu hören war.

»Ich …«, setzte ich an, doch er unterbrach mich.

»Ich dachte, nach der Sache mit diesem Liam wäre alles geklärt. Wie konntest du uns das ein zweites Mal antun? Was … Was … Was bist du nur für ein Mensch?«, brach es fassungslos aus ihm heraus. »Wie kannst du dich so würdelos verhalten, statt aus deinen Fehlern zu lernen? Solche Irrtümer unterlaufen einem normalerweise nur einmal im Leben, aber du scheinst bei jeder deiner Entscheidungen dem Teufel zu folgen. Ein Job in einer Bar. Die Kirche meidest du. Und als reichte das nicht, finde ich dich mit einem Mann im Bett. Was haben wir bei deiner Erziehung falsch gemacht?«

Am liebsten hätte ich ihm geantwortet, dass das nichts mit Erziehung zu tun hatte. Dass man sich Sexualität nicht aussuchte, sondern einfach liebte, wen man liebte. Aber ich wusste, dass mein Vater auf seine Frage nicht wirklich eine Antwort erwartete.

»Wir haben nach dieser Sache mit diesem möchtegernchristlichen Penner alles dafür getan, dass du wieder auf den richtigen Weg kommst. Und so dankst du es uns?« Er machte einige Schritte auf mich zu, packte mich an der Schulter und zerrte mich aus dem Bett. Obwohl er sehr viel kleiner und schmaler war als ich, traute ich mich nicht, mich ihm zu widersetzen. Dafür war ich seit meiner Kindheit zu sehr auf Flucht und Selbstschutz gepolt.

Ich machte einen Schritt zurück, und er sah mich angewidert an.

»Was ist nur aus dir geworden?«, flüsterte er mehr zu sich selbst als zu mir.

Trotzdem war es *mein* Herz, das unter seinen Worten brach.

Ja, was war nur aus mir geworden?

Ich war ein kleiner Junge gewesen, der von seinen Eltern in einen Rahmen gepresst wurde, ohne es zu merken. Und irgendwann hatte ich nicht mehr in diesen gepasst. Ich hatte mich entwickelt, aber über die Grenzen, die man mir gesetzt hatte, hinaus. Und dann hatte ich lernen müssen, dass die Liebe meiner Eltern nicht bedingungslos war, denn sie existierte nur innerhalb dieser Grenzen. Also hatte ich mich zurückgezogen. Weil ich nicht wusste, was ich tun oder wer ich sein sollte. Wollte ich sein, wer ich war? Oder war mir die Liebe und Anerkennung meiner Eltern wichtiger? War es wichtiger, in den Rahmen zu passen?

All diese Fragen hatten mich in den Wahnsinn getrieben.

Und hier war ich heute.

Ich war ruhig und meist in mich gekehrt, hatte Schwierigkeiten, mich selbst zu akzeptieren und konnte mich gleichzeitig nicht genug verleugnen, um meinen Eltern und ihren Wünschen gerecht zu werden.

Ich machte einen Spagat zwischen dem Leben, von dem ich wünschte, dass ich es hätte, und dem, das ich tatsächlich hatte. Ich wollte Anforderungen erfüllen und konnte es nicht.

All das hatte mich zu dem kaputten Mann gemacht, der ich heute war. Doch an Chris' Seite hatte ich mich gar nicht mehr so kaputt gefühlt. Im Gegenteil. Irgendwie hatte ich eine Weile sogar geglaubt, dass mit mir alles okay war.

Doch hier und jetzt schlug ich mit voller Härte auf dem Boden der Tatsachen auf. Nichts war okay. Da waren noch immer meine Eltern, denen ich nicht gerecht werden konnte, und die ich stets enttäuschte, wenn ich war, wie ich war. Gleichzeitig war es Gift für die Psyche eines Menschen, wenn er nicht zu sich selbst stand. Wenn er sich als jemanden ausgab, der er gar nicht war.

Das hier war meine Realität: ein auswegloses Labyrinth, hinter dessen Ecken Enttäuschung und Schmerz lauerten.

»Ich … Es tut mir so leid«, versuchte ich es, doch als ich die kalten Augen meines Vaters sah, wusste ich, dass nichts von dem, was ich sagte, bei ihm ankam.

»Pack deine Sachen«, forderte er.

Mir wurde schwer ums Herz. »Was?«

»Pack deine Sachen und verschwinde von hier! Du bist eine Schande für diese Familie! Ich stehe in Kirchen und predige, was richtig und was falsch ist. Die Leute hören mir zu. Und dann kommt ausgerechnet mein eigener Sohn daher und tut genau das, wovor ich die Menschen warne? Ich hab dafür kein Verständnis mehr. Die Grenzen meiner Geduld sind erreicht, verstanden? Deshalb wirst du jetzt gehen.«

Ich hatte nicht gewusst, dass Worte sich wie Messer anfühlen konnten, doch anscheinend ging es. Seine Worte stachen wieder und wieder in mein Herz.

»Bitte nicht, Dad«, flehte ich. Nicht, weil ich nicht ohne meine Eltern klarkommen würde. Ich war sicher, dass ich das könnte. Aber ich wollte nicht, dass das zwischen uns auf diese Art und Weise endete.

»Nenn mir einen Grund, aus dem ich meine Meinung ändern sollte!«, forderte er mit einer derart teilnahmslosen Stimme, als würde er nichts für mich empfinden.

»Weil ich dein Sohn bin.«

Er schnaubte verbittert. »Du irrst dich, wenn du denkst, dass das reicht. Wärst du wirklich mein Sohn, hättest du nicht solche Entscheidungen getroffen. Dann hättest du deine Mutter und mich nicht so verletzt.«

Ich fragte mich, ob ich ihn wirklich verletzt hatte oder ob er das nur sagte, weil es seine Argumentation untermauerte. Ja, er wirkte aufgebracht, aber er schien schon lange keine Gefühle mehr für mich gehabt zu haben. Zumindest keine, die über die Sorge hinausgingen, ich könnte seinen guten Ruf ruinieren.

Kurz überlegte ich, was ich noch sagen könnte, um ihn zu überzeugen. Doch als ich wahrnahm, wie er mich mit seinen Blicken quasi erdolchte, wusste ich, dass ich keine Chance mehr hatte.

Am meisten tat weh, dass ich meine Augen von ihm hatte.

Gewitterwolken.

»Du hast zehn Minuten«, sagte er und verschwand aus meinem Blickfeld.

Ich zog meinen Reisekoffer unterm Bett hervor und packte alles, was ich reinzwängen konnte, hinein. Es war komisch, doch es fühlte sich an, als würde ich versuchen, die letzten einundzwanzig Jahre meines Lebens auf einen kleinen Koffer zu begrenzen.

Und während ich das tat, wuchs mit jedem T-Shirt der Schmerz. Mit jeder Jogginghose die Schwere. Verdammt, selbst jede Socke war ein Stich ins Herz.

Kaum waren die zehn Minuten um, tauchte mein Vater wieder im Türrahmen auf. »Und jetzt verschwinde.«

Ich hob das Gepäck hoch und lief mit gesenktem Blick an ihm vorbei. Ich zog mir meine Schuhe an, öffnete die Tür und trat hinaus. Als ich meine ersten Schritte gemacht hatte, hörte ich meinen Vater noch mal meinen Namen sagen.

»Cohen?«

Ein dummer, naiver Teil von mir drehte sich um und hoffte, er würde mich doch noch bitten, zu bleiben. Doch dieser winzig kleine Funken Hoffnung wurde von der Dunkelheit verschluckt, die mein Vater ausstrahlte.

»Wag es ja nicht, jemandem, den wir kennen, von deinen Eskapaden zu erzählen. Verstanden?« Er wartete keine Antwort ab, sondern schlug die Tür vor meiner Nase zu.

Und ich … Ich lief die Straße entlang, mit nichts als einem Koffer voller schmerzhafter Erinnerungen an ein Leben, das mir wohl nicht mehr gehörte. Als ich um die Ecke bog, war dort eine kleine Bank, auf der ich mich niederließ. Und während meine Vergangenheit mein Herz in winzig kleine Fetzen riss, hoffte und betete ich, dass ich das alles irgendwie überstehen würde.

Ja, das Leben ging weiter.

Aber nur weil die Zeit weiter voranschritt, hieß es nicht, dass man noch lebte. Manchmal *über*lebte man einfach nur.

Doch das war nicht der Maßstab, den ich mir für meine Zukunft wünschte. Ich wollte nicht einfach nur irgendwie den Kopf über Wasser halten. Ich wollte schwimmen.

Nur fühlte es sich im Moment so an, als würde ich gnadenlos ertrinken, in dem Wasser, in das mein Vater mich hineingestoßen hatte.

KAPITEL 28

Chris

»Hey, hier ist die Mailbox von Cohen. Hinterlass mir gerne eine Nachricht«, hörte ich seine Stimme aus dem Hörer dringen. Es war schon das dritte Mal, dass ich ihn im Laufe der letzten zwei Stunden anrief, und wie immer sprang nur die Mailbox an.

Mit jeder Minute stieg der Druck in meinem Brustkorb ein wenig weiter an. Wie ging es ihm gerade? War alles in Ordnung? Wie hatten seine Eltern reagiert?

Wenn ich an die Art und Weise dachte, wie sie ihn angesehen hatten, befürchtete ich Schlimmes. Seine Mutter hatte wenigstens ehrlich betroffen ausgesehen, doch sein Vater? Er hatte seinem Sohn einen derart harten Blick zugeworfen, dass ich mich fragte, ob er überhaupt irgendetwas für ihn empfand.

Es war bestimmt schon die hundertste Nachricht, aber ich entschied mich, ihm trotzdem noch mal zu schreiben.

Ich; 13:11 Uhr
Ich mache mir langsam wirklich Sorgen.
Ist alles okay? Bitte melde dich!

Doch wie auch bei den Nachrichten und Anrufen zuvor erhielt ich keine Antwort. Kein Lebenszeichen.

Cohen war wie vom Erdboden verschluckt, und während er sicherlich durch seine eigene Hölle ging, verlor ich mich hier in meiner Sorge um ihn.

Und das Schlimmste daran? Ich war vollkommen machtlos. Mir blieb nichts anderes übrig, als zu warten und zu hoffen und zu beten. Doch mit jeder vergehenden Sekunde fühlte sich die ganze Situation ein wenig auswegloser an.

Cohen

Ich wusste, dass ich nichts falsch gemacht hatte. Es war mein gutes Recht, zu lieben, wen ich lieben wollte.

Wieso war ich dann trotzdem so beschämt?

Meine Eltern waren es, die so empfinden sollten. Und doch stand ich hier und versank in meiner Scham, weil ich eine derartige Enttäuschung für sie war.

Auch wenn gerade jeder einzelne trübe Gedanke wie ein Inferno in meinem Kopf wütete, versuchte ich, ihn beiseitezuschieben, als ich vor der hölzernen Tür stand und anklopfte.

Es dauerte keine fünf Sekunden, bis Sky mir die Tür öffnete. »Ach, Cohen. Hey«, sagte sie fröhlich, doch ihre Miene fiel in sich zusammen, als sie den Ausdruck auf meinem Gesicht bemerkte. »Alles in Ordnung? Was ist los?«

»Kann …« Die Worte blieben mir im Hals stecken, weil ich mich so unfassbar schwach fühlte. Als hätte ich versagt, weil ich in diesem Moment um Hilfe bitten musste. »Kann ich ein paar Tage hierbleiben?«

Ihre Züge wurden unendlich weich. »Du darfst bleiben, so lange du möchtest.«

»Baby, wer ist an der Tür?«, hörte ich Sams Stimme, noch bevor er bei uns angekommen war. Er stellte sich hinter Sky, zog sie behütend an sich – wie er es immer tat – und sah mich dann lächelnd an. »Ach, hey, Cohen. Schön, dass du da bist, Mann. Alles klar bei dir?«

Ich wollte antworten, dass alles klar war. Wollte zumindest für den Augenblick so tun, als wäre alles in Ordnung. Aber ich konnte es nicht.

Stattdessen kämpften sich all die Emotionen, die ich in den letzten Stunden zu unterdrücken versucht hatte, an die Oberfläche. Sie trafen mich mit der Wucht einer Abrissbirne und rissen die Mauern aus Ruhe und Gelassenheit, die ich mir in den letzten Jahren mühsam aufgebaut hatte, nieder.

Ich brach vor meinen Freunden in Tränen aus, schlug mir die Hände vors Gesicht und fühlte mit jedem Schluchzen, wie die Worte meiner Eltern mein Herz noch immer bluten ließen. Ich glaubte, dass Messer besonders wehtaten, wenn sie von den Menschen geführt wurden, die einen eigentlich vor der Welt beschützen sollten. Die einen am meisten lieben sollten.

Sky machte einen Schritt auf mich zu und nahm mich fest in den Arm. »Es wird alles wieder gut«, flüsterte sie, aber im Moment fiel es mir sehr schwer, daran zu glauben.

Ich erwiderte nichts, und das sorgte nur dafür, dass ihre Umarmung noch fester wurde. »Es wird alles wieder gut«, wiederholte sie wieder und wieder.

Irgendwann beruhigte ich mich ein wenig. Ich hatte keine Ahnung, ob es an Skys Worten lag oder daran, dass ich mich schlicht und ergreifend leer fühlte. Als hätte ich all die angestauten Emotionen auf einen Schlag entladen und nun nichts mehr in mir drin.

Nur Leere.

Eine Leere, in der hin und wieder Funken des Schmerzes aufblitzten, der mittlerweile einfach viel zu fest in mir verankert war.

Sky führte mich ins Wohnzimmer, wo wir uns auf die Couch setzten, während Sam meinen Koffer ins Gästezimmer brachte und sich dann zurückzog. Ich wusste es zu schätzen, dass er mir den Freiraum gab, unter vier Augen mit Sky zu sprechen, obwohl sie seine Freundin war.

»Was ist denn passiert?«, fragte Sky irgendwann vorsichtig. Sie legte ihre warme Hand auf meinen Unterarm, und seltsamerweise schenkte mir diese simple Geste ein wenig Trost. Sie war ein Zeichen dafür, dass ich nicht allein war. Dass da jemand an meiner Seite war, der mir beistand und mir zuhörte.

»Meine Eltern«, setzte ich an. Und dann erzählte ich Sky alles. Bisher hatte ich immer versucht, die Situation zu Hause vor meinen Freundinnen und Freunden runterzuspielen, weil es mir so unangenehm war, wie meine Eltern sich verhielten. Ja, bis zu einem gewissen Grad wussten sie ohnehin Bescheid. Schließlich hatten sie auch die Sache mit Liam mitbekommen. Aber ich hatte ihnen meist verheimlicht, wie schlimm es wirklich war. Wie meine Eltern damals auf Liam reagiert hatten. Wie sie mich seitdem unterdrückten.

Doch das spielte jetzt, wo ich vollkommen aufgelöst vor Skys Haustür gestanden hatte, keine Rolle mehr.

Ich berichtete ihr von meinen Eltern.

Dann erzählte ich ihr von Chris. Davon, wie wir uns angenähert hatten und wie gut wir uns jetzt verstanden. Und abschließend von dem, was vor ein paar Stunden vorgefallen war.

»Oh Gott, Cohen … Es tut mir wirklich unfassbar leid«, sagte sie und nahm mich wieder in den Arm. »Warum hast du denn nichts gesagt?«

»Weil es ohnehin nichts geändert hätte. Und weil es mir auch einfach ein wenig unangenehm war. Ich meine, ich müsste mich doch durchsetzen können, oder nicht? Ich bin ein erwachsener Mann. Was stimmt nicht mit mir?«

»Hör auf, so was zu sagen«, forderte Sky und löste sich von mir. In ihrem mitfühlenden Blick lag nun eine gewisse Strenge, die ich von ihr bisher nicht kannte. »Mit dir ist alles in Ordnung. Das Problem sind eher deine Eltern. Statt deine eigene kleine Welt der Sicherheit zu sein, hat ihre Welt dich verbogen. Das ist scheiße, aber ganz sicher nicht deine Schuld. Du gibst immer nur dein Bestes, und das wird immer gut genug sein.«

Es tat gut, diese Worte zu hören. Denn im Grunde wusste ich, dass sie recht hatte. Nur verlor man sich manchmal so sehr in negativen Gedanken, dass man sich selbst für alles die Schuld gab. »Danke, Sky.«

»Weißt du schon, wie es weitergehen soll?«

Ich zuckte mit den Schultern. Denn ich hatte mir darüber bisher keine Gedanken gemacht. Würde ich jetzt einfach versuchen, meine Eltern zu vergessen und mich auf Chris einzulassen? Oder sollte ich doch lieber das Gespräch mit ihnen suchen? Und ich musste auf jeden Fall nach einer eigenen Wohnung suchen, jetzt, wo ich keine mehr hatte. Verdammt, es stand so viel an, und ich hatte keine Ahnung, wie ich das bewältigen sollte.

»Wir kriegen das schon irgendwie hin«, antwortete Sky, als hätte sie meine Gedanken gelesen. »Du bist damit nicht allein. Du kommst irgendwie schon wieder auf die Beine. Und bis es so weit ist, kannst du so lange bleiben, wie du möchtest.«

Es war verglichen mit dem Chaos, das in mein Leben eingekehrt war, nicht viel, doch für den Moment reichte es, um mich ein wenig zu beruhigen. *Ich bin nicht allein.*

Daran hielt ich fest, als ich mich nach dem Gespräch mit Sky im Gästezimmer ihrer Wohnung einrichtete. Als ich am Abend in der Küche stand und ihr und Sam zum Dank ein Abendessen kochte. Ich hielt daran fest, als wir gemeinsam aßen und ich so tat, als käme ich mit der Situation klar.

Doch als ich dann nachts im Bett lag, war der ganze Schmerz zurück. Ich fühlte mich allein und verlassen. Hilflos, obwohl ich genau wusste, dass ich auf die Hilfe meiner Eltern gut verzichten konnte.

Ich spürte so viel Trauer, um die Vergangenheit, in der der glückliche, unbeschwerte Cohen gestorben war, und um die

Gegenwart, in der ich ein einundzwanzigjähriger Mann war, der nicht die geringste Ahnung vom Leben hatte. Ich wusste nicht, was oder wohin ich wollte und wie ich mich aus diesem Loch wieder rauskämpfen sollte.

Das Einzige, was ich wusste, war, dass meine Eltern mich hassten. Und obwohl es mir eigentlich egal sein sollte, weil sie meine Liebe nicht verdienten und ich ihre Anerkennung nicht brauchen sollte, war es das nicht.

Sie waren doch meine Eltern …

In dieser Nacht fand ich keine Ruhe. Jede Minute, in der ich nachdachte, ließ das Gewicht auf meinem Brustkorb nur noch schwerer werden. Und als es nicht mehr zu tragen war, weinte ich.

Ich war an einem Punkt, an dem ich nicht mal genau sagen konnte, wieso ich das tat. Ich weinte einfach, weil … alles zu viel war. Und weil mir nichts blieb, als zu hoffen, dass das vorbeiging, auch wenn ich noch keine Ahnung hatte, wie das funktionieren sollte.

KAPITEL 29

Chris

Es war Donnerstagabend, was bedeutete, dass Cohen heute seine Schicht im *House of Soul* hatte.

Ich hatte ihn die letzten Tage weder mit meinen Nachrichten noch mit meinen Anrufen erreicht und machte mir langsam ernsthafte Sorgen um ihn. Ja, ich konnte verstehen, dass er total zerstreut und niedergeschlagen war und Zeit für sich brauchte. Aber ich brauchte ein kleines Lebenszeichen von ihm, um zu wissen, dass er klarkam. Dass er nicht unter der Last, die das Leben ihm aufbürdete, wegbrach.

Also war ich hier in der Bar und steuerte auf die Theke zu. Doch kaum war ich da, erkannte ich, dass Cohen nicht dahinterstand. Ich warf einen fragenden Blick auf die Bühne zu Brook, die nur mit den Schultern zuckte.

Gerade, als ich mich wieder abwenden wollte, sah ich Dan, den Eigentümer vom *House of Soul*, mit einem Tablett in der Hand um die Ecke kommen. Er war ein hochgewachsener Mann Anfang dreißig, der durch sein perfekt sitzendes blondes Haar und das strahlende Lächeln auffiel.

Ich steuerte an heißen Körpern vorbei, die sich im Takt der Musik wiegten, bis ich bei Dan war und ihm auf die Schulter tippen konnte.

Er drehte sich zu mir um und setzte sein typisches Dan-

Lächeln auf. »Ach, Chris! Schön, dich zu sehen. Wie geht es dir?«

»Ganz gut, dir? Scheint viel los zu sein.«

»Das kannst du laut sagen. Und ich hab auch noch akuten Mitarbeitermangel. Sag mal, hättest du vielleicht Interesse, dir neben deinem Job noch ein wenig was dazuzuverdienen?«

»Ich bin mit meiner Arbeit leider schon genug eingespannt. Tut mir leid.«

Er grinste. »Einen Versuch war es wert. Kann ich sonst noch was für dich tun?«

»Ich wollte fragen, ob du Cohen die letzten Tage gesehen hast. Ich kann ihn irgendwie nicht erreichen, und hier scheint er auch nicht zu sein.«

Dan lud parallel die schmutzigen Gläser von einem Tisch auf sein Tablett und bedeutete mir, mit ihm Richtung Bar zu gehen, wo er es abstellte und die Gläser in die Spüle sortierte. »Er hat sich für diese Woche freigenommen. Irgendwas mit der Familie.«

»Verstehe. Kannst du mir Bescheid geben, wenn er hier auftaucht?«

»Ich werde mich melden.«

»Danke.« Ich verließ die Bar und fand mich ratlos auf der Straße stehend wieder. Wo konnte Cohen nur sein, wenn er weder zu Hause noch auf der Arbeit war?

Kaum hatte ich genauer über diese Frage nachgedacht, kam mir eine Idee, von der ich mich fragte, warum ich nicht schon früher darauf gekommen war.

Das ganze Fitnessstudio war wie leer gefegt um diese Uhrzeit. Bis auf die Mitarbeiter, die am Eingang hinter der Theke standen und sich unterhielten, war niemand zu hören.

Ich lief an den Geräten vorbei und steuerte auf den Freihantelbereich zu. Und kaum hatte ich ihn betreten, hörte ich Hanteln, die mit einem lauten Krachen zu Boden geworfen wurden.

Cohen.

Er stand schwer atmend vor der verspiegelten Wand und schien alles um sich herum auszublenden. Seine Augen waren auf den Boden gerichtet und die Schultern eingesackt. Da waren nur er und seine Welt aus Schmerz, die in jeder seiner Bewegungen durchschimmerte.

Nach ein paar Sekunden griff er nach den Kurzhanteln, die auf dem Boden lagen, und machte Bizepscurls, bis er kaum noch die Arme heben konnte. Sein Atem ging immer schwerer, und irgendwann lief ihm der Schweiß in Bahnen übers Gesicht, bevor sein Körper ihn zwang, die Hanteln endlich fallen zu lassen.

»Scheiße!«, zischte er und ließ sich auf den Hintern fallen. »Scheiße, scheiße, scheiße …«

Mein Herz brach, als ich ihn da so sitzen sah.

Seine sonstige Ruhe war nichts im Vergleich zu der zerstörerischen Stille, die ihn im Augenblick umgab.

Menschen glaubten oft, dass ein zu lauter Kopf, in dem zu viel Chaos herrschte, das Problem war. Aber sie hatten keine Ahnung, dass die leisen Köpfe wirklich verheerend waren. Denn wenn es wirklich ruhig war, gab es viel mehr Platz für einen einzigen negativen Gedanken, um sich zu entfalten. Aus einem Luftstoß konnte ein Sturm werden. Und ich konnte nur zu deutlich sehen, wie sich in Cohens Stille gerade etwas zusammenbraute.

Ich ging zu ihm, doch statt etwas zu sagen, setzte ich mich einfach nur hinter ihn und zog ihn an mich.

Irritiert blickte er über die Schulter, doch als er erkannte, dass ich es war, entspannte sich sein Körper. Er sackte gegen mich und gab seinen Gefühlen nach.

Ich lehnte meinen Kopf gegen seinen Rücken und hielt ihn fest. Kurz spürte ich, wie ein Zittern durch ihn zuckte, weshalb ich ihn noch fester drückte. »Hey, es ist alles gut, Cohen«, flüsterte ich und hoffte, er würde mir zumindest ein wenig glauben.

»Nichts ist gut«, erwiderte er mit rauer Stimme. »Und du kuschelst dich gerade an einen verschwitzten Mann.«

Ich lächelte, auch wenn er es nicht sehen konnte. »Das macht mir nichts. Ein wenig Schweiß hat noch niemanden umgebracht.« Obwohl ich das Gefühl hatte, dass das kaum noch ging, drückte ich ihn ein wenig fester. »Ich werde dich immer halten, wenn du mich brauchst«, versicherte ich ihm, weil ich das Gefühl hatte, dass er sich gerade schrecklich allein fühlte.

»Wie ist es dir in den letzten Tagen ergangen?«, fragte ich ihn, nachdem wir ein paar Herzschläge lang gemeinsam geschwiegen hatten.

»Nicht sonderlich gut. Aber ich bin froh, dass Sky und Sam mich fürs Erste aufgenommen und mir geholfen haben, wieder auf die Beine zu kommen.«

Ich war dankbar, dass wir so gute Freunde hatten, die uns auch in den schweren Stunden beistanden. »Das ist lieb von ihnen.«

Cohen seufzte. »Mir war es ehrlich gesagt ziemlich unangenehm.«

»Warum?«

»Weil ich wie ein Totalschaden vor ihrer Haustür stand und zusammengebrochen bin.«

Es tat mir im Herzen weh, dass Cohen so etwas durchmachen musste. Und dass er sich für schwach hielt, nur weil ihm Narben zugefügt wurden. Dabei waren sie ein Teil von ihm, für den er ja nicht einmal etwas konnte. Seine Wunden schmerzten, und das war alles die Schuld seiner Eltern.

»Es braucht dir nicht unangenehm zu sein. Dafür sind Freunde doch da. Jeder von uns würde dich in einer solchen Situation bei sich aufnehmen.«

»Fühlt sich nicht so an, als hätte ich es verdient.«

Ich drückte ihm einen Kuss auf sein Schulterblatt, das nicht vom Tanktop bedeckt war. »Du hast viel mehr als das verdient, Cohen.«

»Danke«, antwortete er, doch ich hörte, dass er selbst nicht daran glaubte.

Ich beschloss, bei ihm zu bleiben, bis er so weit war. Bis er selbst sehen konnte, dass er all die guten Dinge im Leben verdiente und sich nicht als unwürdig erwies, nur weil seine Eltern ihn verbogen hatten. »Wollen wir zu mir gehen? Da kannst du entspannt duschen, und wir können uns ein wenig unterhalten, wenn du das denn möchtest.«

Ein paar Atemzüge zögerte er. Dann nickte er, richtete sich auf und drehte sich in meine Richtung.

Ich sah die Dunkelheit, die schwer über seinem Herzen hing. Die Verzweiflung, den Kummer und den Schmerz. Doch hinter all den Gewitterwolken leuchtete ein kleiner Funke auf, als er sich vorlehnte und mich küsste.

Ein kleiner Funke in der Dunkelheit bedeutete, dass Cohen nicht verloren war.

Ein kleiner Funke in der Dunkelheit bedeutete Hoffnung.

Daran hielt ich fest, als ich seine Hand nahm und ihn zum Auto führte.

KAPITEL 30

Cohen

Als ich bei Chris unter der Dusche stand, versuchte ich mir neben dem Schweiß auch all die negativen Gedanken und Gefühle der letzten Tage von der Haut zu waschen. Nur leider erwiesen diese sich als deutlich hartnäckiger als erwartet.

Ich dachte immer, dass es die großen, tragischen Dinge des Lebens sein würden, die mich in Zukunft an diesen Bruch mit meinen Eltern erinnern würden. Aber das war nicht der Fall. Es waren die Kleinigkeiten, die sich wie winzige Nadelstiche in mein Innerstes bohrten und mich aufwühlten.

Zum Beispiel das Seifenstück an Chris' Waschbecken, das genau das Gleiche war, das meine Mom immer kaufte. Oder die silberne Dose der Diet Coke im Kühlschrank, die Dad fast zu jeder Mahlzeit trank.

Es war seltsam, wie Kleinigkeiten uns mit der Wucht eines Lastwagens treffen konnten.

Chris, Jacob und ich verbrachten den Abend auf der Couch und schauten irgendeinen Film, den ich kaum wahrnahm, weil mein Kopf so voll war. Dabei fiel mir auf, wie schweigsam Jacob war. Ich hatte keine Ahnung, ob Chris ihm etwas erzählt hatte, aber er schien zumindest zu spüren, dass irgendetwas nicht stimmte, weshalb er sich vergleichsweise wirklich ruhig verhielt.

Nach dem Film verabschiedete er sich und zog sich in sein Schlafzimmer zurück. Chris schaltete den Fernseher aus und fragte mich, ob ich über Nacht bleiben wollte.

Ich stimmte zu und gab Sky per SMS Bescheid.

Die letzten Nächte waren wirklich hart gewesen, und ich hatte das Gefühl, dass es mir guttun würde, Chris' warmen Körper beim Schlafen an meinem zu spüren. Ich fühlte mich in letzter Zeit oft einsam, doch Chris versuchte stets, mir das Gefühl zu geben, dass ich nicht allein war.

An Chris' Seite fiel mir das Atmen leichter. Wenn er bei mir war, war es nicht mehr, als würde ich ersticken. Seine mitfühlende Art, seine Unterstützung, die warmen braunen Augen … Plötzlich bekam ich wieder Luft.

Dieses Gefühl wollte ich auf keinen Fall wieder hergeben.

Also machten wir uns fertig und legten uns ins Bett.

Normalerweise liebte ich es, Chris an mich zu ziehen, wenn er mit dem Rücken zu mir lag. Aber heute Nacht wollte ich ihm ins Gesicht sehen. Ich wollte mich in der Kontur seiner Lippen, in seinen braunen Augen und dem wunderschönen Schwung seiner Augenbrauen verlieren. Ich wollte für eine Nacht so tun, als wäre alles okay. Als müsste ich mir über nichts Gedanken machen, weil es auf dieser Welt nur ihn und mich gab.

Doch das war gar nicht so leicht wie erhofft. Wenn ich Chris ansah, verspürte ich so etwas wie Ruhe, doch sobald ich die Augen auch nur für einen kurzen Moment schloss, war da wieder der Schmerz der letzten Tage. Über diesen Schmerz konnte selbst die Nähe von Chris' Körper nicht hinwegtäuschen.

Ja, es war wunderschön, wenn man Gefühle für jemanden entwickelte. Wenn man sich in einem Menschen verlor und alles um einen herum verblasste. Doch manche Schmerzen waren so tief in der Seele verankert, dass sie nicht verblassen oder vergessen werden konnten. Sie waren stets präsent, und ich fragte mich, wann es besser werden würde.

Wann würde ich endlich akzeptieren, dass meine Eltern kein Teil meines Lebens mehr waren?

Wann würde ich endlich akzeptieren, dass sie mich nicht mehr wollten, weil ich ihnen nicht gerecht werden konnte?

»Was ist los?«, flüsterte Chris plötzlich. Ich dachte, er würde schon schlafen, doch offenbar hatte er nur die Augen geschlossen.

»Ich denke nur ein wenig nach.«

»Worüber?«

»Über das Übliche«, erklärte ich und wusste, er würde verstehen, was ich meinte.

»Okay«, sagte er und rückte ein wenig näher. »Möchtest du darüber sprechen? Gibt es da noch irgendwas, das du mit mir teilen möchtest? Du bist hier sicher, Cohen. Du kannst loswerden, was auch immer du loswerden möchtest.«

»Meine Eltern ... Als ich dir davon erzählt habe, wie sehr ich unter ihnen litt, habe ich das Ganze vermutlich ziemlich runtergespielt.«

Chris runzelte die Stirn. Würden wir nicht inmitten eines ernsten Gespräches stecken, hätte das vermutlich ziemlich niedlich ausgesehen. »Inwiefern?«

»Sie haben mir ihren Glauben nicht einfach nur aufgedrängt. Sie haben mich praktisch gezwungen und mich auf Schritt und Tritt überwacht, damit ich mir auch ja keinen Ausrutscher erlaubte. *Warst du in der Kirche, Cohen? Hast du gebetet? Du solltest ihm um Gottes Willen verzeihen.* Und noch so viel mehr. Und als ich noch jünger war und nicht kooperiert habe, hatte das immer Konsequenzen. Sie haben mir das Handy weggenommen und mir alles, was ich liebte, verboten, bis ich mich wieder *richtig* verhielt. Mittlerweile bin ich zwar erwachsen, aber wenn sie mir gegenüberstehen, fühlt es sich noch immer so an, als würde der achtjährige Cohen in mir vollkommen durchdrehen. Als hätte er Angst vor den Auswirkungen, denen er viel zu oft ausgesetzt war.«

Chris legte seine Arme um mich. Sein Kopf lag an meiner Brust, und irgendwie beruhigte mich das. »Das alles tut mir so unfassbar leid. Ich wünschte, sie hätten dich nie so in die Ecke gedrängt, dass du die Kontrolle über dich selbst verlierst.«

»Ja, das wünschte ich auch. Weißt du, einmal habe ich es sogar gewagt, etwas zu tun, von dem ich genau wusste, dass es für sie das Schlimmste wäre«, fuhr ich fort, weil es gerade viel zu erleichternd war, mit Chris zu sprechen. Ich hatte wirklich das Gefühl, dass ich ihm vertrauen konnte. Dass er da war. Also gab es nichts mehr, was mich davon abhielt, ihm von Liam zu erzählen. »Ich habe bei einem Gottesdienst einen Typen kennengelernt. Liam. Wir saßen in der Kirche nebeneinander und haben uns dann im Anschluss draußen wiedergesehen, während wir auf unsere Eltern gewartet haben. Irgendwie waren wir in ein Gespräch verwickelt, und ich habe sofort gemerkt, dass er etwas an sich hat, was mir gefiel. Wir haben Nummern ausgetauscht und uns in der nächsten Zeit immer wieder heimlich getroffen. Es war wunderschön, meine ersten romantischen und körperlichen Erfahrungen zu sammeln, nachdem ich mich aus Angst all die Jahre bedeckt gehalten hatte. Aber irgendwann kam der Punkt, an dem Liam sich nicht mehr verstecken wollte. Er hatte seinen Eltern von uns erzählt, und obwohl sie derselben Glaubensgemeinschaft angehörten wie meine Eltern, haben sie ihren Sohn akzeptiert und geliebt. Sie haben einfach genau so reagiert, wie alle Eltern reagieren sollten, wenn ihr Kind sich vor ihnen outet. Und als das passiert ist, hat Liam plötzlich angefangen, mich zu bedrängen, dass ich es auch bei meinen Eltern ansprechen sollte, weil es sicherlich ebenso gut ausgehen würde wie bei ihm. Am Anfang hab ich mich dagegen gesperrt, weil ich ein schlechtes Bauchgefühl hatte. Doch irgendwann hab ich nachgegeben, weil Liam einfach nicht mehr lockergelassen hat.« Ich stoppte und atmete tief durch, als die Erinnerung an das Gespräch mit meinen Eltern sich an die Oberfläche meines Bewusstseins kämpfte.

Die Art, wie sie mich angesehen hatten. Wie sie reagiert hatten …

»Nimm dir die Zeit, die du brauchst«, riss Chris mich aus der Erinnerung. Er schmiegte sich mit dem Kopf noch enger an meine Brust und half mir so, ruhig zu werden.

Ich versuchte, an der Ruhe, die Chris für mich bedeutete, festzuhalten, als ich weitererzählte. »Ich habe meinen Eltern von meiner Homosexualität und von Liam erzählt, und sie haben ziemlich genau so reagiert, wie gegenüber dir und mir vor ein paar Tagen: Meine Mutter ist in Tränen ausgebrochen, und mein Vater hat mich seine geballte Wut spüren lassen. Es war ein ziemlich qualvolles Hin und Her, bis sie sich irgendwann gefangen haben und mir versicherten, dass es nur eine Phase sei. Dass ich auf den rechten Weg zurückfinden würde.«

Chris brachte ein wenig Abstand zwischen uns, um mir im Halbdunkel des Zimmers in die Augen sehen zu können. In seinen erkannte ich eine Wut, die ich von ihm bisher nicht kannte. »So ein Schwachsinn! Ich hasse es, wenn Menschen so tun, als wäre Sexualität nur eine Stimmungsschwankung. Da frage ich mich immer, ob Leute, die so was behaupten, irgendwann gezielt die Entscheidung getroffen haben, hetero zu sein. Oder ob sie ganz vergessen haben, dass sich die Sexualität einfach entwickelt hat. Es ist genauso wenig eine Entscheidung, wie die Hautfarbe oder die Körpergröße eine ist. In welcher Welt ist das eine Phase?«

Ich konnte Chris so gut verstehen, weil ich mich insgeheim schon hundertmal dasselbe gefragt hatte. »Ich weiß. Es ist leider jedes Mal das Gleiche, und manchmal frage ich mich auch, ob es sich je ändern wird.«

»Ich hoffe es.«

»Ich auch.«

»Was ist dann passiert?«, fragte Chris schließlich.

»Der Kontrollwahn meiner Eltern hatte einen neuen Höhepunkt erreicht, an dem er tatsächlich bis heute stagniert. Mit der Zeit wurde es ziemlich unangenehm, aber Liam und ich haben es geschafft, uns weiterhin heimlich zu sehen. Bei ihm habe ich mich sicher und wie ich selbst gefühlt. Bis ich ihn irgendwann mit einem Abendessen überraschen wollte und ihn mit einem anderen im Bett erwischt habe.«

»Was?«, platzte es ungläubig aus Chris heraus.

Ich nickte. »Ich habe mich für diesen Scheißkerl geoutet und mir den ganzen Stress mit meinen Eltern angetan, und er hat mich bei der nächstbesten Gelegenheit betrogen. Er meinte, er würde es auf Dauer nicht mit mir aushalten, da ich ihm mit meinen Eltern keine stabile Familiensituation würde bieten können.«

»Was für ein Pfosten! Datet er dich oder deine Eltern?«

»Es war wohl für ihn die beste Ausrede, um nicht mehr für uns kämpfen zu müssen. Er wollte anscheinend lieber eine bequeme Art der Liebe statt eine mühselige.«

»Liebe ist nie einfach«, widersprach Chris.

»Nein, das ist sie nicht. Aber Liam wollte zumindest versuchen, es sich so leicht wie möglich zu machen.«

»So ein Arschloch!«

Unangemessenerweise lächelte ich, weil Chris sich wirklich für mich aufregte. »Ja, das war er.«

Er kuschelte sich wieder an mich.

»Ich fühle mich derzeit wie in einem dunklen Tunnel. Es passiert so viel, und ich hab gar keine Ahnung, wie ich das alles verarbeiten soll. Es tut einfach weh, wenn man von seinen eigenen Eltern für das, was man ist, verurteilt wird.«

Chris fuhr mit seinen Fingern vorsichtig meinen Arm entlang. »Ich kann das total verstehen. Du hast jahrelang unter Spannung gestanden, weil du wusstest, dass es irgendwann krachen könnte, wenn deine Eltern die Wahrheit erfahren. Und jetzt ist es ganz ungeplant so weit gekommen. Da fühlt man sich nun mal ein wenig verloren, weil all diese Horrorszenarien nicht mehr nur im eigenen Kopf existieren, sondern die

Wirklichkeit sind. Plötzlich steckt man einfach inmitten seiner eigenen finsteren Nacht. Aber lass mich dir eins versprechen: Das alles wird keine Rolle mehr spielen, wenn der Morgen anbricht«, versicherte er und hielt meine Hand.

»Ich hoffe so sehr, dass du recht behältst.«

Kurz zögerte Chris. Dann rückte er von mir ab und nahm mein Gesicht in seine Hände. Das Braun seiner Augen traf auf die stürmischen Gewitterwolken in meinen. »Und wenn ich dir noch etwas sagen darf: Ich finde es wahnsinnig beeindruckend, wie du mit all diesen Dingen umgegangen bist. Du wurdest von deinen Eltern unterdrückt und von deinem Ex-Freund gedemütigt. Trotzdem hast du nicht auf die Bremse getreten, als wir uns näher kennengelernt haben. Im Gegenteil. Obwohl du damit bisher nur schlechte Erfahrungen gesammelt hast, hast du dich auf mich eingelassen. Du wusstest, was es bedeuten könnte, und hast es dennoch gemacht. Das finde ich mutig.«

Ich konnte nicht anders, als zu lächeln. »Manchmal hat man nun mal das Gefühl, dass es sich lohnen könnte.«

Chris' Gesicht kam meinem näher. Seine Lippen verharrten wenige Millimeter vor meinen und streiften sie einmal kurz. »Und? Hat es das?«

»Mit dir wird es sich immer lohnen«, antwortete ich.

Chris

Und dann küsste er mich.

Cohen, der Mann, dessen viel zu laute Stille ihn fast in den Wahnsinn trieb, küsste mich. Und, verdammt, in diesem Moment wusste ich, dass ich diese Erfahrung nie wieder mit jemand anderem machen wollte.

In den letzten Minuten hatte er mir alles von sich gezeigt. All die Wunden und Narben, die er sonst vor der Welt zu verstecken versuchte. All das Leid, das seine Eltern über Jahre in ihm gesät hatten.

Ich hatte nun all diese Dinge gesehen, und obwohl mein Herz für Cohen brach, fühlte ich mich ihm noch tiefer verbunden als ohnehin schon.

Er hatte keine Ahnung, wie viel es mir bedeutete, dass er sich mir anvertraut hatte, damit ich ihn verstehen konnte. Aber ich versuchte, es ihm mit jedem Kuss zu zeigen. In jeden einzelnen legte ich all die Wärme hinein, die ich für ihn empfand. Und während ich das tat, spürte ich zum ersten Mal selbst, wie wichtig Cohen mir geworden war.

Er schob einen Arm unter mich und zog mich dann mühelos auf sich, ohne unsere Küsse zu unterbrechen. Dann fuhr er mit seinen Händen über meinen Rücken und meine Schulterblätter, zog langsame Kreise, die eine Gänsehaut über meinen ganzen Körper jagten.

Als wir uns kurz voneinander lösten und uns gegenseitig in die Augen sahen, war ich sicher, wir spürten beide, worauf das hier hinauslief. Mit einem Mal war all die Schwere zwischen uns verschwunden.

Mit dir wird es sich immer lohnen.

Obwohl wir in den letzten Minuten über so viele ernste Themen gesprochen hatten, waren das im Augenblick die einzigen Worte, auf die ich mich fokussieren konnte.

Ich fuhr mit meinen Händen über Cohens breite Brust und ertastete seine Muskeln, und obwohl sein T-Shirt mir den Weg versperrte, nahm ich wahr, wie sein Atem zittrig wurde. Als würde er meine Berührungen Haut an Haut spüren.

Ein paar Herzschläge regte Cohen sich nicht. Doch dann richtete er sich ein wenig auf, legte eine Hand in meinen Nacken und zog mich für einen weiteren Kuss zu sich herunter. Unsere Lippen trafen aufeinander, und die Intensität dieses

Augenblicks ließ mich kurz stocken. Als hätte ich etwas in ihm geweckt, waren seine Berührungen nun nicht mehr bloß sanft und liebevoll. Sie waren roh. Fast schon ein wenig wild.

Und ich war überrascht, wie gut mir das gefiel.

»Ich liebe es, wenn du mich so berührst«, raunte er, bevor er sich das T-Shirt über den Kopf zog.

Cohen setzte sich auf, mich noch immer auf seinem Schoß, und legte eine Hand auf meinen Rücken. Auf einen Schlag zog er mich so nah an sich heran, dass er meinen Hals mit seinem Mund erreichen konnte. Und dann fing er an, sich der empfindlichen Haut zu widmen. Er küsste, leckte und knabberte und trieb mich damit in den Wahnsinn.

»Verdammt, Cohen«, fluchte ich und krallte mich in seine Schultern. Meine Hände wanderten von den Schultern weiter zu den Armen, die mich hielten. Über seinen Rücken. Den oberen Ansatz seiner Brust. Ich konnte einfach nicht genug von seinem wunderschönen Körper bekommen, und er liebte es sichtlich, wenn ich ihn auf diese Art und Weise berührte.

Forschend.

Fast schon anhimmelnd.

Ich griff in sein Haar und flüsterte dann in sein Ohr: »Du bist so verdammt heiß!«

»Gott, und du erst«, antwortete er an meinem Hals und löste sich dann ein wenig von mir. Er atmete schwer, und seine Pupillen waren geweitet. »Darf ich?«, fragte er und zog am Saum meines T-Shirts.

»Klar«, sagte ich und saß nur wenige Sekunden später oberkörperfrei auf ihm.

Fast schon ehrfürchtig ließ Cohen seinen Blick über meinen Oberkörper gleiten. Dann seine Finger, die in sanften Linien über mich strichen. »Chris, du bist … einfach alles.«

Ein Gefühl von intensiver Wärme breitete sich in meinem Bauch aus.

Cohens gieriger Ausdruck verwandelte sich in ein warmes Lächeln. Dann beugte er sich wieder zu mir, um mir einen sanften Kuss zu geben. »Ich will … Nein. Ich *brauche* so viel mehr von dir.«

»Nimm dir alles, was du willst«, wisperte ich an seinen Lippen.

Und das tat er.

Als hätte dieser kleine Moment der Ruhe zwischen uns nicht existiert, kehrte das Verlangen in Cohens Blick zurück. Er packte mich und wirbelte mich herum, sodass ich nun auf dem Rücken auf der Matratze lag. Er thronte über mir, führte seine Lippen zu meinem Hals und machte dort weiter, wo er aufgehört hatte.

Mit einem Mal schoss anstelle von Blut flüssige Hitze durch meine Adern. Ich legte meine Hände auf Cohens breiten Rücken und hielt mich fest. Je größer der Druck wurde, desto tiefer bohrte ich meine Finger in seine Haut. Bis er meine Arme packte und meine Handgelenke über meinem Kopf mit nur einer Hand in die Matratze drückte. Ein teuflischer Ausdruck erschien auf seinem Gesicht, als seine Lippen ihren Weg fortsetzten, hinab zu meiner Brust, wo sie ihre Linien zogen.

Ich wand mich unter seiner Berührung, konnte mich aber nicht aus seinem Griff befreien. Dafür war er einfach zu stark, und diese Tatsache schien er nur allzu gerne auszunutzen. Ich spürte sein Grinsen an meiner Haut, als er sich immer weiter hinabküsste, bis er den Bund meiner Boxershorts streifte.

»Ja, bitte«, flehte ich und hob ihm meine Hüfte entgegen.

Er lachte und richtete sich auf, um mir in die Augen zu sehen. Dann führte er seine Hand zwischen meine Beine, umfasste durch die Pyjamahose hindurch meine Erektion und massierte sie. »Gefällt dir das?«

»Ja«, seufzte ich und bäumte mich seiner Berührung entgegen.

Auf diese Art und Weise mit Cohen intim zu sein, war eine völlig neue Erfahrung für mich. Obwohl ich sowohl auf Frauen als auch auf Männer stand, hatte sich Sex für mich häufiger mit Frauen ergeben. Und wenn ich mit Frauen zusammen gewesen war, waren diese oft passiv gewesen und hatten sich nach mir gerichtet. Genau wie die wenigen Typen, mit denen ich geschlafen hatte. Aber mit Cohen war es anders. Er war mir physisch überlegen und kontrollierte die Situation, während ich mich zurücklehnte und mich mitreißen ließ.

Ich ließ mich fallen.

Und obwohl es ungewohnt war, liebte ich alles daran. Weil ich Cohen vertraute. Weil ich wusste, egal wie sehr ich mich ihm im Bett unterordnete, er würde nie etwas tun, was mir nicht gefiel. Sich auf diese Art und Weise einem Menschen hingeben zu können, war eine Erfahrung, die ich jedem wünschte.

Cohen lächelte zufrieden. Dann ließ er von mir ab, nur um mit der Hand an den Bund meiner Hose zu fassen, die Schleife mit einer geschickten Bewegung zu lösen und sie auf den Boden zu werfen.

Cohen sah mich abwartend an, als wollte er sichergehen, dass ich mich derartig entblößt wohlfühlte.

Ich nickte ihm zu.

Mehr brauchte er nicht, um den Kopf zu senken und Küsse auf die Innenseite meiner Beine zu hauchen. Zarte, geschickte Küsse, die sich langsam ihren Weg nach oben bahnten.

Und als er endlich oben ankam, nahm er mich in den Mund, ohne zu zögern.

»Fuck, Cohen«, stöhnte ich und vergrub meine Finger in seinen Haaren. Ich berührte seinen Kopf und zeigte ihm, wie ich es mochte.

Es dauerte nicht lange, da hatte er den perfekten Rhythmus, die richtige Intensität gefunden, um mich in den Wahnsinn zu treiben.

Ich spürte, wie ich mit jeder Sekunde ein wenig näher auf meinen Höhepunkt zusteuerte. Und, verdammt, so gut wie Cohen das machte, konnte es nur noch eine Frage von Sekunden sein. »Ich glaube, ich komme gleich«, warnte ich ihn vor. Doch zu meiner Enttäuschung ließ er von mir ab. »Hey, ich …«, wollte ich protestieren, doch er unterbrach mich, indem er sich zu mir vorbeugte und mich küsste.

»Ich will noch mehr von dir«, wisperte er an meinen Lippen. »Natürlich nur, falls du dich dazu bereit fühlst.«

Ich war Cohen sehr dankbar, dass er mich nicht dazu drängte, sondern mir die Möglichkeit einräumte, eine Entscheidung zu treffen. Denn es war zwar schön, auf diese Art und Weise mit einem anderen Mann intim zu sein, aber es war schlicht und ergreifend nicht immer passend. Manchmal fühlte man sich körperlich einfach nicht danach, manchmal fühlte man sich an dem Ort nicht wohl, und beides war vollkommen in Ordnung.

»Irgendwann«, flüsterte ich und legte eine Hand auf meinen Bauch. »Heute ist dafür glaube ich kein guter Tag.«

Wieder schenkte Cohen mir ein warmes, verständnisvolles Lächeln. »Kein Problem. Zum Glück gibt es ja auch noch andere Methoden, dich glücklich zu machen.« Bevor ich wusste, wie mir geschah, spürte ich Cohens Mund wieder zwischen meinen Beinen. Er machte genau dort weiter, wo er vorhin aufgehört hatte.

Ich krallte die Hände in die Bettdecke und spürte, wie Cohen mich in rasantem Tempo dem Abgrund entgegentrieb.

»Hör bitte nicht auf«, flehte ich, und er kam meiner Bitte nach.

Als ich meinen Höhepunkt erreichte, hatte ich das Gefühl, dass sich alles um mich herum in Luft auflöste. Da war nur noch die schönste Art von Leere, und mittendrin Cohen.

Immer nur Cohen.

Ohne ein Wort zu sagen, stand er auf und holte ein Taschentuch, um das Sperma von meinem Oberkörper zu wischen, als wäre es das Selbstverständlichste der Welt. Als hätten wir das schon hundertmal so gemacht. Dann setzte er sich neben mich auf die Bettkante, legte einen Arm um meine Taille und zog mich dicht an sich heran.

Ich kuschelte mich an seine breite Brust und spürte seinen Herzschlag. Aus irgendeinem Grund hatte ich damit gerechnet, dass sein Herz wahnsinnig schnell schlagen würde, doch das Gegenteil war der Fall.

Also kuschelte ich mich in dieser Nacht besonders eng an ihn. Wortlos legten wir uns hin, und er zog mich in seine Arme. Sein Duft und die Hitze, die von seinem Körper ausgingen, waren das Letzte, was ich wahrnahm, als ich einschlief.

Und als ich am nächsten Morgen aufwachte, noch immer in Cohens Armen, bekam ich das erste Mal eine Vorstellung davon, wie sich innerer Frieden anfühlen musste. Ich hoffte so sehr, dass auch ich Cohen dieses Gefühl geben konnte. Dass auch er trotz der Stürme, die sein Leben derzeit verwüsteten, in meiner Nähe ein wenig Ruhe fand.

KAPITEL 31

Chris

»Wie genau sieht euer Plan für heute aus?«, fragte ich Cohen, als er bei mir im Flur stand und sich die Schuhe anzog, um sich auf den Weg zu Sam und Sky zu machen.

Er wohnte mittlerweile seit einer Woche bei ihnen, und obwohl ich ihm angeboten hatte, bei mir zu bleiben, hatte er abgelehnt und sich weiterhin für Skys Gästezimmer entschieden. Zwar machte mich das ein wenig traurig, aber ich konnte seine Entscheidung verstehen. Das, was zwischen uns war, war noch zu neu und zerbrechlich, um es durch ein Zusammenwohnen direkt zu belasten. Schließlich stellte einen das vor ganz neue Herausforderungen. Und wir hatten schon jetzt alle Hände voll damit zu tun, unsere aktuellen Probleme zu bewältigen.

»Sky und ich wollten noch einige Wohnungsanzeigen durchgehen, in der Hoffnung, bald was Vernünftiges für mich zu finden. Der Wohnungsmarkt in San Francisco ist ziemlich angespannt, und jede halbwegs passende Wohnung war bisher unbezahlbar für mich. Aber das wird sicherlich.«

Obwohl er sich an einem Lächeln versuchte, sah ich die Verzweiflung dahinter.

Es war deutlich spürbar, wie sehr seine Hilfsbedürftigkeit an seinem Ego kratzte.

»Ich drücke dir die Daumen, dass du ganz bald etwas findest«, sagte ich und machte einen Schritt auf ihn zu, um ihn zu küssen.

Er erwiderte den Kuss und lächelte mich an, als wir uns wieder voneinander lösten. »Danke.«

»Soll ich euch bei der Suche helfen?«, fragte ich, weil ich das Gefühl hatte, dass ich ihn unterstützen musste.

»Alles gut, du musst zur Arbeit.«

»Aber vielleicht würde es was bringen, wenn ich auch die Augen und Ohren offen halte«, versuchte ich es erneut, diesmal hörbar aufgewühlt. Weil es sich in solchen Momenten noch immer anfühlte, als würde ich einer Verantwortung nicht nachkommen. Als müsste ich etwas tun, um zu helfen, damit ich meiner Verpflichtung gerecht werden konnte.

Als spürte er das, nahm Cohen mein Gesicht in seine Hände und sah mir tief in die Augen. Allein sein Blick genügte schon, um die Unruhe in meinem Herzen ein wenig zu besänftigen. »Ich sehe dich. Ich schätze dich. Und dafür musst du nichts tun«, wiederholte er die Worte, die er schon damals zu mir gesagt hatte. »Du bist nicht für mich verantwortlich, Chris.«

Mein Atem wurde ruhiger.

Er sah mich.

Er schätzte mich.

Und dafür musste ich nichts tun.

Im Kopf sagte ich diese Worte wie ein Mantra auf. Und zumindest für den Moment half es mir, mich ein wenig zu beruhigen.

»Wir müssen langsam los. Sonst kommst du zu spät zur Arbeit«, flüsterte er nach ein paar Sekunden.

Widerwillig löste ich mich von ihm. »Ja, du hast recht.«

Wir gingen gemeinsam hinunter und verabschiedeten uns vor der Tür. Dann machte er sich auf den Weg zu Sky und Sam, während ich zur Praxis fuhr.

Auf der Arbeit ging es heute vergleichsweise entspannt zu. Den Vormittag über hatte ich nur eine Handvoll Patientinnen und Patienten auf dem Plan, bei denen ich bloß Routinebehandlungen durchführte. Zum Glück nichts Neues, worin ich mich erst hätte einlesen müssen, denn mit dem Kopf war ich den ganzen Tag bei Cohen.

»Erde an Chris«, sagte Jacob plötzlich und wedelte mit der Hand vor meinem Gesicht herum.

Ich zuckte zusammen und sah meinem besten Freund dann in die Augen. »Ja?«

»Was ist los? Du hörst mir schon die ganze Zeit nicht zu.«

»Tut mir leid, ich war ein wenig abgelenkt«, entschuldigte ich mich und rührte mit dem Löffel weiter in dem Müsli rum, das schon seit fünf Minuten unangetastet vor mir stand. »Was hast du gesagt?«

»Nicht so wichtig. Hab nur von einer Behandlung heute Morgen erzählt. Was ist bei dir im Kopf los?«, lenkte er die Aufmerksamkeit stattdessen auf mich.

Ich hatte keine Ahnung, ob ich mit Jacob darüber sprechen wollte. Schließlich waren es Cohens Angelegenheiten, von denen ich nicht glaubte, dass er wollte, dass jeder Bescheid wusste. Aber auch ich war davon betroffen – zumindest emotional. Vielleicht konnte ich ja mit Jacob das Gespräch führen, ohne zu viel von Cohen preiszugeben.

»Ich mache mir nur ein wenig Sorgen um Cohen. Er macht gerade eine schwierige Zeit durch. Das ist alles.«

Jacob nickte verständnisvoll. »Das scheint dich ziemlich mitzunehmen.«

»Ja, tut es.«

»Weil du was für Cohen empfindest, richtig?«

»Ja, ich empfinde etwas für ihn.« Es fühlte sich ein wenig seltsam an, diese Worte laut auszusprechen, weil ich es noch nie jemandem gegenüber zugegeben hatte. Und weil es das alles noch viel realer machte. Trotzdem war es fast schon befreiend, zuzugeben, was ich insgeheim schon längst für mich selbst festgestellt hatte.

Jacob grinste. »Das freut mich für dich, Mann. Ich hoffe sehr, dass das mit euch funktioniert.«

»Danke, Jacob.«

»Und mach dir nicht so viele Gedanken. Harte Phasen gehören bei so was einfach dazu. Aber ich bin sicher, dass ihr das hinkriegt.«

»Ich hoffe es«, seufzte ich.

»Sei einfach für ihn da, aber ohne ihm seinen Freiraum zu nehmen. Sei so, wie du immer bist. Dann kann nicht viel schiefgehen.«

Manchmal überraschte Jacob mich. Nach außen zeigte er diese Fassade des oberflächlichen, selbstbewussten Mannes derart überzeugend, dass ich manchmal vergaß, wie viel wirklich in ihm steckte. Dass er nicht nur mich um Ratschläge bat, sondern selbst eine genauso gute Unterstützung sein konnte. Er war ein wahrer bester Freund, für den ich dankbarer war, als ich meist zeigte.

Und hier und jetzt hoffte ich, dass er recht behalten würde.

»Mach dir nicht so einen Kopf«, wiederholte er, als hätte er meine Gedanken gelesen. Er zwinkerte mir zu. »Das wird schon.«

Ich beschloss, ihm zu glauben.

KAPITEL 32

Chris

Die nächsten Wochen und Monate waren eine große Herausforderung für Cohen.

Er hatte vergeblich Tage damit verbracht, eine passende Wohnung zu finden. Und manchmal gelang es selbst ihm nicht, seinen Frust zu verbergen.

»Ich glaube, ich muss für den Rest meines Lebens bei Sam und Sky leben. Keine Ahnung, wie lange ich das noch aushalte, so in der Luft zu hängen«, hatte er einmal gesagt.

Ich hatte ihn nur in den Arm genommen und ihm versichert, dass alles gut werden würde. Dabei fiel es mir selbst schwer, daran zu glauben, wenn ich auf all die Rückschläge der letzten Zeit blickte.

Als ich merkte, dass Cohen sich langsam nicht mehr bei Sam und Sky wohlfühlte, hatte ich ihn unter einem Vorwand bei mir einquartiert. Es war schön, dass Cohen in meiner Nähe ausgelassener war. Dass er sich halbwegs zu Hause fühlte.

Dennoch spürte ich seinen immer größer werdenden Wunsch nach etwas Eigenem. Einem eigenen Zuhause, in dem er sich zurückziehen und sich frei entfalten konnte.

Irgendwann kam dann der Tag, an dem er auf eine für ihn perfekte Wohnung stieß. Sie war nicht sonderlich groß und auch nicht gerade modern. Aber sie war gemütlich, hatte eine gute Lage und war bezahlbar. Genau, was Cohen gesucht hatte.

Als er den Mietvertrag unterschrieb, konnte ich förmlich sehen, wie ihm ein Stein vom Herzen fiel. Seine sonst so angespannte Haltung wurde ein wenig lockerer. Verzweiflung und Frustration verschwanden aus seinen Gesichtszügen. Stattdessen war da jetzt dieses Lächeln, wenn er jemandem erzählte, dass er eine Wohnung gefunden hatte.

Und wir, seine Freunde, halfen ihm, aus dieser Wohnung ein Zuhause zu machen.

An einem Nachmittag gingen er und ich gemeinsam in ein kleines Möbelhaus, das vor allem eine beachtliche Auswahl an gut erhaltenen Secondhandmöbeln hatte. Cohen verdiente zwar ganz gut, gerade wenn man das ganze Trinkgeld berücksichtigte, aber die erste Miete sowie die Kaution hatten seinem Konto einen ordentlichen Dämpfer verpasst. Zumindest bei den Möbeln mussten wir also zusehen, dass wir ihn nicht in Unkosten stürzten.

Wir richteten die Wohnung unter Anweisung von Sam, dessen Job uns hier zugutekam, ein.

»Du hast wirklich schon genug getan«, sagte Cohen, als ich zwei Wochen später mit einer Kiste voller Dekoartikeln vor seiner Tür stand. Er schenkte mir ein dankbares Lächeln, auch wenn ich sehen konnte, dass es ihm unangenehm war, so viel Unterstützung anzunehmen.

Ich winkte ab und trat ein. »Mach dich nicht lächerlich. Es sind doch nur ein paar Pflanzen, Töpfe und Vasen. Du weißt schon, um ein wenig Leben in die Bude zu bringen.« Ich ging in sein Wohnzimmer, wo ich auf den freien Flächen seines Regals ein paar kleine Topfpflanzen abstellte. Zentral auf dem Couchtisch positionierte ich eine gläserne Vase, in der sich derzeit noch Plastikrosen befanden. Als ich fertig war, drehte ich mich einmal im Kreis und betrachtete zufrieden das Ergebnis.

Cohen stellte sich hinter mich und hauchte mir einen zarten Kuss auf den Nacken. »Es ist so viel schöner geworden, als ich es mir ausgemalt hatte.«

Er hatte recht. Es war nicht die größte oder teuerste Wohnung. Aber wir hatten aus diesen vier Wänden ein wunderschönes Zuhause geschaffen.

Ein Zuhause, in dem Cohen sich im Laufe der nächsten Wochen immer besser einlebte. Es war beeindruckend, wie er es geschafft hatte, seinen Alltag zu perfektionieren. Sein Job, der Sport, Haushalt und Kochen. Nichts kam zu kurz.

Cohen blühte auf. Ich hasste es, dass seine Eltern ihn so lange kleingehalten und ihm so viel Kontrolle über sein Leben genommen hatten. Aber jetzt war seine Zeit gekommen, und er zeigte allen, wie gut er zurechtkam.

Dennoch spürte ich mit jeder vergehenden Woche, mit jedem vergehenden Monat, dass Cohen nicht komplett glücklich war. Dass ihn etwas belastete, worüber er selbst mit mir nicht sprach.

Eines Abends war ich in Cohens gemütlicher Leseecke eingeschlafen, als mein Telefon geklingelt und mich aufgeweckt hatte. Kieran, ein Freund, den ich vor einigen Monaten auf einer kleinen Reise kennengelernt hatte, rief mich an.

Wir unterhielten uns, und er erzählte mir von den Dingen, die er in den letzten Monaten erlebt und erreicht hatte. Es war total schön, nach all der Zeit wieder etwas von ihm zu hören.

»Gute Nacht. Und, Kieran?«, sagte ich, nachdem wir uns ausgetauscht hatten.

»Ja?«

»Ich bin stolz auf dich.«

Wir legten auf, und ich ging ins Schlafzimmer, um nach Cohen zu sehen.

Er saß auf der Kante seines Bettes, den Rücken zu mir, sodass er mich nicht reinkommen sah, und schaute sich etwas auf seinem Handy an. Erst als ich ein wenig näher kam, erkannte ich, dass es alte Familienfotos waren.

Cohens Sehnsucht nach seiner Familie brach mir das Herz. Wie konnte es sein, dass wir Menschen vermissten, die uns nicht guttaten?

Ohne etwas zu sagen, setzte ich mich neben ihn und lehnte mich an ihn. Vielleicht konnte ich nicht viel für ihn tun, aber ich konnte zumindest da sein.

Cohen hauchte einen Kuss auf meinen Scheitel und scrollte dann weiter durch die Fotos. Er ließ mich an diesem Teil seiner Vergangenheit teilhaben. Und obwohl ich bisher davon ausgegangen war, dass das Leben mit seinen Eltern die reinste Hölle gewesen sein musste, erkannte ich auf diesen Aufnahmen nun auch schöne gemeinsame Momente aus seiner Jugend. Geburtstage. Ausflüge. Gemeinsame Feste.

Womöglich lag genau dort das Problem. Die Dinge waren nicht so schwarz-weiß, wie ich sie als Außenstehender wahrgenommen hatte. Es gab nicht nur all die negativen Einflüsse, die seine Eltern ausgeübt hatten. Da waren auch schöne Momente gewesen. Und mit seinen Eltern zu brechen und sie endgültig loszulassen, bedeutete auch, die ganzen guten Momente gehen zu lassen.

Ich wollte mir kaum ausmalen, wie schwer das für Cohen sein musste.

»Manchmal fehlen sie mir wirklich sehr«, flüsterte er in diesem Moment und wischte zum nächsten Bild.

Ich kuschelte mich noch enger an ihn. »Ich weiß. Ich wünschte, ich könnte irgendetwas tun, um dir damit zu helfen.«

»Du hilfst mir schon mehr, als du denkst«, antwortete er nur und legte das Handy beiseite. Dann schob er einen Arm unter meine Beine, um mich näher zu sich zu ziehen und mich dann an sich zu drücken. »Im Ernst. Ich weiß nicht, was ich in den letzten Monaten ohne dich gemacht hätte.«

»Das war das Mindeste. Du bist schließlich nicht irgendwer.«

Zur Antwort küsste er mich. Seine weichen Lippen lagen auf meinen, während die Stoppeln seines Bartes sanft über meine

Haut kratzten. »Du bist für mich auch nicht irgendwer«, flüsterte er zwischen zwei Küssen.

Aus stürmischen Küssen wurde irgendwann das Verlieren von Kleidung. Und als wir miteinander schliefen, hatte ich das Gefühl, dass Cohen sich an mich und meinen Körper, an den Sex klammerte, um nicht in seiner Trauer zu versinken.

Manchmal war das okay.

Manchmal durfte man sich auf diese Art und Weise von seiner Trauer ablenken.

Aber als wir später im Bett lagen und ich merkte, wie Cohen statt zu schlafen aus dem Fenster blickte und nachdachte, wusste ich, dass sich etwas ändern musste.

»Woran denkst du?«, wollte ich wissen.

»Meinst du, ich sollte noch einmal versuchen, mit ihnen zu sprechen? Vielleicht bringt es ja etwas.«

Ich hatte keine Ahnung, was mir mehr wehtat. Die leise, verzweifelte Hoffnung in Cohens Stimme oder die Vorstellung, wie dieses Gespräch ausgehen könnte.

Alles in mir verlangte danach, ihm von diesem Gespräch abzuraten. Aber auf der anderen Seite war klar zu erkennen, wie sehr er seinen Eltern nachtrauerte. Wie sehr sie noch immer seine Gedanken beherrschten. Konnte es da wirklich so verkehrt sein, noch einmal mit ihnen zu sprechen?

Vielleicht würde das Gespräch doch besser ausgehen als erwartet.

Und wenn nicht, half es ihm vielleicht, endgültig mit der Sache abzuschließen. Womöglich war dieses finale Klärungsgespräch der Schlussstrich, den Cohen brauchte, um nach vorne zu schauen und sich nicht weiter von der Vergangenheit runterziehen zu lassen.

»Wenn du das wirklich versuchen möchtest, solltest du das tun.«

»Aber?«, hakte er nach.

»Kein Aber.«

»Du klangst so, als würde da noch ein Aber kommen.«

Eigentlich wollte ich ihm nicht die Hoffnung nehmen, die leise in seinen Augen schimmerte. Doch auf der anderen Seite war es wichtig, dass ich ihm sagte, was ich wirklich dachte. Wenn er mich um Rat bat, wollte ich keine halben Sachen machen, also gab ich mir einen Ruck. »Aber egal, wie das Gespräch ausgeht, versuch, es bitte nicht zu sehr an dich ranzulassen.«

Cohen nickte und war sich sichtlich bewusst, worauf ich hinauswollte. Denn seine Eltern waren in dieser Sache unberechenbar. So schön Hoffnung auch sein konnte, genauso konnte sie einen zerstören.

KAPITEL 33

Cohen

Obwohl Chris darauf bestanden hatte, mich zu begleiten und vor der Tür auf mich zu warten, hatte ich ihn überredet, wieder nach Hause zu fahren, nachdem er mich abgesetzt hatte. Denn ich hatte keine Ahnung, wie lange es dauern würde, und wollte mich nicht noch weiter dadurch stressen, dass Chris draußen war.

Als ich vor dem Gebäude stand, nahm ich einen tiefen Atemzug und klingelte. Es dauerte nur wenige Sekunden, bis ein Surren erklang und die Tür zum Flur nachgab. Ich ging ihn entlang und bog rechts um die Ecke, wo auf halbem Weg die Wohnungstür geöffnet wurde.

Meine Mom.

Als sie mich sah, versteinerte sich ihre Miene. Regungslos stand sie auf der Türschwelle, den Blick auf mich geheftet und den Mund zu einer geraden Linie zusammengepresst. »Cohen?«, flüsterte sie mit zitternder Stimme, als ich vor ihr stand. Obwohl es im Flur ziemlich dunkel war, glaubte ich zu sehen, wie ihre Augen feucht wurden.

Vielleicht war es komisch, aber das gab mir Hoffnung, weil es ein Zeichen dafür war, dass ich ihr nicht egal war. Dass ich ihr genug bedeutete, um eine solche Reaktion in ihr hervorzurufen.

Aber Mom war ohnehin selten das Problem gewesen.

Manchmal tat sie mir leid, denn sie war nur eine Marionette in den Händen meines Vaters. Sie gehorchte ihm und ordnete sich ihm unter, wie es von einer guten Ehefrau erwartet wurde. Ihr eigener Wille zählte nicht, wenn er im Kontrast zu seinem stand. Es musste furchtbar sein, ein solches Leben zu führen, auch wenn sie es nicht wahrnahm, weil sie es nicht anders kannte.

»Was tust du hier?«, fragte sie leise und zuckte dabei kurz, als würde sie das Bedürfnis unterdrücken, mich zu umarmen.

»Ich wollte mit euch sprechen«, erklärte ich und sah an ihr vorbei ins Innere der Wohnung. »Ist Dad da?«

Wie auf Kommando tauchte er hinter meiner Mutter im Türrahmen auf. Doch anders als Mom blieb er bei meinem Anblick nicht wie angewurzelt stehen. Da waren auch keine Tränen oder sonstige Anzeichen dafür, dass mein Erscheinen ihm etwas bedeuten oder etwas in ihm auslösen könnte. Er strahlte nichts als eiskalte Härte aus. »Was tust du denn hier?«, fragte er, und seine Stimme hätte nicht missbilligender klingen können.

»Ich wollte mit euch beiden reden«, wiederholte ich.

»Mit uns reden? Ich bezweifle sehr, dass das etwas bringen wird. Es sei denn, du bist hier, um dich für dein Verhalten zu entschuldigen.«

»Ich bin hier, um euch meinen Standpunkt zu erklären. Denn ich bin nicht der Ansicht, dass ich einen Fehler begangen habe.«

Mein Vater lachte auf, während meine Mom sich vor ihm kleinmachte und an den Türrahmen klammerte. Sie wirkte wie immer so unfassbar unbedeutend, wenn zwischen meinem Vater und mir eine Diskussion entbrannte. Nur eine kleine Schachfigur, die am Rand versauerte, weil ihr Einsatz nie kam. Weil sie irrelevant war.

»Du hast also keinen Fehler begangen? Du hast wohl vergessen, dass wir dich mit diesem dahergelaufenen Mistkerl im Bett erwischt haben. Wenn du daran nichts Falsches siehst, waren all die Bibelstunden wohl umsonst.«

Ich konnte förmlich spüren, wie das Blut in meinen Adern zu kochen begann, als er Chris beleidigte. Doch ich hielt mich zurück, denn wenn ich jetzt die Beherrschung verlor, konnte ich das mit dem ruhigen Gespräch vergessen. »Ich weiß, dass du das so siehst. Aber ich kann nichts dafür, dass ich so bin wie ich bin, Dad. Ich hab mir das doch nicht ausgesucht. Hätte ich wirklich die Wahl gehabt, glaubst du, ich hätte eine Entscheidung getroffen, die unsere Familie auseinanderreißt?«

»Man hat immer eine Wahl«, erwiderte er kalt.

»Nein, das stimmt nicht.«

»Selbst, wenn du keine hattest und wirklich Gefühle für diesen Typen entwickelt hast«, setzte er an und schob Mom beiseite, um einen Schritt auf mich zuzumachen. »Du hättest dich dennoch dafür entscheiden können, nicht diesem Verlangen nachzugeben. Aber du hast dich dafür entschieden, die Würde dieser Familie aufs Spiel zu setzen, um irgendwelchen lächerlichen Trieben nachzugehen. Davor kann und will ich die Augen nicht verschließen.«

Seine Worte erwischten mich mit der Präzision von Pfeilspitzen und brachten meine Wunden erneut zum Bluten.

»Du hast Schande über uns gebracht«, setzte er nach, als hätten seine Worte ihr Ziel nicht schon längst getroffen und versenkt. »Und das werden wir dir niemals verzeihen.«

»Es war doch nicht meine Absicht«, versuchte ich es mit brüchiger Stimme, obwohl ich insgeheim wusste, dass es sinnlos war. Er würde seine Meinung nicht ändern. Dafür steckte er viel zu tief in seinen konservativen Ansichten fest.

»Das tut nichts zur Sache«, antwortete er, und die Endgültigkeit in seiner Stimme verriet mir, dass das Gespräch für ihn an dieser Stelle beendet war. Für ihn gab es nichts mehr zu sagen, denn er hatte sich sein Bild von mir gemacht.

»Mom …«, versuchte ich es, doch sie wischte sich nur eine Träne aus dem Augenwinkel und sah weg.

»Du hast deinen Vater gehört.«

Das war's also.

Ich hatte keine Chance, sie umzustimmen.

Sie hatten sich an ein neues Leben ohne mich gewöhnt. Für sie war ich nicht länger ein Teil der Familie. Vielleicht war es an der Zeit, dass ich mich dieser Erkenntnis endgültig stellte. Dass ich akzeptierte, dass wir von nun an getrennte Wege gehen würden.

In diesem Moment wurde mir wieder einmal bewusst, wie unfair das Leben war. Menschen wurden diskriminiert, ausgegrenzt und verletzt, weil sie waren, wer sie waren. Sie konnten nichts dafür und erst recht konnten sie sich nicht ändern. Aber das interessierte die Leute nicht.

Sie schlugen Kerben in die Seelen anderer Menschen.

Als ich draußen auf die Straße trat, fühlte ich mich wie betäubt. Selbst den Schmerz, der in mir wütete, nahm ich kaum wahr. Stattdessen waren da wieder und wieder die Worte meines Vaters. Und jedes Mal, wenn ich sie hörte, spürte ich eine neue Nadelspitze in meinem Herzen.

Du hast Schande über uns gebracht.

Du hast dich dafür entschieden, die Würde dieser Familie aufs Spiel zu setzen.

Worte konnten einen Menschen kaputt machen.

Und ich war sicher, mein Vater hatte die richtigen gefunden, um mich in Brand zu setzen.

KAPITEL 34

Chris

Ja, Cohen hatte mir gesagt, ich solle mir keine Sorgen um ihn machen und einfach nach Hause gehen. Aber so einfach war das nicht. Wenn man einen Menschen wirklich ins Herz geschlossen hatte, konnte man ihn nicht einfach sich selbst überlassen.

Deshalb saß ich hier, auf der kleinen Mauer vor dem Gebäude, in dem Cohens neue Wohnung lag, und wartete auf ihn. Doch mit jeder vergehenden Minute wuchs das ungute Gefühl in mir. Eigentlich war es ein gutes Zeichen, dass er so lange fort war. Das konnte doch nur bedeuten, dass sie miteinander sprachen, oder? Dass sie beisammensaßen und die Wogen glätteten.

Vielleicht war es nur mein naives Wunschdenken, doch ich hoffte sehr, dass es so war. Dass seine Eltern sich einen Ruck geben und ihrem Sohn zuhören konnten.

Irgendwann ging die Sonne unter und eine leichte Kühle legte sich über San Francisco. Trotzdem blieb ich sitzen und wartete auf Cohen.

Und obwohl es eine gefühlte Ewigkeit dauerte, erkannte ich irgendwann seine Silhouette am anderen Ende der Straße. Mit jedem Schritt, den er auf mich zumachte, wurde sie größer, und der naive Teil von mir, der nur auf das Beste hoffen wollte, freute sich, ihn zu sehen. Doch als er nah genug war, dass ich den Ausdruck auf seinem Gesicht sehen konnte, brach mein Herz.

Die Augen waren gerötet, als hätte er geweint. Seine breiten Schultern sackten nach vorne, und von der Stärke und Sicherheit, die er sonst ausstrahlte, war nichts mehr übrig.

In seinen Gesichtszügen lag nichts als Verzweiflung und Schmerz.

Ich lief auf ihn zu und schloss ihn in meine Arme. »Alles wird gut«, versicherte ich ihm, ohne darüber nachzudenken, ob das stimmte. Weil ich nicht glauben wollte, dass es nicht stimmte. Weil ich die Möglichkeit nicht ertrug, dass es nicht stimmte.

Zwar erwiderte Cohen die Geste, doch seine Umarmung fühlte sich erschreckend kraftlos an. »Können wir bitte einfach reingehen?«

»Natürlich.« Ich löste mich von ihm, griff nach seiner Hand und führte ihn in seine Wohnung.

Als wir drin waren, schlenderte er ins Wohnzimmer und ließ sich einfach auf die Couch fallen. Dann regte er sich nicht mehr. Er heftete seinen Blick auf den Boden vor seinen Füßen und blieb stumm sitzen.

Manchmal brauchten wir nicht viele Worte, die uns aufbauen sollten. Manchmal war alles, was wir benötigten, jemand, der sich zu uns setzte und mit uns gemeinsam darauf wartete, dass der Sturm vorüberzog.

Also setzte ich mich neben ihn, lehnte meinen Kopf an seine Schulter und wartete.

Im Laufe der ersten Stunde sagte Cohen nichts. Er saß nur nachdenklich da, und schüttelte hin und wieder den Kopf, als könnte er selbst nicht glauben, was geschehen war.

Als die zweite Stunde anbrach, hob er irgendwann den Arm und legte ihn um meine Schulter. Er zog mich noch näher an sich heran, und ich schlang meine Arme um seine Hüfte. Von außen mochte es so aussehen, als hielte ich mich an ihm fest, aber wir wussten beide, dass *ich ihm* mit meiner Berührung Halt bot.

»Es lief nicht gerade so, wie ich es mir vorgestellt hatte«, setzte er in der dritten Stunde an.

Ich nickte bedauernd. »Möchtest du darüber reden?«

»Ganz ehrlich? Keine Ahnung. Auf der einen Seite hab ich das Gefühl, zu ersticken, wenn ich das alles nicht loswerde. Auf der anderen tut es so verdammt weh, all das auszusprechen.«

»Mach das einfach in deinem eigenen Tempo. Sprich, worüber du sprechen kannst, und schweig, wenn es zu sehr wehtut. Niemand drängt dich. Wir machen es so, wie es für dich am besten ist.«

Er drückte mir einen Kuss auf den Scheitel. »Danke, Chris.«

Kurz zögerte Cohen, als überlegte er, wie er das Gespräch am besten eröffnen könnte. Dann erzählte er vom Treffen. »Aus irgendeinem Grund war ich davon ausgegangen, dass es ihnen genauso ging wie mir«, schloss er irgendwann. »Dass sie mich auch vermisst haben wie ich sie. Und dass sie vielleicht erkannt haben, dass es so nicht weitergehen kann und wir uns vertragen müssen, weil wir eine Familie sind.« Tränen schimmerten in seinen wunderschönen blaugrauen Augen, doch er wischte sie sich mit dem Handballen weg. »Aber mein Vater hat klargemacht, was er von mir und von meinen Entscheidungen hält.«

Wie Leonard Smith die Dinge sah – schwarz-weiß, obwohl noch so viele Nuancen dazwischen lagen –, entzog sich meiner Vorstellungskraft und trieb mich an die Grenzen meiner Geduld.

Wie konnte ein Mensch derart unempathisch sein? Wie konnte er sich so sehr vor der Lebensrealität anderer Leute verschließen? Wie konnte er das, was seinen eigenen Sohn auszeichnete, auf diese Art und Weise mit Füßen treten?

»Cohen, was dein Vater da verlangt … So wärst du unmöglich glücklich geworden. Wenn du dich ihm zuliebe dazu entschieden hättest, deine eigene Sexualität zu verleugnen, dich selbst zu verleugnen, wärst du daran zerbrochen. Denn das ist ein Teil von dir. Und niemand kann einen so wichtigen Teil von sich selbst kleinhalten, ohne sich selbst dabei zu verlieren.«

»Ich weiß«, raunte er mit kratziger Stimme, die klang, als wäre er den Tränen nah. »Aber der Preis dafür ist, dass ich meine Familie verloren habe.«

»Ich glaube nicht …«, fing ich an, brach aber ab, weil mir der Gedanke ein wenig zu hart vorkam, um ihn auszusprechen.

»Ja?«, hakte Cohen jedoch nach. »Sprich weiter. Bitte.«

»Ich glaube nicht, dass Familie nur durch Blut entsteht. Ich glaube, dass das, was wirklich entscheidend ist, das Gefühl ist, das man sich gegenseitig gibt. Egal, ob blutsverwandt oder nicht. Ich käme niemals dazu, meinen Vater als einen Teil meiner Familie zu sehen. Jacob hingegen bedeutet mir mehr, als ich beschreiben kann. Er ist wie ein Bruder, weil er immer für mich da ist und ich mir in seiner Nähe nie Sorgen machen muss. Ich kann mich einfach fallen lassen, und das macht Familie für mich aus. Menschen, die uns bewusst verletzen, uns kleinhalten und uns schaden, sind keine Familie.«

Obwohl Tränen in seinen Augen schimmerten, erschien ein sanftes Lächeln auf seinem Gesicht. »Vermutlich hast du recht.«

»Nicht nur vermutlich. Und schau dich einmal um. Du hast deine eigene Wohnung, und die existiert in dieser Form nur, weil deine eigene kleine Familie dir unter die Arme gegriffen hat. Du bist nicht allein. Du hast Freunde, die alles stehen und liegen lassen, um dich aufzufangen, wenn du fällst. Mehr kann sich ein Mensch doch kaum wünschen.«

»Ich wusste gar nicht, dass mein Freund so weise ist«, scherzte Cohen und küsste mich.

Freund.

Trotz all der Schwere, die auf unseren Schultern lastete, breitete sich mit einem Mal ein warmes Gefühl in meiner Brust aus.

So hatte Cohen mich noch nie bezeichnet, weil wir noch nicht offiziell darüber geredet hatten, was wir eigentlich füreinander waren, auch wenn es ziemlich offensichtlich war.

Aber jetzt wusste ich ganz genau, dass ich nie wieder etwas anderes sein wollte als Cohens Freund.

»Ich stecke voller Überraschungen«, erwiderte ich und grinste ihm zu.

Kurz lächelte Cohen. Dann wurde sein Gesichtsausdruck wieder ernst. »Es war wirklich hart, aber ich glaube, dass es die richtige Entscheidung gewesen ist.«

»Mit deinen Eltern zu sprechen?«

Er nickte. »Jetzt hab ich endlich eine Antwort und kann mit der ganzen Sache abschließen. Wenn sie sich nach all den Monaten nicht für mich entschieden haben, werden sie das jetzt auch nicht mehr tun. Ich kann endlich einen Schlussstrich ziehen.«

Ich freute mich innerlich für ihn, auch wenn im Augenblick der Schmerz viel zu präsent für ihn war. Denn der Strich, den er zog, war kein leichter. Es war einer, der den Verlust seines bisherigen Lebens und seiner bisherigen *Familie* bedeutete. Und egal, wie hart es mit ihr gewesen war, Cohen liebte sie.

»Genau.«

»Es tut mir leid, dass du das alles durchmachen musstest.«

Cohen seufzte schwer. »Ich weiß.«

Ich legte meine Hand an seine Wange und streichelte sanft darüber. »Alles wird gut werden. Darin besteht kein Zweifel.«

Jetzt gerade mochte es ziemlich schlecht für ihn aussehen. Und vermutlich würde ihn das mit seinen Eltern noch mal ordentlich erwischen, sobald er die Geschehnisse wirklich realisierte. Aber ich war sicher, dass er diesen Sturm überstehen und nur noch stärker daraus hervorgehen würde. Denn das Leben war ein ständiger Wandel, jedem Schlechten wohnte etwas Gutes bei.

Und solange ich die Möglichkeit hatte, würde ich ihm auf diesem Weg immer beistehen.

KAPITEL 35

Cohen

In dieser Nacht rissen mir meine Gefühle den Boden unter den Füßen weg.

Nach dem Gespräch mit meinen Eltern hatte ich zwar gespürt, wie die Verzweiflung und der Schmerz an mir nagten, aber ich war wie betäubt von den Ereignissen gewesen, sodass diese Empfindungen nicht durch die Mauern hatten brechen können, an denen sie kratzten.

Aber langsam realisierte ich, was wirklich geschehen war. Meine Eltern, die Menschen, die mich die letzten einundzwanzig Jahre meines Lebens begleitet hatten, waren nicht länger ein Teil meines Lebens. Für sie existierte ich quasi nicht mehr.

Ich quälte mich in dieser Nacht, aber zum Glück war da Chris, der mich hielt. Er legte seine Arme um mich, als könnte er mit ihnen all den Schmerz von mir fernhalten. Wann immer ich abzudriften drohte, war er da und verankerte mich im Hier und Jetzt.

Er war mein sicherer Hafen.

Und, Gott, es fühlte sich an, als wäre er noch viel mehr als das. Er war einfach alles.

Dank ihm fühlte ich mich ein kleines bisschen weniger verloren. Und doch würde es sicherlich noch etwas Zeit brauchen, bis ich mich gänzlich an mein neues Leben gewöhnt hatte.

Als ich am Morgen aufwachte, fühlte ich mich vollkommen fertig. Ich hatte kaum geschlafen, und wenn ich doch mal eingenickt war, war ich innerlich derart unruhig gewesen, dass es mich schon nach wenigen Minuten wieder aufgeweckt hatte.

Chris drehte sich zu mir um, und seine Augenringe zeigten, dass es ihm wohl ähnlich ergangen war.

»Guten Morgen«, murmelte ich leise und drückte ihm einen Kuss auf die Stirn.

»Morgen«, raunte er und klammerte sich an meinen Körper, als wolle er die schützende Wärme des Bettes noch nicht verlassen.

Ich ersparte es uns, zu fragen, ob er gut geschlafen hatte. Stattdessen schenkte ich uns noch ein paar Augenblicke der Ruhe, indem ich die Decke um unsere ineinander verschlungenen Körper wickelte und noch mal die Lider schloss.

Es war wunderschön, wie zwei Liebende sich in solchen Momenten einander anpassten. Wie Atemzüge synchron gingen und Herzschläge den gleichen Takt fanden.

Als ich hier lag, mit Chris' Körper an meinem, und eine Art von Ruhe fand, die ich bisher nicht gekannt hatte, war ich sicher, unsere Seelen gehörten einfach zusammen.

Manchmal wusste man so etwas einfach.

Und ich spürte es tief in mir drin.

Ich drehte den Kopf nach links und warf einen Blick auf den Wecker, der auf dem Nachttisch stand. »Chris?«, flüsterte ich.

»Ja?«

»Wir müssen aufstehen. Sonst kommst du zu spät.«

»Noch eine Minute«, flehte er und rückte noch enger an mich heran, was praktisch unmöglich war.

»In Ordnung.«

Als die Minute verstrichen war, schob ich die Decke von uns runter und richtete mich auf. »Komm. Du musst dich beeilen.«

Chris stand auf und rieb sich müde über die Augen. Das blaue Haar stand zerzaust in alle Richtungen ab. »Ja, ich sollte mich langsam fertig machen.«

Während Chris im Badezimmer verschwand, zog ich mich in die Küche zurück, um uns Pancakes zuzubereiten.

»Das riecht verdammt gut«, kommentierte er, als er fertig für den Tag in die Küche kam.

»Nimm Platz. Sie schmecken am besten, wenn sie noch warm sind.«

Wir setzten uns gemeinsam an den kleinen Frühstückstisch.

Es war seltsam, doch für den Moment kehrte ein Gefühl von Normalität ein. Da waren nur Chris und ich, wie wir am Tisch saßen, etwas aßen und uns über unverfängliche Themen wie seine Arbeit in der Praxis und die für heute anstehenden Termine unterhielten. Im Augenblick existierte kein Platz für die Schwere, die mich in den letzten Wochen begleitet hatte.

Irgendwie war ich dankbar dafür, denn es fühlte sich wie ein kleiner Hoffnungsschimmer an. Ein Zeichen dafür, dass das Leben weitergehen würde. Dass es geordnete Bahnen gehen und sich einpendeln würde.

Ja, das Leben ohne Eltern würde eine neue Normalität für mich werden. Aber ganz sicher war es keine, an die ich mich nicht gewöhnen konnte. Im Gegenteil. Wenn mein Leben von nun an so aussah – mit Chris im selben Bett aufzuwachen und dann gemeinsam am Frühstückstisch zu sitzen –, würde ich mich sicher schnell einfinden.

Auch wenn ich das Fehlen meiner Eltern immer spüren würde.

Vielleicht war das im Leben manchmal so. Vielleicht konnte man nicht alles haben, und ich musste dieses Opfer bringen, um frei von Erwartungen ein glückliches Leben führen zu können.

Als wir aufgegessen hatten, räumte ich die Teller in die Spüle und begleitete Chris zur Tür, damit er sich auf den Weg zur Arbeit machen konnte. Doch er zögerte.

»Alles gut?«, fragte ich und sah ihn verwirrt an.

Er biss sich nachdenklich auf die Unterlippe. »Meinst du nicht, es wäre besser, wenn ich heute nicht arbeiten gehe? Ich könnte hier bei dir bleiben und den Tag mit dir verbringen. Dann bist du nicht so alleine, und wir könnten uns noch ein wenig unterhalten, falls du noch was loswerden willst.«

Ich warf ihm einen dankbaren Blick zu. »Das weiß ich wirklich zu schätzen. Aber ich möchte nicht, dass du für mich dein eigenes Leben vernachlässigst. Ich komme schon klar. Das muss ich ohnehin früher oder später lernen.«

Er nickte verständnisvoll, wirkte jedoch ein wenig zerknirscht. Seine Mundwinkel bogen sich nach unten, und er mied meinen Blick. »Vielleicht hast du recht.«

»Ja, ganz bestimmt.«

Er drehte sich zur Tür, doch ich spürte, wie widerwillig er nach der Klinke griff.

»Was ist los?« Ich legte meine Hand auf seine Schulter und drehte ihn sanft zu mir.

»Ich … hab einfach das Gefühl, mich besser um dich kümmern zu müssen«, brachte er die Worte hervor, die ihm so schwer über die Lippen kamen.

Ich verstand. Ohne weiter darüber nachzudenken, umarmte ich ihn und flüsterte an sein Ohr: »Ich sehe dich. Ich schätze dich. Und dafür musst du nichts tun. Du bist nicht für mich verantwortlich. Mal abgesehen davon, dass du sowieso schon so viel Gutes für mich tust.«

Augenblicklich wurde sein Herzschlag, den ich überdeutlich an meinem Körper spürte, ein wenig langsamer, und die Anspannung löste sich von seinen Schultern. »Danke«, wisperte er in mein Shirt.

Ich schob ihn ein Stück von mir weg. Und als ich einen Blick in seine warmen braunen Augen warf, erkannte ich den Zwiespalt, in dem er steckte.

Er wollte meinen Worten Glauben schenken. Gleichzeitig waren da seine angeeigneten Verhaltensweisen, die er nicht unter Kontrolle hatte. Die Angst, dass er einer Verantwortung nicht gerecht werden würde, die ihm noch nicht einmal oblag.

In diesem Moment realisierte ich, wie sehr Chris und ich in unserer bisherigen Beziehung den Fokus auf mich und meine Probleme gelegt hatten. Es war viel um meine Eltern und mich gegangen. Dabei hatte auch er ernst zu nehmende Probleme, denen wir Aufmerksamkeit schenken mussten. Auch er verdiente es, dass man ihm zuhörte und sich um ihn kümmerte.

»Chris?«, fragte ich vorsichtig und legte meine Hand an seine Wange.

Kurz schloss er die Augen und spürte meiner Berührung auf seiner Haut nach. »Ja?«

»Darf ich etwas vorschlagen, ohne dass du es mir übel nimmst?«

Verwirrt sah er mich an. »Natürlich.«

»Hast du schon mal überlegt, dir erneut professionelle Hilfe zu suchen? Ich weiß, dass das sehr viel Mut erfordert und sich am Anfang wie ein Sprung ins kalte Wasser anfühlt. Aber ich merke immer wieder, wie viel du noch mit dir herumschleppst. Wie oft sich diese Verhaltensweisen aus deiner Kindheit noch immer auf dein jetziges Leben auswirken. Was vollkommen okay ist. Aber womöglich könnte dir jemand damit helfen.«

Chris blieb reglos vor mir stehen und sah mir in die Augen. Der Vorschlag schien ihn zu überrumpeln, aber er flüchtete nicht vor mir. Er nahm sich noch ein paar Sekunden, um das Gesagte zu verdauen, bevor er zu einer Antwort ansetzte. »Ja, ich habe darüber nachgedacht, aber mich bisher nicht getraut.«

Ich strich mit meiner Hand seinen Arm entlang und verschränkte dann unsere Finger miteinander. »Darf ich fragen, wovor du solche Angst hast?«

»Es war einfach eine harte Zeit mit meinen Eltern. Und davon müsste ich einer wildfremden Person erzählen. Ich müsste mich öffnen und all diese Erinnerungen noch einmal zulassen. Und das hat mir bisher einfach eine riesige Angst eingejagt, weil ich es einfach nur vergessen wollte.«

»Das kann ich verstehen. Aber ich glaube, dass dir eine Therapie langfristig helfen könnte. Auch wenn der erste Schritt womöglich sehr hart ist.«

Verunsichert sah Chris zur Seite, statt zu antworten.

Ich legte eine Hand unter sein Kinn und hob seinen Kopf an, damit er mir in die Augen sah. »Es ist deine Entscheidung, und ich will dich nicht drängen. Aber ich kann dir versprechen, dass ich dich auf diesem Weg begleiten werde. Du musst ihn nicht allein gehen. Wenn du merkst, es wird zu viel und du willst dich einfach nur noch fallen lassen, stehe ich hinter dir und fange dich auf. Ich bin da.«

Tränen schimmerten in Chris' Augen, als er nickte. »Danke.« Ein paar Sekunden schwieg er und versank in seinen Gedanken. »Vielleicht kann ich es ja mal probieren«, sagte er dann und rollte damit einen riesigen Felsbrocken von meiner Brust.

Ich küsste ihn. »Wie gesagt, ich werde dich bei allem unterstützen. Und wenn es doch zu viel werden sollte, kannst du jederzeit abbrechen.«

Er nickte. »Ja, das klingt gut. Einen Versuch ist es wert.«

»Ich kenne tatsächlich sogar eine gute Therapeutin. Wenn du magst, kann ich mal nachfragen. Vielleicht kann sie dich dann auf der Warteliste ein wenig vorziehen oder dir sogar direkt einen Termin geben.«

»Woher kennst du denn eine Therapeutin?«, fragte Chris erstaunt.

»Ich bin Barkeeper in einem gut besuchten Lokal und führe jeden Abend mit Dutzenden Stammkunden Small Talk. Meistens hasse ich es, aber egal ob Therapeut, Klempner oder Mechaniker, ich kenne immer jemanden.«

»Ziemlich praktisch«, kommentierte Chris und grinste dabei tatsächlich.

Ihn so zu sehen, ließ mein Herz ein paar Augenblicke lang leichter schlagen. Verdammt, ich wollte, dass er immer so glücklich und unbeschwert aussah. Und ich wusste, dass ich von nun an alles dafür tun würde, dass das auch passierte.

»Ja, das ist es. Also wenn du willst, kann ich mich darum kümmern.«

»Das wäre schön«, antwortete er und gab mir damit Hoffnung, dass wir das irgendwie gemeinsam hinkriegen würden.

KAPITEL 36

Chris

Tatsächlich dauerte es gar nicht lange, bis Cohen mir einen Termin bei Dr. Murphy organisiert hatte. Ich konnte nicht leugnen, dass ich wahnsinnig aufgeregt war und auch ein wenig Angst davor hatte, über meine Vergangenheit zu reden. Aber ich wusste, dass ich es schaffen würde, weil ich Unterstützung von Cohen hatte, der mir überdeutlich zeigte, dass er alle Mühen der Welt auf sich nehmen würde, damit es mir gut ging.

Er stellte mein Wohlergehen über alles, merkte sich, was ich gernhatte, um mir damit später eine Freude machen zu können, und verhielt sich auch sonst wie ein Engel. Wenn er die Möglichkeit hatte, holte er mich vor seiner Schicht von der Arbeit ab und brachte mich nach Hause, damit wir uns noch sahen. Wenn er etwas kochte, was ich ebenfalls mochte, bereitete er immer extragroße Portionen zu, um etwas für mich zurückzulegen. Und egal, was für ein Problem ich hatte, er bot mir stets seine Hilfe an.

Cohen war immer da, wenn ich ihn brauchte. Und er hatte meine Hoffnung wiederbelebt, dass es noch Männer gab, die sich kümmerten.

Männer, die es wert waren, dass man sie mit jeder Faser seines Körpers liebte.

»Sie müssen Chris sein«, hörte ich auf einmal eine Stimme neben mir. Dr. Murphy war ins Wartezimmer getreten und musterte mich mit einem feinen Lächeln auf den Lippen. Ihr mittlerweile ergrautes Haar türmte sich auf ihrem Kopf zu einem Dutt, und die elegante Bluse in Kombination mit dem Bleistiftrock verlieh ihrer Erscheinung etwas Anmutiges.

»Ja, richtig.«

Sie nickte. »Dann kommen Sie bitte mit.« Sie führte mich aus dem Wartezimmer, einen Flur entlang bis hin zu ihrem Sitzungszimmer am Ende der Praxis.

Der Raum war ziemlich minimalistisch eingerichtet. Nur ein Schreibtisch an der Wand, auf dem sich einige Akten stapelten, ein Bücherregal auf der anderen Seite sowie zwei Ohrensessel, die sich mitten im Raum gegenüberstanden. Zwischen ihnen befand sich ein kleiner gläserner Tisch, auf dem in weiser Voraussicht eine Taschentuchbox stand.

»Nehmen Sie bitte Platz«, forderte Dr. Murphy mich auf und deutete auf einen der Sessel, während sie sich auf dem anderen niederließ.

Ich setzte mich. Und dann breitete sich ein paar Herzschläge lang ein unangenehmes Schweigen zwischen uns aus.

Dr. Murphy betrachtete mich mit einem durchdringenden Blick, von dem ich sicher war, dass er bis auf den Grund meiner Seele reichte. »Wie geht es Ihnen heute?«, brach sie schließlich das Schweigen.

»Ganz gut, glaube ich. Ich bin nur ein wenig nervös«, gab ich zu.

Sie lächelte freundlich, aber professionell. »Das ist vollkommen normal. Aber Sie müssen sich keine Sorgen machen. Wir sprechen nur über die Dinge, über die Sie sprechen wollen. Und alles, was Sie mir erzählen, wird natürlich streng vertraulich behandelt.«

»Okay.«

»Darf ich fragen, wieso Sie heute hier sind?«

Ich spürte, wie sich Schwere über mein Herz legte. Ein bedrückendes Gefühl, das mich tief Luft holen ließ. Doch dann überwand ich mich und sagte: »Ich glaube, ich habe ein Problem.«

»Was für ein Problem?«

»Ich … Ich …«, versuchte ich es, doch die Worte kamen mir nicht über die Lippen. Ich hatte sie bisher nur Cohen gegenüber ausgesprochen, und selbst das war mir wahnsinnig schwergefallen, obwohl ich ihn kannte und mochte. Wie sollte ich es dann einer fremden Person gegenüber loswerden?

»Nehmen Sie sich die Zeit, die Sie brauchen«, erklärte Dr. Murphy nur und sah mich weiterhin abwartend an.

Wieder holte ich tief Luft. Dann riss ich mich zusammen und überwand mich zu einer – wenn auch sehr vagen – Antwort. »Ich glaube, ich habe da ein paar Sachen mit ein paar Menschen erlebt, die ich noch mit mir rumschleppe.« Und erneut hüllte ich mich in Schweigen.

Ein paar Sekunden geduldete die Therapeutin sich. »Woran denken Sie gerade?«, fragte sie dann. »Oder besser: An wen denken Sie?«

Ich wollte den Mund öffnen, um ihr zu sagen, dass ich an niemanden im Speziellen gedacht hatte. Um sie anzulügen, damit ich dieser schmerzhaften, unangenehmen Situation aus dem Weg gehen konnte.

Doch in dem Moment, in dem ich die Lüge aussprechen wollte, kam mir anstelle der Worte ein Schluchzen über die Lippen.

Ich weinte und spürte, wie jede Träne ihren Ursprung tief in meiner verletzten Seele hatte. Jede einzelne hatte ich viel zu lange in mir gären lassen, und nun rissen sie mich wie eine Sintflut von den Beinen. Die dunklen Schatten meiner Vergangenheit griffen nach mir. Und ich konnte nichts tun, um mich gegen sie zu wehren.

Vielleicht war das der Preis, den man zahlte, wenn man Dinge zu lange in sein Unterbewusstsein verbannte, statt sich mit ihnen auseinanderzusetzen.

»Bitte, nehmen Sie ein Taschentuch«, forderte Dr. Murphy und hielt mir die kleine Box hin.

Ich nahm eins heraus und wischte mir damit über die Augen, um die Tränen zu trocknen. Doch der Schmerz in meiner Seele blieb, egal, wie akribisch ich gegen die Tränen ankämpfte.

»Wollen Sie mir verraten, was Ihnen gerade so sehr wehgetan hat?«, fragte sie, als ich mich langsam wieder beruhigt hatte.

Keine Ahnung, woran es lag, doch plötzlich fühlte ich mich bereit, ihr die Wahrheit zu sagen. Denn ich hatte gerade erlebt, wie viel unverarbeitete Vergangenheit noch in mir steckte. Nie wieder wollte ich so von ihr überwältigt werden. »Meine Eltern«, sagte ich ihr.

Und nun war er gekommen. Der Zeitpunkt, an dem ich mich nicht länger vor meinem früheren Leben verstecken konnte.

Egal, wie dunkel die Kapitel in meiner Geschichte auch gewesen waren, ich musste sie nun noch einmal lesen, um mit ihnen Frieden schließen zu können. Also nahm ich den letzten Rest meiner Energie zusammen und stellte mich Dr. Murphys nächster Frage.

»Mögen Sie mir von ihnen erzählen?«

»Mein Vater …«, setzte ich also an und erzählte ihr von meiner Vergangenheit. Am Anfang fiel es mir schwer, doch mit jedem Satz, der mir über die Lippen kam, kam der Stein immer weiter ins Rollen.

»Ich verstehe«, erwiderte sie, als ich geendet hatte. »Und worunter genau leiden Sie nun in diesem Kontext?«

»Zum einen ist da unterbewusst dieser Leistungsdruck. Wenn ich Fehler auf der Arbeit mache, wirft mich das immer total aus der Bahn.«

»Weil es in der Vergangenheit vermehrt Situationen gab, in denen Ihnen vermittelt wurde, dass Sie sich Liebe und Wertschätzung erst verdienen müssen«, äußerte Dr. Murphy ihre Vermutung. »Das könnte natürlich sehr mit dem Kampf um die Anerkennung Ihres Vaters zusammenhängen.«

Ich schwieg.

Mit ihren Worten traf sie einen wunden Punkt, denn genau so war es gewesen. Mein Vater hatte mich für jedes bisschen Liebe und Wertschätzung arbeiten lassen. Und wenn ich nicht so funktioniert hatte, wie er es von mir verlangte, ging ich leer aus. Dann ließ er mich unter der Kälte seines gefrorenen Herzens leiden.

»Und was glauben Sie, wie das Verhältnis zu Ihrer Mutter Sie geprägt hat?«

Ich schluckte schwer. »Das klingt furchtbar, weil sie eigentlich immer der *gute* Elternteil war. Aber ich glaube, dass ich durch unsere Beziehung langfristig sogar noch mehr Schaden genommen habe. Weil sie mit der Situation nicht klarkam und stets gelitten hat. Und ich habe ihr Wohlbefinden so oft über mein eigenes gestellt, um für sie da zu sein und sie aufzubauen, dass mir diese Verhaltensweise in Fleisch und Blut übergegangen ist. Und es ist manchmal so furchtbar anstrengend, wenn man sich für alles und jeden verantwortlich fühlt.«

Sie führte ihren Stift an ihre Schläfe und tippte sich ein paarmal dagegen. »Ich verstehe. Also liegt Ihr größtes Problem darin, dass Sie andere Menschen stets priorisieren, selbst wenn Sie gerade keine Kraft dafür haben?«

»Ja, genau.«

»Dieses Verhalten ist tatsächlich gar nicht so selten, wie Sie vielleicht glauben. Klar, bei jedem prägt es sich unterschiedlich stark aus. Aber das ist nichts, woran man nicht arbeiten kann.«

***

Als ich ihre Praxis wieder verließ, fühlte ich mich … komisch.

Irgendwie erleichtert.

Und obwohl unzählige Gedanken durch meinen Kopf schossen, hörte ich jeden einzelnen nur dumpf.

Therapie war anstrengend, fordernd. Man tat zwar nichts, als sich zu unterhalten. Und doch tauchte man so tief in die Vergangenheit und die eigenen Erinnerungen ein, dass es einem die letzte Kraft raubte.

Ich stolperte die Treppen vor der Praxis runter, ohne meine Umgebung richtig wahrzunehmen, als mich plötzlich jemand ansprach.

»Hey.«

Ich sah auf und entdeckte Cohen, der vor mir stand. »Was machst du hier?«

»Dich abholen. Ich wollte sehen, wie es dir geht.«

Inmitten all der Leere spürte ich mit einem Mal einen Anflug von Wärme. »Danke.«

»Und, wie geht es dir jetzt?« Er legte einen Arm um meine Schulter und lief so mit mir die Straße entlang in Richtung seiner Wohnung.

»Ich fühle mich ein wenig kaputt, um ehrlich zu sein. Als hätte ich gerade eine Acht-Stunden-Schicht hinter mir. Ich muss das alles noch ein wenig sacken lassen.«

»Verstehe. Also war es nicht gut?«

Ich überlegte kurz. Ja, das Gespräch hatte mich wirklich an meine Grenzen und darüber hinaus gebracht. Ich hatte einer Frau, die ich nicht kannte, die schlimmsten Zeiten meines Lebens offengelegt. Und das hatte verdammt wehgetan, weil es zwischendurch gewesen war, als müsste ich das Ganze erneut durchleben. Aber ich hatte auch gespürt, wie mich dieses Gespräch bereits etwas weitergebracht hatte. Weil ich meine Vergangenheit nicht länger leugnete, sondern sie annahm, um mit ihr abschließen zu können.

Es würde noch eine ganze Weile dauern, bis ich alles verarbeitet hatte und hinter mir lassen konnte.

Doch hier und jetzt fühlte es sich nicht mehr vollkommen unmöglich an. Dr. Murphy hatte mir Hoffnung gegeben, dass ich es schaffen würde. Dass ich mit meinem früheren Leben abschließen und auch die Probleme, die mich bis heute begleiteten, hinter mir lassen könnte.

Und das alles hatte ich nur Cohen zu verdanken.

Dem Mann, der mich zu diesem Schritt ermutigt hatte.

Dem Mann, den ich liebte, und den ich das von nun an immer spüren lassen wollte.

»Es war sogar sehr gut«, versicherte ich ihm. Mein Herz machte einen aufgeregten Hüpfer, als ich sah, wie glücklich er darüber war.

»Das freut mich sehr«, erklärte er und beugte sich zu mir runter, um mich zu küssen.

»Ich habe schon meinen Termin für nächste Woche.«

»Ich bin so stolz auf dich, Chris. Du machst das wirklich toll.«

»Ohne dich wäre das nicht möglich gewesen«, erinnerte ich ihn. Ich konnte es kaum glauben, aber Cohen Smith wurde tatsächlich rot. Ich lachte.

»Lass das. Ich kann mit so was nicht umgehen«, scherzte er und zog mich noch näher an sich heran.

»Du wirst aber lernen müssen, damit umzugehen, weil ich dir von nun an immer sagen werde, wie dankbar ich dir bin und wie toll ich dich finde.« Kurz hielt ich seinen Blick mit meinem fest. Dann sprach ich die vermutlich ehrlichsten Worte meines Lebens aus. »Ich liebe dich, Cohen.«

Das Lächeln, das in diesem Moment auf seinen Lippen erschien, war einfach *alles*. »Ich liebe dich auch.« Einen Moment schwiegen wir, überwältigt von diesen kleinen, so wichtigen Geständnissen.

Dann griff Cohen nach meiner Hand und hielt sie fest, während wir zu seiner Wohnung gingen.

Oft hatte es sich komisch angefühlt, in der Öffentlichkeit die Hand eines anderen Mannes zu halten, denn selbst in einer bunten Stadt wie San Francisco gab es noch immer Leute, die einem schiefe Blicke zuwarfen. Doch mit Cohen war das anders. Wenn ich mit ihm zusammen war, fühlte ich mich sicher. Es spielte keine Rolle, wie andere Menschen reagierten, weil es nichts Wichtigeres gab, als an Cohens Seite zu sein – ganz abgesehen davon, dass sich ohnehin niemand traute, zu einem 1,90 Meter großen Mann, der praktisch nur aus Muskeln bestand, etwas zu sagen.

Wir bogen in Cohens Straße ein. Während wir hier gemeinsam entlangliefen, hatte ich das Gefühl, dass das der schönste Abend seit Langem werden könnte. Cohen fing langsam an, die Sache mit seinen Eltern zu akzeptieren, und auch ich arbeitete an meinen Problemen. Von jetzt an konnte es nur noch besser für uns werden.

Doch als wir sahen, wer auf den Stufen vor dem Eingang saß und auf uns wartete, wurde unsere Welt wieder auf den Kopf gestellt.

Cohen

Meine Mom.

Als sie Chris und mich bemerkte, stand sie auf und blieb unschlüssig vor uns stehen. Sie versuchte sich an einem Lächeln, doch es wirkte aufgesetzt unter ihren geröteten Augen.

Hatte sie geweint?

»Mein Sohn«, flüsterte sie kaum hörbar.

Ich hatte keine Ahnung, wie das sein konnte, aber diese zwei winzig kleinen Worte trafen mich mit der Wucht einer Pfeilspitze. *Mein Sohn …*

Chris griff nach meiner Hand und drückte sie. Beinahe war es, als wollte er mir damit versichern, dass ich nicht allein war.

Auch wenn ich mich gerade nicht regen konnte, dankte ich ihm still und heimlich dafür.

Meine Mom machte ein paar Schritte auf uns zu. Als sie direkt vor mir stand, blieb sie stehen und legte den Kopf in den Nacken, um mir in die Augen zu sehen. Obwohl ich es nicht erwartet hatte, entdeckte ich in ihrem Blick etwas, das verdächtig nach Sehnsucht aussah. Nach Wehmut. Vielleicht sogar nach Reue.

Obwohl ich mich wie versteinert fühlte, schaffte ich es irgendwie mit letzter Kraft, ein paar Worte hervorzubringen. »Was machst du hier?«

»Ich wollte mir dir sprechen, Cohen.«

Ich schloss die Lider und atmete tief durch, als ich meinen Namen aus ihrem Mund hörte. Zärtlich, wie eine Mutter den Namen ihres Sohnes stets betonen sollte. Zärtlich, wie meine Mutter ihn viel zu selten ausgesprochen hatte.

»Du musst nichts tun, was du nicht möchtest«, erinnerte Chris mich leise von der Seite und drückte meine Hand noch ein wenig fester.

Ich wusste, dass er recht hatte. Und wenn ich ehrlich war, dann hatte ich Angst vor dem, was meine Mutter womöglich zu mir sagen würde. Sie hatte mich schon so oft enttäuscht und im Stich gelassen, dass ich nicht wusste, wie oft ich das noch ertrug. Aber auf der anderen Seite wollte ich wissen, worüber sie mit mir sprechen wollte. Was es war, das sie dazu bewogen hatte, zu mir zu kommen.

Ich griff in meine Hosentasche, zog den Haustürschlüssel heraus und drückte ihn Chris in die Hand. »Geh schon mal hoch, ja? Ich komme gleich nach.«

Chris sah mich verunsichert an.

»Ich schaffe das schon«, behauptete ich und versuchte mich an einem selbstsicheren Lächeln, von dem ich fühlen konnte, wie es auf meinem Gesicht zerbröckelte.

Trotzdem gab Chris mit einem Nicken nach. »In Ordnung. Wenn du was brauchst, weißt du ja, wo ich bin.« Er verschwand durch die Tür, allerdings nicht, ohne meiner Mom noch einen zweifelnden Blick zuzuwerfen.

»Er scheint gut auf dich aufzupassen«, merkte sie an, noch immer zur Tür blickend, durch die Chris gerade verschwunden war.

»Ich kann mich nicht beklagen.«

»Das freut mich«, sagte sie und drehte sich wieder zu mir.

Ich konnte darauf nichts erwidern, weil es mir schwerfiel, ihr zu glauben, dass sie sich wirklich freute.

Ein paar Augenblicke lang blieben wir wortlos voreinander stehen. Wie zwei Fremde, die nicht wussten, wie sie miteinander reden sollten.

»Ich wollte mit dir sprechen«, wiederholte meine Mom dann.

»Worüber?«, fragte ich instinktiv, obwohl ich nicht sicher war, ob ich es wirklich wissen wollte.

Sie zögerte, als hätte sie Schwierigkeiten, ihr Anliegen in Worte zu fassen. »Cohen, ich habe einen Fehler gemacht.«

Das Chaos in meinem Kopf kam auf einen Schlag zum Stillstand. »Was?«

Plötzlich traten Tränen in die Augen meiner Mutter, als sie weitersprach. »Ich habe einen riesigen Fehler begangen. Du … du bist mein Sohn, Cohen. Ich hätte für dich da sein müssen. Ich hätte dich unterstützen müssen. Aber stattdessen habe ich zu deinem Vater gehalten, weil es einfacher für mich war. Dabei hat es für dich alles nur noch schwieriger gemacht. Es tut mir so leid.«

Es war seltsam, welche Macht Worte haben konnten. Genauso, wie sie einem Menschen das Herz brechen konnten, konnten sie heilen. Und die Worte, die meine Mutter gerade sagte, belebten einen Teil meiner Seele wieder zum Leben.

»Mom …«, setzte ich an, doch sie schüttelte nur den Kopf.

»Das alles war meine Schuld. Ich habe doch nicht einundzwanzig Jahre lang ein Kind aufgezogen, um es dann wegen etwas derart Banalem wie die Partnerwahl aus meinem Leben zu streichen. Ich hätte von Anfang an zu dir halten und dir das Gefühl geben müssen, dass du nicht allein bist. Bitte verzeih mir.« Tränen liefen ihr jetzt über die Wangen, und in ihren Augen konnte ich all den Schmerz sehen, den ich auch in ihren Worten hörte. Sie hasste sich selbst für das, was sie getan hatte. Und ich konnte es verstehen, weil es Momente gab, in denen ich sie auch dafür gehasst hatte.

Aber dass sie jetzt, wo ich sie so dringend brauchte, zu mir zurückkehrte, machte es zumindest ein wenig wieder gut. Und ich wollte, dass sie das begriff. Dass sie verstand, dass sie nach all den Fehlern gerade etwas richtig gemacht hatte.

Ich nahm meine Mom in den Arm.

Erst reagierte sie nicht, als hätte sie nicht damit gerechnet. Dann klammerte sie sich an mich wie eine Ertrinkende. »Es tut mir leid. Es tut mir leid. Es tut mir leid …«, flüsterte sie immer wieder an mein Ohr, während ihre Schuldgefühle sie auffraßen.

»Schon okay«, versicherte ich und strich ihr behütend über den Rücken. »Alles ist okay, Mom.«

In diesem Moment, in dem ich sie hielt, rückte ein Teil von mir wieder an die richtige Stelle zurück.

Ich kannte meine Mutter nun schon seit einundzwanzig Jahren, doch in all der Zeit hatte es nie einen solchen Moment zwischen uns gegeben. Einen, in dem wir einander auf die Art und Weise hielten, wie wir es jetzt taten. Sie versuchte, mich aus all dem Schmerz zu ziehen, den sie mir in den letzten Jahren zugefügt hatte, und ich versuchte, sie vor ihren eigenen Schuldgefühlen zu bewahren, die sie von innen heraus zerstörten.

Wir waren füreinander da, als wir einander am dringendsten brauchten.

Und obwohl wir so lange gebraucht hatten, um an diesen Punkt zu gelangen, war ich doch froh, dass wir es geschafft hatten.

Wir lösten uns voneinander.

Meine Mom legte eine Hand an meine Wange und sah mich aus feuchten Augen stolz an. »Ich hab dich wahnsinnig lieb. Egal, wen du liebst. Das ändert nicht, wer du bist. Du bist immer noch dieser wundervolle kleine Junge, den ich all die Jahre großgezogen habe. Und ich bin stolz, deine Mutter zu sein. Tut mir leid, dass ich so lange gebraucht habe, um das zu erkennen.«

Jetzt konnte auch ich die Tränen nicht mehr zurückhalten. »Danke, Mom. Das bedeutet mir wahnsinnig viel.«

Sie schüttelte den Kopf. »Diese Worte waren schon längst überfällig. Ich wünschte nur, ich hätte schon früher den Mut gefunden, sie dir zu sagen.«

Ich wischte mir über die Wangen. Und weil ich das Gefühl nach all der Zeit viel zu sehr vermisst hatte, nahm ich meine Mom noch einmal in den Arm. »Wie soll es jetzt eigentlich weitergehen?«, fragte ich dann, als ich an meinen Vater denken musste.

»Darüber musst du dir keine Sorgen machen. Alles wird gut.«

»Aber Dad.«

Meine Mutter betrachtete mich mit einem bittersüßen Lächeln, von dem ich wusste, dass sie dahinter ihren Schmerz versteckte. »Ich werde mich von ihm trennen.«

»Mom …«, wollte ich gerade widersprechen, doch sie ließ mich nicht ausreden.

»Nachdem du bei uns warst, um noch einmal mit uns zu reden, habe ich versucht, ihn zu überzeugen. Tagelang. Aber er hat sich vollkommen vor meinen Worten verschlossen. Er wollte nichts von mir hören und meinte, dass er seine Meinung niemals ändern würde. Also musste ich eine Entscheidung treffen. Ich musste wählen, zwischen meinem Sohn, dem ich viel zu lange Unrecht getan hatte, und meinem lieblosen Mann, dessen Nähe sich selbst an den wärmsten Tagen noch wie ein Gefängnis aus Eis anfühlte.« Sie schnaubte leise. »Die Entscheidung ist mir nicht wirklich schwergefallen.«

»Aber … er wird das doch wohl kaum einfach so zulassen.«

Sie zuckte mit den Schultern. »Er meinte, wir könnten uns nicht scheiden lassen, weil es unchristlich wäre und seinen Ruf ruinieren würde. Aber dann hab ich ihm von einer schönen Erfindung namens Scheidungsanwälte erzählt, mit dessen Hilfe man sich scheiden lassen kann, auch wenn es unchristlich ist.«

Es war vollkommen deplatziert, weil wir gerade ein verdammt ernstes Gespräch miteinander führten. Aber ich konnte nicht anders, als laut loszulachen. »Du hast ihm wirklich mit einem Scheidungsanwalt gedroht?«

Sie lächelte. »Ja natürlich. Wurde mal Zeit, dass er seine eigene Medizin zu schlucken bekommt.«

»Wahnsinn …«, murmelte ich, noch immer ungläubig über den Mut und die Stärke, die meine Mutter bewiesen hatte. Als ich bei ihnen gewesen war, hatte sie sich vor meinem Vater kleingemacht und es nicht gewagt, auch nur ein Wort zu sagen. Doch jetzt stand sie hier, hatte ihm die Stirn geboten und sich endlich von ihm befreit.

Dennoch waren da noch immer viel zu viele Fragen, die in meinem Kopf umherschwirrten. »Wie hast du mich überhaupt gefunden?«

»Ich bin zu dir auf die Arbeit und habe deinen Chef gefragt, ob er weiß, wo du bist. Am Anfang wollte er es mir nicht verraten, aber er muss gemerkt haben, wie wichtig es ist. Ich wollte mich nicht aufdrängen, aber ich wusste nicht, was ich sonst machen sollte.«

»Es war die richtige Entscheidung«, beschwichtigte ich sie, weil sie sich sichtlich Vorwürfe machte. Dann ging ich direkt über zur nächsten Frage. »Und wie geht es jetzt für dich weiter?«

Sie deutete an mir vorbei zu ihrem Wagen, der am Straßenrand stand. Auf dem Rücksitz stapelten sich Koffer. »Ich habe meine Sachen gepackt und habe ihn hinter mir gelassen. Jetzt werde ich mir erst einmal ein kleines Hotelzimmer nehmen, bis ich die richtige Wohnung für mich gefunden habe. Gott sei Dank bin ich finanziell nicht von diesem Tyrannen von Ehemann abhängig.«

Im Gegenteil. Mom verdiente in der Firma, in der sie als Pharma-Vertreterin arbeitete, deutlich mehr als mein Vater. Ich war sicher, dass ihm das schon immer missfiel, aber er hatte nichts gesagt, da das Geld unseren Lebensstandard erheblich aufwertete. Ich war gespannt, ob mein Vater ohne meine Mom überhaupt noch die Kosten für die Wohnung würde decken können, oder ob auch er bald seine Koffer packen und eine günstigere Unterkunft finden musste.

Und dann kam mir auf einmal ein völlig anderer, neuer Gedanke. »Du kannst bei mir bleiben«, bot ich ihr an.

Sie lächelte dankbar. »Das ist nett, aber ich will mich nicht auf diese Art wieder in dein Leben drängen. Nach dem, wie ich mich verhalten habe, übersteigt es das, was ich verdient habe, wohl doch.«

Ich schüttelte den Kopf. »Ich will es so. Du bist meine Mutter. Und egal, welche Fehler du gemacht hast, du versuchst, es wiedergutzumachen. Jeder hat eine zweite Chance verdient.«

Kurz rang sie noch mit sich. Doch als sie den ernsten Ausdruck auf meinem Gesicht sah, gab sie mit einem Nicken nach. »In Ordnung. Das würde mich sehr freuen. Danke, Cohen.«

Es war seltsam, wie schnell die Momente des Lichts manchmal den Schmerz der letzten Monate verdrängen konnten. Ich hatte so sehr unter der Sehnsucht nach meinen Eltern und den Sachen, die sie gesagt hatten, gelitten. Und kaum war meine Mutter wieder da, entschuldigte sich und reichte mir die Hand, war all das vergessen. Mit einem Mal war da nur noch Hoffnung, dass von jetzt an alles besser werden würde.

Dennoch fand ich eine letzte Frage, die ich unbedingt stellen musste.

»Mom?«

»Ja?«

»Dad wird sich nie ändern, oder?«

Sie bedachte mich mit einem bedauernden Blick und streichelte mir dann behütend über den Oberarm. »Ich fürchte nicht. Dein Vater steckt viel zu tief in seiner eigenen Ideologie fest, um sich zu ändern. Er hat aus den Regeln seines Glaubens ein Gefängnis für sich selbst gebaut, das es ihm unmöglich macht, auszubrechen.«

Still und heimlich brach eine kleine Ecke meines Herzens. Schließlich war er noch immer mein Vater.

Doch als meine Mutter ihre Hand auf meinen Arm legte, spürte ich, dass sie genug Wärme und Liebe in sich trug, um sein Fehlen erträglich zu machen.

»Wir kriegen das auch ohne ihn hin«, versicherte sie mir.

Und in diesem Moment gelang es mir es tatsächlich, ihr zu glauben.

Vielleicht war das im Leben manchmal so. Man konnte nicht alles haben, was man sich wünschte. Egal, wie sehr man es versuchte. Aber in solchen Augenblicken war es wichtig, dass man das Beste aus dem machte, was einem zur Verfügung stand.

Also griff ich nach der Hand meiner Mutter und führte sie zum Auto, um mit ihr gemeinsam ihre Koffer zu holen. Und obwohl – oder gerade weil – mein Vater nicht da war, hatte ich in diesem Moment das Gefühl, dass alles gut werden würde.

Denn ich hatte meine Mom.

Und ich hatte Chris. Den Mann, den ich liebte. Den Mann, der mich liebte und mich stets unterstützte.

»Du musst mir gleich übrigens deinen Freund vorstellen«, forderte sie. »Ich freue mich schon sehr darauf, ihn kennenzulernen.«

Diesmal glaubte ich ihr, dass sie sich freute.

Chris wirkte skeptisch, als meine Mom vor ihm stand und ich sie einander vorstellte.

Und ich war sicher, dass sie das spürte. Doch statt sich das anmerken zu lassen, umarmte sie ihn einfach nur und flüsterte: »Danke, dass du auf meinen Sohn aufgepasst hast, Chris. Das werde ich dir nie vergessen.«

Und in diesem Moment brach das Eis zwischen ihnen.

Wir saßen den Rest des Abends auf der Couch, bestellten Pizza und unterhielten uns. Chris gab meiner Mutter wirklich eine Chance, sich zu beweisen.

In diesem Moment, in dem ich hier inmitten meiner eigenen kleinen Familie saß, fühlte ich mich komplett.

Ja, ich hatte einiges erlebt, von dem ich wusste, dass es hin und wieder seinen Weg an die Oberfläche finden und an meinen Mauern kratzen würde. Aber ich hatte Menschen, die mich durch diese Stürme hindurch begleiten würden.

Und das war alles, was zählte.

Solange ich nicht allein war, konnte mir nichts passieren.

EPILOG

Chris

4 Monate später …

»Okay, das ist bei Weitem seltsamer, als ich es mir vorgestellt hatte«, flüsterte Cohen mir zu und sah sich im *House of Soul* um.

Heute war sein zweiundzwanzigster Geburtstag, und er hatte entschieden, ihn sowohl mit seinen Freunden als auch mit unseren Moms zu feiern.

Die letzten Monate über war sein Verhältnis zu seiner Mutter immer enger geworden. Obwohl in all den Jahren zuvor so eine riesige Kluft zwischen ihnen geherrscht hatte, war davon nichts mehr zu spüren. Sie vergötterte ihren Sohn, und er liebte seine Mom.

Und als er so weit gewesen war, hatte ich ihn meiner Mutter vorgestellt. Die beiden hatten sich auf Anhieb fantastisch verstanden, weshalb er auch sie zu seinem Geburtstag eingeladen hatte.

Jetzt saßen unsere Mütter gemeinsam mit Dan an einem Tisch und lachten für unseren Geschmack ein wenig zu laut.

»Glaubst du, sie erzählt meinem Chef peinliche Geschichten aus meiner Kindheit?«, fragte Cohen und nahm einen Schluck von seinem Bier.

»Ich hoffe für dich, dass sie das nicht tut. Auch wenn es Dan vermutlich nicht allzu sehr interessieren würde.«

»Trotzdem ist das … verdächtig.«

Ich lachte und beugte mich zu ihm rüber, um ihn auf die Wange zu küssen. »Mach dir keinen Kopf.«

Wie immer, wenn ich ihn küsste, zierte ein breites Lächeln sein Gesicht. »Ja, du hast ja recht. Komm, wir setzen uns zu den anderen.«

Wir gingen zu unseren Freunden, die mehrere Tische zu einem großen zusammengeschoben und sich drum herum versammelt hatten. Als wir uns dazusetzten, griff Cohen fast schon automatisch nach meiner Hand.

»Na? Wie fühlt man sich mit zweiundzwanzig?«, fragte Amy.

Cohen zuckte mit den Schultern. »Genau wie mit einundzwanzig, würde ich sagen.«

Jacob schüttelte gespielt dramatisch den Kopf. »Als ich noch zweiundzwanzig war … Junge, Junge …«

Amy boxte ihm gegen den Oberarm. »Wann war das? Gestern?«

Jacob schrie auf und rieb sich die Stelle, die sie getroffen hatte. »Das tat echt weh!«

»Unterschätze nie den rechten Haken einer Lady.«

Als alle am Tisch lachten, breitete sich ein Gefühl von tiefer Zufriedenheit in meinem Bauch aus. Es war schön, hier zu sein. Gemeinsam mit meinen Freunden und meiner Mutter, um den Geburtstag des Mannes zu feiern, den ich liebte.

Als das Lachen verebbte, meldete sich Sam zu Wort. »Übrigens, einer von euch muss mir morgen helfen. Im Möbelhaus wartet ein großes Paket auf mich. Aber ich hab ja derzeit keinen Führerschein, also wäre es lieb, wenn mich jemand fahren könnte. Ich muss um 10 Uhr da sein.«

»Wie sagt man so schön? Wer zu schnell fährt, den bestraft das Leben«, neckte Jacob, woraufhin sich sein anderer Arm eine Faust von Sam einfing.

»Autsch!«

»Selbst schuld, wenn du nie die Klappe halten kannst«, stichelte Amy.

Ohne die Streiterei zu seiner Linken zu beachten, fand Sams suchender Blick schließlich mich.

Kurz überlegte ich, mich dazu bereit zu erklären, ihm zu helfen. Weil ich Sams Wunsch nach Hilfe wieder über meine Bedürfnisse stellen und Verantwortung übernehmen wollte.

Doch diesmal spulte ich in meinem Kopf das Mantra ab, das ich in den letzten Monaten von Dr. Murphy gelernt hatte:

In erster Linie bin ich für mich selbst verantwortlich. Anderen zu helfen ist gut, aber nur wenn ich es gerade wirklich leisten kann. Wenn nicht, ist das auch okay. Ich muss nicht jegliche Verantwortung auf mich projizieren. Ich darf Nein sagen.

»Sorry, ich schaffe es nicht. Cohen und ich machen morgen einen Ausflug und müssen spätestens um 10:30 Uhr los. Das wäre einfach zu knapp.«

Sam nickte verständnisvoll. »Alles klar, kein Stress. Jacob?«

Während sich Sam mit Jacob aufhielt, spürte ich ein sanften Druck an meiner Hand.

»Ich bin so stolz auf dich und das, was du erreicht hast«, wisperte Cohen und küsste mich.

Ich lächelte verlegen. »Ich gebe mein Bestes.«

»Und dein Bestes wird immer genug sein.« Er packte die Lehne meines Stuhls und zog ihn mit einem Ruck zu sich heran. Dann legte er seinen breiten Arm um meine Schultern und hielt mich an seiner Seite.

Und in diesem Moment wusste ich, dass unsere Geschichte trotz all der Dunkelheit perfekt gewesen war.

Wir waren Chris, der in seinem eigenen Kopf gefangen gewesen war, und Cohen, der sich von seiner Welt gefangen nehmen ließ. Trotzdem hatten wir es geschafft, einander zu finden.

Und manchmal waren das die schönsten Geschichten.

Die, die in tiefer Hoffnungslosigkeit anfingen und doch noch den Anbruch eines neuen Morgens erlebten.

NACHWORT DES AUTORS

Ich bin ehrlich zu euch: Die Geschichte von Cohen und Chris zu schreiben hat mir wirklich Angst gemacht. Weil ich wusste, wie sensibel die Themen sind, die ich in Angriff nehmen wollte. Weil ich wusste, dass ich mit meiner ersten queeren Geschichte direkt aufs Ganze gehe. Trotzdem habe ich mich dazu entschieden, dieses Buch zu schreiben. Denn es gibt (gesellschaftliche) Probleme, die ich in der letzten Zeit viel zu oft mitansehen musste. Und ich bin es einfach leid, meine Augen davor zu verschließen.

Zunächst möchte ich sagen, dass Religion meiner Ansicht nach etwas Wunderschönes sein kann. Denn in erster Linie geht es bei ihr um Frieden. Um den zu sich selbst. Aber auch um den der Menschen untereinander.

Leider habe ich aber viel zu häufig mitbekommen, wie Religion zweckentfremdet wurde. Wie der Frieden, den sie vermitteln sollte, in Hass umgeschlagen ist. Wie Menschen, statt einander zu respektieren, einander verachten, weil sie der Ansicht sind, so gebiete es ihre Religion.

Vielleicht lehne ich mich zu weit aus dem Fenster, aber ich behaupte jetzt einfach mal: Das ist falsch!

Ich freue mich für jeden, der in seinem Glauben seine Erfüllung findet. Das ist das Schönste, was einem Menschen passieren kann. Aber wenn ihr auf einen anderen Menschen stoßt, der eure Überzeugungen womöglich nicht teilt, begegnet ihm bitte trotzdem mit Respekt. Denn auch er ist nur ein Mensch, der sich seine Freiheit nimmt, sich zu entfalten. Und dieser Mensch hat es nicht verdient, eurem Hass zum Opfer zu fallen, weil seine Entfaltung nicht mit euren Vorstellungen konform geht.

Im Ergebnis sind wir alle menschlich. Wir alle wollen nur unser Leben leben und glücklich werden.

Und ich finde, dass wir uns dabei gegenseitig unterstützen sollten, statt einander Steine in den Weg zu legen.

Die Geschichte von Cohen ist eine Geschichte des (religiös motivierten) Hasses und zeigt, was ein solcher Hass bei einem Menschen anrichten kann.

Ich habe in meinem Leben leider schon viel zu viele Cohens getroffen. Zu viele Menschen, denen aus verschiedensten Gründen (auch abseits von Sexualität) mit Feindseligkeit begegnet wurde. Und ich würde mir wünschen, dass sich das ändert.

Danke fürs Lesen der Geschichte.

Danke fürs Lesen des Nachworts.

Ich hoffe sehr, dass ich damit den einen oder anderen erreichen konnte.

In Liebe
Ali

(PS: Ich habe die Geschichte von Cohen am Beispiel des Christentums geschrieben – bewusst, ohne auf eine nähere Konfession oder Strömung innerhalb dieser Religion einzugehen, da ich niemanden anprangern wollte. Allerdings ist auch das Christentum nur ein beliebiges, austauschbares Beispiel. Jede Religion, jeder Glaube hat Anhänger, die Gutes und Schlechtes tun. Und ich hoffe, dass sie alle etwas aus dieser Geschichte lernen.)

DANKSAGUNG

Dieses Buch ist ein besonders persönliches geworden. Weil ich über die Jahre so viele Dinge gesehen und gehört habe, die mich unfassbar wütend gemacht haben. Ich habe nicht verstanden, wie Menschen zu anderen Menschen derart intolerant und verletzend sein konnten. Aus der Wut auf diese Situation heraus ist dieses Buch entstanden. Und ich bin einer ganzen Reihe von Leuten dankbar, dass sie mich bei der Umsetzung dieses Projektes unterstützt haben.

Zunächst möchte ich wie immer meinem Agenten danken. Carsten, diese ganze Branche ist so kompliziert und hart – gerade aus der Autorensicht. Danke, dass du es simpel machst. Und dass du mir immer den Rücken frei hältst und dein Bestes gibst, damit ich möglichst stressfrei auf diesen Seiten mein Bestes geben kann.

Ann-Kathrin, danke für die tolle Zusammenarbeit bei diesem Buch. Als ich den Vertrag für dieses Buch unterschrieben habe, gab es noch nicht mal ein Exposé. Nur die Idee in meinem Kopf. Aber gemeinsam haben wir daraus eine Geschichte geformt, auf die ich wahnsinnig stolz bin.

An dieser Stelle möchte ich auch dem gesamten Team des reverie-Verlags danken. Ich schreibe zwar die Geschichte, aber ihr macht wunderschöne Bücher daraus, die die Menschen erreichen. Ohne euch wäre ich wohl bloß irgendein Typ, der von unerzählten Geschichten träumt.

Dr. Kovalev, Dr. Märker, Dr. Thiele, danke, dass ich bei euch in der Praxis zuschauen und euren Beruf ein wenig näher kennenlernen durfte. Es war total inspirierend. Hoffentlich konnte ich all die aufregenden Eindrücke, die ihr mir mitgegeben habt, angemessen verpacken.

Ich danke euch, Julia, Maren und Marie, für den Austausch, aber vor allem für die Freundschaft. Ich habe schon oft von anderen gehört, dass Schreiben ein einsamer Beruf sei. Dank euch empfinde ich das ganz anders. Ich fühle mich bei jedem Schritt, den ich mache, sicher, weil ich weiß, dass ihr immer da seid, um mit mir darüber zu reden und mich zu unterstützen.

Danke an meine Familie und Freunde. Ich weiß, dass es mit mir und diesem Beruf manchmal etwas schwierig ist. Wenn mich eine Geschichte packt, verschwinde ich einfach und bin dann auch gerne mal kaum zu erreichen. Danke, dass ihr trotzdem noch da seid, wenn ich irgendwann wieder aus meiner Schreibhöhle komme. Danke für eure Geduld mit mir. Für euer offenes Ohr. Für alles.

Ich möchte dir danken! Dafür, dass du zu dieser Geschichte gegriffen und bis hierhin durchgehalten hast. Ich weiß, manches war sicher nicht leicht zu lesen. Die Themen waren hart. Aber sie waren wichtig! Und ich danke dir, dass du dieser Geschichte eine Chance gegeben und sie vielleicht sogar ansatzweise so sehr geliebt hast wie ich.

Zum Schluss möchte ich euch danken, Cohen und Chris. Ich habe vorhin schon von meiner Wut gesprochen. Danke, dass ihr ihr eine Stimme verliehen habt. Es tut mir leid, was ihr durchmachen musstet, aber ich hoffe sehr, dass die Menschen aus eurem Beispiel etwas lernen. Ihr werdet immer einen besonderen Platz in meinem Herzen haben – das weiß ich jetzt schon. Daher noch einmal: Danke.

CONTENT NOTE

Dieses Buch enthält potenziell triggernde Inhalte:

Homophobie
Physische und psychische Gewalt
Toxische Familien